Kontaktadresse nach EU-Produktsicherheitsverordnung:
produktsicherheit@fischerverlage.de

Edgar Allan Poe

Der Untergang des Hauses Usher und andere Erzählungen

Aus dem Amerikanischen von Gisela Etzel

Fischer Taschenbuch Verlag

4. Auflage

Ungekürzte Ausgabe

Printed in Germany
ISBN 978-3-596-90031-2

Unsere Adressen im Internet:
www.fischerverlage.de
www.fischer-klassik.de

Inhalt

Der Untergang des Hauses Usher

Son cœur est un luth suspendu;
Sitôt qu'on le touche il résonne.
De Beranger

Ich war den ganzen Tag geritten, einen trüben, grauen und lautlosen Herbsttag lang – durch eine eigentümlich öde und traurige Gegend, auf die erdrückend schwer die Wolken herabhingen. Da endlich, als die Schatten des Abends herniedersanken, fand ich mich in Sichtweite des Hauses Usher. Ich weiß nicht, wie es kam – aber ich wurde gleich beim ersten Anblick dieser Mauern von einem unerträglich trüben Gefühl befallen. Ich sage *unerträglich*, denn dies Gefühl wurde durch keine der poetischen und darum erleichternden Empfindungen gelindert, mit denen die Seele gewöhnlich selbst die finstersten Bilder des Trostlosen oder Schaurigen aufnimmt. Ich betrachtete das Bild vor mir – das einsame Gebäude in seiner einförmigen Umgebung, die fahlen Mauern, die toten, wie leere Augenhöhlen starrenden Fenster, die paar Büschel dürrer Binsen, die weißschimmernden Stümpfe abgestorbener Bäume – mit einer Niedergeschlagenheit, die ich mit keinem anderen Gefühl besser vergleichen kann als mit dem trostlosen Erwachen eines Opiumessers aus seinem Rausche, dem bitteren Zurücksinnen in graue Alltagswirklichkeit, wenn der verklärende Schleier unerbittlich zerreißt. Es war ein frostiges Erstarren, ein Erliegen aller Lebenskraft – kurz, eine hilflose Traurigkeit der Gedanken, die kein noch so gewaltsames Anstacheln der Einbildungskraft aufreizen konnte zu Erhabenheit, zu Größe. Was mochte es sein – dachte ich, langsamer reitend –, ja, was mochte es sein, daß der Anblick des Hauses Usher mich so erschreckend überwältigte? Es war mir ein Rätsel; aber ich konnte mich der grauen Wahngespenster nicht erwehren; ich mußte mich mit der wenig befriedigenden Erklärung begnügen, daß es *tatsächlich* in der Natur ganz einfache Dinge *gibt*, die durch die Umstände, in denen sie uns erscheinen, geradezu niederdrückend auf uns wirken können, daß es aber nicht in unsere Macht gegeben ist, eine Definition dieser Gewalt zu finden. Es wäre möglich, überlegte ich, daß eine etwas andere Anordnung der einzelnen Bestandteile dieses Landschaftsbildes genügen würde, um die düstere Stimmung des Ganzen abzuschwächen, ja vielleicht sogar vollständig aufzuheben. Von diesem Gedanken getrieben, lenkte ich mein Pferd an den steilen Abhang eines schwarzen sumpfigen Teiches, der von keinem Hauch bewegt neben dem Schlosse lag, und spähte ins Wasser – doch ein Schauder, stärker als zuvor, schüttelte mich beim Anblick der auf den Kopf gestellten und verzerrten Bilder der grauen Binsen, der gespenstischen Baumstümpfe und der toten, wie leere Augenhöhlen starrenden Fenster.

Nichtsdestoweniger beschloß ich, in diesem schwermutvollen Hause einen Aufenthalt von mehreren Wochen zu nehmen. Sein Eigentümer, Roderick Usher, war einer meiner liebsten Jugendfreunde gewesen, doch seit unserer letzten Begegnung waren viele Jahre dahingegangen. Da hatte mich jüngst bei meinem Aufenthalt in einem entlegenen Teil des Landes ein Brief erreicht – ein Brief von ihm –, dessen seltsam ungestümer Charakter keine andere als eine persönliche und mündliche Beantwortung zuließ. Das Schreiben zeugte entschieden von nervöser Aufregung. Der Verfasser sprach von einer heftigen körperlichen Erkrankung – von niederdrückender geistiger Zerrüttung – und von dem innigen Wunsch, mich, der ich sein bester und tatsächlich sein einziger persönlicher Freund sei, wiederzusehen; er hoffe, meine erheiternde Gesellschaft werde seinem Zustande etwas Erleichterung bringen. Die Art und Weise, in der dies und vieles andere gesagt war – die *Herzensbedrängnis,* die aus seinem Verlangen sprach –, das war es, das mir kein Zögern erlaubte, und ich gehorchte daher dieser höchst seltsamen Aufforderung unverzüglich.

Obgleich wir als Knaben geradezu vertraute Kameraden gewesen waren, wußte ich dennoch recht wenig über meinen Freund. Seine Zurückhaltung war immer außerordentlich gewesen; sie war ihm ganz selbstverständlich erschienen. Immerhin war mir bekannt, daß seine sehr alte Familie seit unvordenklichen Zeiten wegen einer eigentümlichen Reizbarkeit des Temperaments bekannt gewesen war, einer Reizbarkeit, die lange Jahre hindurch in vielen erhaben eigenartigen Kunstwerken sich aussprach; später betätigte sich dies feinfühlige Empfinden in mancher Handlung großmütiger, doch unauffälliger Mildtätigkeit und in der leidenschaftlichen Hingabe an das *Studium* der Musik – weniger also an ihre altbekannten leichtfaßlichen Schönheitsformen, als an die tiefverborgenen Probleme dieser Kunst. Ich hatte auch die sehr bemerkenswerte Tatsache erfahren, daß der Stammbaum der Familie Usher, die jederzeit hochangesehen gewesen, zu keiner Zeit einen ausdauernden Nebenzweig hervorgebracht hatte, mit anderen Worten, daß die Abstammung der ganzen Familie in direkter Linie herzustellen war. Und ich vergegenwärtigte mir, daß in dieser Familie neben dem ungeteilten Besitztum auch die besonderen Charaktereigentümlichkeiten sich ungeteilt von Glied zu Glied vererbten, und sann darüber nach, inwieweit im Laufe der Jahrhunderte die eine dieser Tatsachen die andere beeinflußt haben könne. Wahrscheinlich, so sagte ich mir, ist es eben dieser Mangel einer Seitenlinie, ist es dies von Vater zu Sohn immer sich gleichbleibende Erbe von Besitztum und Familienname, das schließlich beide so miteinander identifiziert hatte, daß der ursprüngliche Name des Besitztums in die wunderliche und doppeldeutige Bezeichnung ›das Haus Usher‹ übergegangen war – eine Benennung, die bei den Bauern, die sie anwendeten, beides, sowohl die Familie wie das Familienhaus, zu bezeichnen schien.

Ich sagte vorhin, daß der einzige Erfolg meines etwas kindischen Beginnens – meines Hinabblickens in den dunklen Teich – *der* gewesen war, den ersten sonderbaren Eindruck, den das Landschaftsbild auf mich gemacht hatte, noch zu vertiefen. Es ist zweifellos: das Bewußtsein, mit dem ich das Anwachsen meiner abergläubischen Furcht – denn dies ist der rechte Name für die Sache – verfolgte, diente nur dazu, diese Furcht selbst zu steigern. Denn ich kannte schon lange das paradoxe Gesetz aller Empfindungen, deren Ursprung das Entsetzen, das Grauen ist. Und einzig dies mag die Ursache gewesen sein einer seltsamen Vorstellung, die in meiner Seele entstand, als ich meine Augen von dem Spiegelbild im Pfuhl wieder hinaufrichtete auf das Wohnhaus selbst; es war eine Einbildung, so lächerlich in der Tat, daß ich sie nur erwähne, um zu zeigen, wie lebendig, wie stark die Eindrücke waren, die auf mir lasteten. Ich hatte so auf meine Einbildungskraft eingearbeitet, daß ich wirklich glaubte, das Haus und seine ganze Umgebung sei von einer nur ihm eigentümlichen Atmosphäre umflutet – einer Atmosphäre, die zu der Himmelsluft keinerlei Zugehörigkeit hatte, sondern die emporgedunstet war aus den vermorschten Bäumen, den grauen Mauern und dem stummen Pfuhl – ein giftiger, geheimnisvoller, trüber, träger, kaum wahrnehmbarer, bleifarbener Dunst.

Von meinem Geist abschüttelnd, was Traum gewesen sein *mußte,* prüfte ich eingehender das wirkliche Aussehen des Gebäudes. Das auffallendste an ihm schien mir sein beträchtliches Alter zu sein. Die Zeitläufte hatten ihm seine ursprüngliche Farbe genommen. Ein winzig kleiner Pilz hatte alle Mauern wie mit einem Netzwerk überzogen, dessen feinmaschiges Geflecht von den Dachtraufen herabhing. Doch von irgendwelchem außergewöhnlichen Verfall war das Gebäude noch weit entfernt. Kein Teil des Mauerwerks war eingesunken, und die noch vollkommen erhaltene Gesamtheit stand in seltsamem Widerspruch zu der bröckelnden Schadhaftigkeit der einzelnen Steine. Dies Haus stand gleichsam da wie altes Holzgetäfel, das in irgendeinem unbetretenen Gewölbe viele Jahre lang vermoderte, ohne daß je ein Lufthauch von draußen es berührte, und das darum in all seinem inneren Verfall stattlich und lückenlos dasteht. Außer diesen Zeichen eines allgemeinen Verfalls bot das Haus jedoch nur wenige Merkmale von Baufälligkeit. Vielleicht hätte allerdings ein scharfprüfender Blick einen kaum wahrnehmbaren Riß entdecken können, der an der Frontseite des Hauses vom Dach im Zickzack die Mauer hinunterlief, bis er sich in den trüben Wassern des Teiches verlor.

Diese Dinge bemerkte ich, während ich über einen kurzen Dammweg zum Hause hinaufritt. Ein wartender Diener nahm mein Pferd, und ich trat unter den gotisch gewölbten Torbogen der Halle. Ein Kammerdiener mit leichtem, leisem Schritt führte mich schweigend durch dunkle und gewundene Gänge bis in das Arbeitszimmer seines Herrn. Vieles, was ich unterwegs erblickte, trug irgendwie dazu bei, das unbestimmte niederdrückende Gefühl, von dem ich schon gesprochen habe, zu verstärken. Diese Dinge um mich her – das Schnitzwerk der Deckentäfelung, der ebenholzglänzende Flur, die düsteren Wandteppiche mit ihrem phantastischen Waffenschmuck, der bei meinen Tritten rasselte –, das alles waren Dinge, die schon meiner Kindheit vertraut gewesen waren, wie ich mir unumwunden eingestehen mußte –, dennoch wunderte ich mich, was für unheimliche Vorstellungen so gewöhnliche Dinge erwecken konnten.

Auf einer der Treppen begegnete ich dem Hausarzt. Sein Gesichtsausdruck erschien mir gemein und durchtrieben, obgleich mein Anblick ihn verblüffte. Er begrüßte mich verwirrt und ging weiter. Jetzt riß der Kammerdiener eine Türe auf und führte mich hinein zu seinem Herrn.

Das Zimmer, in dem ich mich nun befand, war sehr groß und hoch. Die Fenster waren lang und schmal und hatten gotische Spitzbogenform; sie befanden sich so hoch über dem schwarzen eichenen Fußboden, daß man nicht an sie heranreichen konnte. Ein schwacher Schimmer rötlichen Lichtes drang durch die vergitterten Scheiben herein und reichte gerade hin, die hervortretenden Gegenstände des Gemachs erkennbar zu machen; doch mühte sich das Auge vergebens, bis in die entfernten Winkel des Zimmers oder in die Tiefen der schmuckreichen Deckenwölbung vorzudringen. Dunkle Teppiche hingen an den Wänden. Die Einrichtung war im allgemeinen überladen prunkvoll, unbehaglich, altmodisch und schadhaft. Eine Menge Bücher und Musikinstrumente lagen umher, doch auch das vermochte nicht, die tote Starrheit des öden Raumes zu beleben. Ich fühlte, daß ich eine Luft einatmete, die schwer von Gram und Sorge war. Wie ernste, tiefe, unheilbare Schwermut lastete es hier auf allem.

Bei meinem Eintritt erhob sich Usher von einem Sofa, auf dem er lang ausgestreckt gelegen hatte, und begrüßte mich mit warmer Lebhaftigkeit, die mir zuerst übertrieben schien – etwa als gezwungene Liebenswürdigkeit des blasierten Weltmannes. Ein Blick jedoch auf sein Gesicht überzeugte mich von seiner völligen Aufrichtigkeit. Wir setzten uns, und da er nicht gleich sprach, betrachtete ich ihn minutenlang – und wurde von Mitleid und Grauen ergriffen. Sicherlich, kein Mensch hatte sich je in so kurzer Zeit so schrecklich verändert wie Roderick Usher! Nur mit Mühe gelang es mir, die Identität dieser gespenstischen Gestalt da vor mir mit dem Gefährten meiner Kindheit festzustellen. Doch seine Gesichtsbildung war immer merkwürdig und auffallend gewesen: eine leichenhafte Blässe; große klare und unvergleichlich leuchtende Augen; Lippen, die etwas schmal und sehr bleich waren – aber von ungemein schönem Schwunge; eine Nase von edelzartem jüdischen Schnitt, doch mit ungewöhnlich breiten Nüstern; ein schöngebildetes Kinn, dessen wenig kräftige Form einen Mangel an sittlicher Energie verriet; Haare, die feiner und zarter waren als Spinnenfäden. Diese einzelnen Züge, verbunden mit einer massigen Kraft und Breite der Stirn über den Schläfen, bildeten ein Antlitz, das man nicht leicht vergessen konnte. Und nun hatte die übertriebene Entwicklung dieser charakteristischen Einzelheiten genügt, den Ausdruck seiner Züge derart zu verändern, daß ich nicht einmal wußte, ob er es wirklich war. Vor allem war ich bestürzt, ja entsetzt von der jetzt gespenstischen Blässe der Haut und dem jetzt übernatürlichen Strahlen des Auges. Das seidige Haar hatte ein ungewöhnliches Wachstum entfaltet, und wie es da so seltsam wie hauchzarter Altweibersommer sein Gesicht umflutete, konnte ich beim besten Willen nicht dies arabeskenhaft verschlungene Gewebe mit dem einfachen Begriff Menschenhaar in Beziehung bringen.

Im Benehmen meines Freundes überraschte mich sofort eine gewisse Verwirrtheit – seiner Rede fehlte der Zusammenhang; und ich erkannte dies als eine Folge seiner wiederholten kraftlosen Versuche, ein ihm innewohnendes Angstgefühl, das ihn wie Zittern überkam, zu unterdrücken – einer heftigen nervösen Aufregung Herr zu werden. Ich war allerdings auf etwas derartiges gefaßt gewesen; sowohl sein Brief als auch meine Erinnerung an bestimmte Wesenseigenheiten des Knaben hatten mich darauf vorbereitet, und auch sein Äußeres wie sein Temperament ließen dergleichen ahnen. Sein Wesen war abwechselnd lebhaft und mürrisch. Seine Stimme, die eben noch zitternd und unsicher war (wenn die Lebensgeister in tödlicher Erschlaffung ruhten), flammte plötzlich auf zu heftiger Entschiedenheit – wurde schroff und nachdrücklich – dann schwerfällig und dumpf, bleiern einfältig – wurde zu den sonderbar modulierten Kehllauten der ungeheuren Aufregung des sinnlos Betrunkenen oder des unverbesserlichen Opiumessers.

So sprach er also von dem Zweck meines Besuches, von seinem dringenden Verlangen, mich zu sehen, und von dem trostreichen Einfluß, den er von mir erhoffe. Nach einer Weile kam er auf die Natur seiner Krankheit zu sprechen. Es war, sagte er, ein ererbtes Familienübel, ein Übel, für das ein Heilmittel zu finden er verzweifle – nichts weiter als nervöse Angegriffenheit, fügte er sofort hinzu, die zweifellos bald vorübergehen werde. Sie äußere sich in einer Menge unnatürlicher Erregungszustände. Einige derselben, die er mir nun beschrieb, verblüfften und erschreckten mich, doch mochte an dieser Wirkung seine Ausdrucksweise, die *Form* seines Berichtes, schuld sein. Er litt viel unter einer krankhaften Verschärfung der Sinne; nur die fadeste Nahrung war ihm erträglich; als Kleidung konnte er nur ganz bestimmte Stoffe tragen; jeglicher Blumenduft war ihm zuwider; selbst das schwächste Licht quälte seine Augen, und es gab nur einige besondere Tonklänge – und diese nur von Saiteninstrumenten –, die ihn nicht mit Entsetzen erfüllten.

Ich sah, daß er der Furcht, dem Schreck, dem Grauen sklavisch unterworfen war. »Ich werde zugrunde gehen«, sagte er, *»ich muß* zugrunde gehen an dieser beklagenswerten Narrheit. So, so und nicht anders wird mich der Untergang ereilen! Ich fürchte die Ereignisse der Zukunft – nicht sie selbst, aber ihre Wirkungen. Ich schaudere bei dem Gedanken, irgendein ganz geringfügiger Vorfall könne die unerträgliche Seelenerregung verschlimmern. Ich habe wirklich kein Entsetzen vor der Gefahr, nur vor ihrer unvermeidlichen Wirkung – vor dem Schrecken. In diesem entnervten, in diesem bedauernswerten Zustand fühle ich, daß früher oder später die Zeit kommen wird, da ich beides, Vernunft und Leben, hingeben muß – verlieren im Kampf mit dem gräßlichen Phantom: *Furcht.*«

Noch einen andern sonderbaren Zug seiner geistigen Verfassung erfuhr ich nach und nach aus abgerissenen, unbestimmten Andeutungen. Er war hinsichtlich des Hauses, das er bewohnte, in gewissen abergläubischen Vorstellungen befangen. Schon seit Jahren hatte er sich nicht mehr aus dem Hause herausgewagt – infolge eines Einflusses, dessen eingebildete Wirkung er mir in so unbestimmten, schattendunkeln Worten mitteilte, daß ich sie hier nicht wiedergeben kann. Wie er sagte, hatten einige Besonderheiten in der Bauart und dem Baumaterial seines Stammschlosses in dieser langen Leidenszeit auf seinen Geist Einfluß erlangt – einen Einfluß also, den das *Physische* der grauen Mauern und Türme und des trüben Pfuhls, in den sie alle hinabstarrten, auf seine *Psyche* ausübte.

Jedoch gab er zögernd zu, daß die seltsame Schwermut, unter der er leide, einer natürlicheren, gewissermaßen handgreiflicheren Ursache zugeschrieben werden könne – nämlich der schweren und langwierigen Krankheit – ja der offenbar nahen Auflösung – einer zärtlich geliebten Schwester – der einzigen Gefährtin langer Jahre – der letzten und einzigen Verwandten auf Erden. Ihr Hinscheiden, sagte er mit einer Bitterkeit, die ich nie vergessen kann, würde ihn (ihn, den Hoffnungslosen, Gebrechlichen) als den Letzten des alten Geschlechtes der Usher zurücklassen. Während er sprach, durchschritt Lady Magdalen – so hieß seine Schwester – langsam den entfernten Teil des Gemachs und verschwand, ohne meine Anwesenheit beachtet zu haben. Ich betrachtete sie mit maßlosem Erstaunen, das nicht frei war von Entsetzen – und dennoch konnte ich mir keine Rechenschaft geben über das, was ich fühlte. Wie Erstarrung kam es über mich, als meine Augen ihren entschwebenden Schritten folgten. Als sich die Tür hinter ihr geschlossen hatte, suchte mein Blick unwillkürlich und begierig das Antlitz des Bruders – aber er hatte das Gesicht in den Händen vergraben, und ich konnte nur bemerken, daß seine mageren Finger, zwischen denen viele leidenschaftliche Tränen hindurchsickerten, von noch gespenstischerer Blässe waren als gewöhnlich.

Schon lange hatte die Krankheit der Lady Magdalen der Geschicklichkeit der Ärzte gespottet. Eine beständige Apathie, ein langsames Hinwelken und häufige, wenn auch vorübergehende Anfälle, vermutlich kataleptischer Natur, das war die ungewöhnliche Diagnose. Bislang hatte sie standhaft der Gewalt der Krankheit getrotzt und war noch nicht bettlägerig geworden. Am Tage meiner Ankunft aber unterlag sie gegen Abend der vernichtenden Macht des Zerstörers – so berichtete ihr Bruder mir des Nachts in unaussprechlicher Aufregung, und ich erfuhr, daß der flüchtige Anblick, den ich von ihr gehabt, wohl auch der letzte gewesen sein werde – daß Lady Magdalen wenigstens *lebend* nicht mehr von mir erblickt würde.

In den nächsten Tagen wurde ihr Name weder von Usher noch von mir erwähnt; und während dieser Zeit war ich ernstlich und angestrengt bemüht, meinen Freund seinem Trübsinn zu entreißen. Wir malten und lasen zusammen, oder ich lauschte wie im Traum seinen seltsamen Improvisationen auf der Gitarre. Und wie nun eine innige und immer innigere Vertrautheit mich immer rückhaltloser eindringen ließ in die Tiefen seiner Seele, kam ich immer mehr zu der bitteren Erkenntnis, daß alle Versuche vergeblich sein mußten, ein Gemüt zu erheitern, dessen Schwermut wie eine ewig unwandelbare positive Eigenschaft sich ergoß und alle Dinge der Welt stetig und ausnahmslos mit düsteren Strahlen beflutete.

Ich werde stets ein Andenken bewahren an die vielen feierlich ernsten Stunden, die ich so allein mit dem Haupt des Hauses Usher zubrachte; dennoch ist es mir nicht möglich, einen Begriff zu geben von dem Charakter der Studien oder Beschäftigungen, in die er mich einspann oder zu denen er mich hinwies. Sein übertriebener, ruheloser, geradezu krankhafter Idealismus warf auf all unser Tun einen schwefelig feurigen Glanz. Seine langen improvisierten Klagegesänge werden mir ewig in den Ohren klingen; unter anderem habe ich in schmerzlichster, quälendster Erinnerung eine seltsame Variation – eine Paraphrase über ›Carl Maria von Webers letzte Gedanken‹. Die Bildwerke, die seine rastlose Phantasie erstehen ließ und die seine Hand in wunderbar verschwommenen Strichen wiedergab, weckten in mir ein tödliches Grauen, das umso grausiger war, als ich nicht enträtseln konnte, weshalb diese Bilder mich so schauerlich berührten; so lebhaft sie mir auch vor Augen stehen – ich würde mich vergeblich bemühen, mehr von ihnen wiederzugeben als eben möglich ist, mit Worten flüchtig anzudeuten. Durch die übertriebene Einfachheit, ja Nacktheit seiner Bilder fesselte er – erzwang er die Aufmerksamkeit. Wenn je ein Sterblicher vermochte, eine *Idee* zu malen, so war es Roderick Usher. Mich wenigstens überwältigte – unter den damals obwaltenden Umständen – bei den reinen Abstraktionen, die der Hypochonder wagte auf die Leinwand zu werfen –, mich überwältigte eine ganz unerhörte Ehrfurcht, von der ich nicht einen Schatten hatte empfinden können bei der Betrachtung der sicherlich glühenden, aber doch zu körperlichen Träume Füsslis.

Eines der phantastischen Gemälde meines Freundes, ein Bild, das nicht so streng abstrakt war, sei hier schattenhaft nachgezeichnet – so gut es Worte eben können. Es war ein kleines Bild und zeigte das Innere eines ungeheuer langen rechtwinkligen Gewölbes oder Tunnels mit niederen, glatten weißen Mauern, die sich ohne jede Teilung schmucklos und endlos hinzogen.

Durch gewisse feine Andeutungen in der Zeichnung des Ganzen wurde im Beschauer der Gedanke erweckt, daß dieser Schacht sehr, sehr tief unter der Erde lag. Nirgends fand sich in dieser Höhle eine Öffnung, und keine Fackel noch andere künstliche Lichtquelle war wahrnehmbar – dennoch quoll durch das Ganze eine Flut intensiver Strahlen und tauchte alles in eine gespenstische und ganz unvermutete Helligkeit.

Ich habe vorhin schon von der krankhaften Überreizung der Gehörsnerven gesprochen, die dem Leidenden alle Musik unerträglich machte, ausgenommen die Klangwirkung gewisser Saiteninstrumente. Vielleicht war es hauptsächlich diese Einschränkung, durch die er auf die Gitarre angewiesen war, die seinen Vorträgen solch phantastischen Charakter lieh. Aber das erklärte noch nicht die feurige Lebendigkeit dieser Impromptus. Sicherlich waren sie, sowohl was die Töne als was die Worte anbetraf (denn nicht selten begleitete er sein Spiel mit improvisierten Versgesängen), das Resultat jener intensiven geistigen Anspannung und Konzentration, von der ich schon früher erwähnte, daß sie nur in besonderen Momenten höchster künstlerischer Erregtheit bemerkbar war. Die Worte einer dieser Rhapsodien sind mir noch gut in Erinnerung. Sie machten wohl einen um so gewaltigeren Eindruck auf mich, als ich in ihrem mystischen Inhalt eine verborgene Andeutung zu entdecken glaubte, daß Usher ein klares Bewußtsein davon habe, wie sehr seine erhabene Vernunft ins Wanken geraten sei. Die Verse, die betitelt waren ›Der verzauberte Palast‹, lauteten ungefähr – wenn nicht wörtlich – so:

In der Täler grünstem Tale
  Hat, von Engeln einst bewohnt,
Gleich des Himmels Kathedrale
  Golddurchstrahlt ein Schloß gethront.
Rings auf Erden diesem Schlosse
  Keines glich;
Herrschte dort mit reichem Trosse
  Der Gedanke – königlich.

Gelber Fahnen Faltenschlagen
Floß wie Sonnengold im Wind –
Ach, es war in alten Tagen,
Die nun längst vergangen sind! –
Damals kosten süße Lüfte
Lind den Ort,
Zogen als beschwingte Düfte
Von des Schlosses Wällen fort.

Wandrer in dem Tale schauten
Durch der Fenster lichten Glanz,
Geister zu dem Sang der Lauten
Schreiten in gemeßnem Tanz
Um den Thron, auf dem erhaben,
Marmorschön,
Würdig solcher Weihegaben
War des Reiches Herr zu sehn.

Perlengleich, rubinenglutend
War des stolzen Schlosses Tor,
Ihm entschwebten flutend, flutend
Süße Echos, die im Chor,
Weithinklingend, froh besangen
– Süße Pflicht! –
Ihres Königs hehres Prangen
In der Weisheit Himmelslicht.

Doch Dämonen, schwarze Sorgen,
Stürzten roh des Königs Thron. –
Trauert, Freunde, denn kein Morgen
Wird ein Schloß wie dies umloh'n!
Was da blühte, was da glühte
– Herrlichkeit! –
Eine welke Märchenblüte
Ist's aus längst begrabner Zeit.

Und durch glutenrote Fenster
Werden heute Wandrer sehn
Ungeheure Wahngespenster
Grauenhaft im Tanz sich drehn;
Aus dem Tor in wilden Wellen,
Wie ein Meer,
Lachend ekle Geister quellen –
Ach, sie *lächeln* niemals mehr!

Ich entsinne mich gut, daß diese Ballade uns auf ein Gespräch führte, in dem Usher eine seltsame Anschauung kundgab. Ich erwähne diese Anschauung weniger darum, weil sie etwa besonders neu wäre (denn andere haben ähnliche Hypothesen aufgestellt), als wegen der Hartnäckigkeit, mit der Usher sie vertrat. Seine Anschauung bestand in der Hauptsache darin, daß er den Pflanzen ein Empfindungsvermögen, eine Beseeltheit zuschrieb. Doch hatte in seinem verwirrten Geist diese Vorstellung einen kühneren Charakter angenommen und setzte sich in gewissen Grenzen auch ins Reich des Anorganischen fort. Es fehlen mir die Worte, um die ganze Ausdehnung dieser Idee, um die unbeirrte Hingabe meines Freundes an sie auszudrücken. Dieser sein Glaube knüpfte sich (wie ich schon früher andeutete) eng an die grauen Quadern des Heims seiner Väter. Die Vorbedingungen für solches Empfindungsvermögen waren hier, wie er sich einbildete, erfüllt in der Art der Anordnung der Steine, in dem sie zusammenhaltenden Bindemittel und ebenso auch in dem Pilzgeflecht, das sie überwucherte; ferner in den abgestorbenen Bäumen, die das Haus umgaben, und vor allem in dem nie gestörten, unveränderten Bestehen des Ganzen und in seiner Verdoppelung in den stillen Wassern des Teiches. Der Beweis – der Beweis dieser Beseeltheit – sei, so sagte er, zu erblicken (und als er das aussprach, schrak ich zusammen) in der hier ganz allmählichen, jedoch unablässig fortschreitenden Verdichtung der Atmosphäre – in dem eigentümlichen Dunstkreis, der Wasser und Wälle umgab. Die Wirkung dieser Erscheinung, fügte er hinzu, sei der lautlos und gräßlich zunehmende vernichtende Einfluß, den sie seit Jahrhunderten auf das Geschick seiner Familie ausgeübt habe; sie habe ihn zu dem gemacht, als den ich ihn jetzt erblicke – zu dem, was er nun sei. – Solche Anschauungen bedürfen keines Kommentars, und ich füge ihnen daher nichts hinzu.

Unsere Bücher – die Bücher, die jahrelang des Kranken hauptsächliche Geistesnahrung gebildet hatten – entsprachen, wie vermutet werden konnte, diesem phantastischen Charakter. Wir grübelten gemeinsam über solchen Werken wie ›Ververt et Chartreuse‹ von Grasset, ›Belphegor‹ von Machiavelli, ›Himmel und Hölle‹ von Swedenborg, ›Die unterirdische Reise des Nicolaus Klimm‹ von Holberg, die Chiromantie von Robert Flud, von Jean d'Indaginé und von de la Chambre; brüteten über der ›Reise ins Blaue‹ von Tieck und der ›Stadt der Sonne‹ von Campanella. Ein Lieblingsbuch war eine kleine Oktav-Ausgabe des ›Directorium Inquisitorium‹ des Dominikaners Emmerich von Gironne, und es gab Stellen in ›Pomponius Mela‹ über die alten afrikanischen Satyrn und Ögipans, vor denen Usher stundenlang träumend sitzen konnte. Sein Hauptentzücken jedoch bildete das Studium eines sehr seltenen und seltsamen Buches in gotischem Quartformat – einem Handbuch einer vergessenen Kirche –, des ›Vigiliae Mortuorum secundum Chorum Ecclesiae Maguntinae‹.

Ich konnte nicht anders, als an das seltsame Ritual dieses Werkes und seinen wahrscheinlichen Einfluß auf den Schwermütigen denken, als er eines Abends, nachdem er mir kurz mitgeteilt hatte, daß Lady Magdalen nicht mehr sei, seine Absicht äußerte, den Leichnam vor seiner endgültigen Beerdigung in einer der zahlreichen Grüfte innerhalb der Grundmauern des Gebäudes aufzubewahren. Die rein äußere Ursache, die er für dieses Vorgehen angab, war solcher Art, daß ich mich nicht aufgelegt fühlte, darüber zu diskutieren. Er, der Bruder, war (wie er mir sagte) zu diesem Entschluß gekommen infolge des ungewöhnlichen Charakters der Krankheit der Dahingeschiedenen, infolge gewisser eifriger und eindringlicher Fragen ihres Arztes und infolge der abgelegenen und einsamen Lage des Begräbnisplatzes der Familie. Ich will nicht leugnen, daß, wenn ich mir das finstere Gesicht des Mannes ins Gedächtnis rief, dem ich am Tage meiner Ankunft auf der Treppe begegnete – daß ich dann kein Verlangen hatte, einer Sache zu widersprechen, die ich nur als eine harmlose und keineswegs unnatürliche Vorsichtsmaßregel ansah.

Auf Bitten Ushers half ich ihm bei den Vorkehrungen für die vorläufige Bestattung. Nachdem der Körper eingesargt worden war, trugen wir ihn beide ganz allein zu seiner Ruhestätte. Die Gruft, in der wir ihn beisetzten, war so lange nicht geöffnet worden, daß unsere Fackeln in der drückenden Atmosphäre fast erstickten und uns nur wenig gestatteten, Umschau zu halten. Die Gruft war eng, dumpfig und ohne jegliche Öffnung, die Licht hätte einlassen können; sie lag in beträchtlicher Tiefe, genau unter dem Teil des Hauses, in dem sich mein eigenes Schlafgemach befand. Augenscheinlich hatte sie in früheren Zeiten der Feudalherrschaft als Burgverlies übelste Verwendung gefunden und hatte später als Lagerraum für Pulver oder sonst einen leicht entzündlichen Stoff gedient, denn ein Teil ihres Fußbodens sowie das ganze Innere eines langen Bogenganges, von dem aus wir das Gewölbe erreichten, war sorgfältig mit Kupfer bekleidet. Die Tür aus massivem Eisen hatte ähnliche Schutzvorrichtungen. Ihr ungeheures Gewicht brachte einen ungewöhnlich scharfen kreischenden Laut hervor, als sie sich schwerfällig in den Angeln drehte.

Nachdem wir unsere traurige Bürde an diesem Ort des Grauens auf ein vorbereitetes Gestell niedergesetzt hatten, schoben wir den noch lose aufliegenden Deckel des Sarges ein wenig zur Seite und blickten in das Antlitz der Ruhenden. Eine verblüffende Ähnlichkeit zwischen Bruder und Schwester fesselte jetzt zum erstenmal meine Aufmerksamkeit, und Usher, der vielleicht meine Gedanken erriet, murmelte ein paar Worte, denen ich entnahm, daß die Verstorbene und er Zwillinge gewesen waren, und daß Sympathien ganz ungewöhnlicher Natur stets zwischen ihnen bestanden hatten. Unsere Blicke ruhten jedoch nicht lange auf der Toten – denn wir konnten sie nicht ohne Ergriffenheit und Grausen betrachten. Das Leiden, das die Lady so in der Blüte der Jugend ins Grab gebracht, hatte – wie es bei Erkrankungen ausgesprochen kataleptischer Art gewöhnlich der Fall ist – auf Hals und Antlitz so etwas wie eine schwache Röte zurückgelassen und den Lippen ein argwöhnisch lauerndes Lächeln gegeben, das so schrecklich ist bei Toten. Wir setzten den Deckel wieder auf, schraubten ihn fest, und nachdem wir die Eisentüre wieder verschlossen hatten, nahmen wir mit Mühe unsern Weg hinauf in die kaum weniger düsteren Räumlichkeiten des oberen Stockwerkes.

Und jetzt, nachdem einige Tage bittersten Kummers vergangen waren, trat in der Geistesverwirrung meines Freundes eine merkliche Änderung ein. Sein ganzes Wesen wurde ein anderes. Seine gewöhnlichen Beschäftigungen wurden vernachlässigt oder vergessen. Er schweifte von Zimmer zu Zimmer mit eiligem, unsicherem und ziellosem Schritt. Die Blässe seines Gesichts war womöglich noch gespenstischer geworden – aber der feurige Glanz seiner Augen war ganz erloschen. Die gelegentliche Heiserkeit seiner Stimme war nicht mehr zu hören, und ein Zittern und Schwanken, wie von namenlosem Entsetzen, durchbebte gewöhnlich seine Worte. Es gab in der Tat Zeiten, wo ich vermeinte, sein unablässig arbeitender Geist kämpfe mit irgendeinem drückenden Geheimnis, zu dessen Bekenntnis er nicht den Mut finden könne. Zu andern Zeiten wieder war ich gezwungen, alles lediglich als Äußerungen seiner seltsamen Krankheit aufzufassen, denn ich sah, wie er stundenlang ins Leere starrte – und zwar mit dem Ausdruck tiefster Aufmerksamkeit, als lauschte er irgendeinem eingebildeten Geräusch. Es war kein Wunder, daß sein Zustand mich erschreckte, mich ansteckte. Ich fühlte, wie sich ganz allmählich, doch unablässig seine seltsamen Wahnvorstellungen, die er mir niemals mitteilte, in mich hineinfraßen.

Es war besonders in der Nacht des siebenten oder achten Tages nach der Bestattung der Lady Magdalen in der Gruft, als ich mich sehr spät zum Schlafen zurückgezogen hatte, daß ich die volle Gewalt dieser Empfindungen erfuhr. Kein Schlaf nahte sich meinem Lager, während die Stunden träge dahinkrochen. Ich bemühte mich, der Nervosität, die mich ergriffen hatte, Herr zu werden. Ich suchte mich zu überzeugen, daß an vielem – wenn nicht an allem –, was ich fühlte, die unheimliche Einrichtung des Gemachs schuld sei; denn es war unheimlich, wie die dunklen und zerschlissenen Wandteppiche, vom Atem eines nahenden Sturmes bewegt, stoßweise auf- und niederschwankten und gegen die Verzierungen des Bettes raschelten. Aber meine Anstrengungen waren fruchtlos. Ein nicht abzuschüttelndes Grauen durchbebte meinen Körper, und schließlich hockte auf meinem Herzen ein Alp – ein furchtbarstes Entsetzen. Mit einem tiefen Atemzug rang ich mich frei aus diesem Bann und setzte mich im Bette auf, ich spähte angestrengt in das undurchdringliche Dunkel des Zimmers und lauschte – wie getrieben von seltsamen instinktiven Ahnungen – auf gewisse dumpfe, unbestimmbare Laute, die, wenn der Sturm schwieg, in langen Zwischenräumen von irgendwoher zu mir drangen. Überwältigt von unbeschreiblichem Entsetzen, das mir ebenso unerträglich wie unerklärlich schien, warf ich mich hastig in die Kleider (denn ich fühlte, daß ich in dieser Nacht doch keinen Schlaf mehr finden würde) und versuchte, mich aus meinem jammervollen Zustand aufzuraffen, indem ich eilig im Zimmer auf- und abwandelte.

Ich war erst ein paarmal so hin und her gegangen, als ein leichter Tritt auf der benachbarten Treppe meine Aufmerksamkeit erregte. Ich erkannte sogleich Ushers Schritt. Einen Augenblick später klopfte er leise an meine Tür und trat mit einer Lampe in der Hand ein. Sein Gesicht war wie immer leichenhaft blaß – aber schrecklicher war der Ausdruck seiner Augen: wie eine irrsinnige Heiterkeit flammte es aus ihnen – sein ganzes Gebaren zeigte eine mühsam gebändigte hysterische Aufregung. Sein Ausdruck entsetzte mich – doch alles schien erträglicher als diese fürchterliche Einsamkeit, und ich begrüßte sein Kommen wie eine Erlösung.

»Und du hast es nicht gesehen?« sagte er unvermittelt, nachdem er einige Augenblicke schweigend um sich geblickt hatte. »Du hast es also nicht gesehen? – Doch halt, du sollst!« Mit diesen Worten beschattete er sorgsam seine Lampe und lief dann an eins der Fenster, das er dem Sturm weit öffnete.

Die ungeheure Wut des hereinstürmenden Orkans hob uns fast vom Boden empor. Es war wirklich eine sturmrasende, aber doch sehr schöne Nacht –, eine Nacht, die grausig seltsam war in Schrecken und in Pracht. Ganz in unserer Nachbarschaft mußte sich ein Wirbelwind erhoben haben, denn die Windstöße änderten häufig ihre Richtung. Die ungewöhnliche Dichtigkeit der Wolken, die so tief hingen, als lasteten sie auf den Türmen des Hauses, verhinderte nicht die Wahrnehmung, daß sie wie mit bewußter Hast aus allen Richtungen herbeijagten und ineinanderstürzten – ohne aber weiterzuziehen.

Ich sage: selbst ihre ungewöhnliche Dichtigkeit verhinderte uns nicht, dies wahrzunehmen – dennoch erblickten wir keinen Schimmer vom Mond oder von den Sternen – ebensowenig aber einen Blitzstrahl. Doch die unteren Flächen der jagenden Wolkenmassen und alle umgebenden Dinge draußen im Freien glühten im unnatürlichen Licht eines schwach leuchtenden und deutlich sichtbaren gasartigen Dunstes, der das Haus umgab und einhüllte.

»Du darfst – du sollst das nicht sehen!« sagte ich schaudernd zu Usher, als ich ihn mit sanfter Gewalt vom Fenster fort zu einem Sessel führte. »Diese Erscheinungen, die dich erschrecken, sind nichts Ungewöhnliches; es sind elektrische Ausstrahlungen – vielleicht auch verdanken sie ihr gespenstisches Dasein der schwülen Ausdünstung des Teiches. Wir wollen das Fenster schließen; die Luft ist kühl und dir sehr unzuträglich. – Hier ist eines deiner Lieblingsbücher. Ich will vorlesen und du sollst zuhören, und so wollen wir diese fürchterliche Nacht zusammen verbringen.«

Der alte Band, den ich zur Hand genommen hatte, war der ›Mad Trist‹ von Sir Launcelot Canning, aber ich hatte ihn mehr in traurigem Scherz als im Ernst Ushers Lieblingsbuch genannt; denn in Wahrheit ist in seiner ungefügten und phantasielosen Weitschweifigkeit wenig, was für den scharfsinnigen und idealen Geist meines Freundes von Interesse sein konnte. Es war jedoch das einzige Buch, das ich zur Hand hatte, und ich nährte eine schwache Hoffnung, der aufgeregte Zustand des Hypochonders möge Beruhigung finden (denn die Geschichte geistiger Zerrüttung weist solche Widersprüche auf) in den tollen Übertriebenheiten, die ich lesen wollte. Hätte ich wirklich nach der gespannten, ja leidenschaftlichen Aufmerksamkeit schließen dürfen, mit der er mir zuhörte – oder zuzuhören schien –, so hätte ich mir zu dem Erfolg meines Vorhabens Glück wünschen dürfen.

Ich war in der Erzählung bei der allbekannten Stelle angelangt, wo Ethelred, der Held des ›Trist‹, nachdem er vergeblich friedlichen Einlaß in die Hütte des Klausners zu bekommen versucht hatte, sich anschickt, den Eintritt durch Gewalt zu erzwingen. Hier lautet der Text, wie man sich erinnern wird, so:

»Und Ethelred, der von Natur ein mannhaft Herz hatte und der nun, nachdem er den kräftigen Wein getrunken, sich unermeßlich stark fühlte, begnügte sich nicht länger, mit dem Klausner Zwiesprach zu halten, der wirklich voll Trotz und Bosheit war, sondern da er auf seinen Schultern schon den Regen fühlte und den herannahenden Sturm fürchtete, schwang er seinen Streitkolben hoch hinaus und schaffte in den Planken der Tür schnell Raum für seine behandschuhte Hand; und nun faßte er derb zu und zerkrachte und zerbrach – und riß alles zusammen, daß der Lärm des dürren, dumpf krachenden Holzes durch den ganzen Wald schallte und widerhallte.«

Bei Beendigung dieses Satzes fuhr ich auf und hielt mit Lesen inne, denn es schien mir so (obwohl ich sofort überlegte, daß meine erhitzte Phantasie mich getäuscht haben müsse), als kämen aus einem ganz entlegenen Teile des Hauses Geräusche her, die ein vollkommenes sehr fernes Echo hätten sein können von jenem Krachen und Bersten, das Sir Launcelot so charakteristisch beschrieben hatte. Zweifellos war es nur das Zusammentreffen irgendeines Geräusches mit meinen Worten, das meine Aufmerksamkeit gefesselt hatte. Denn inmitten des Rüttelns der Fensterläden und der vielfältigen Lärmlaute des anwachsenden Sturmes hatte der Laut an sich sicherlich nichts, was mich interessiert oder gestört haben könnte. Ich fuhr in der Erzählung fort:

»Aber als der werte Held Ethelred jetzt in die Türe trat, geriet er bald in Wut und Bestürzung, kein Zeichen des boshaften Klausners zu bemerken, sondern statt seiner ein ungeheurer schuppenrasselnder Drachen mit feuriger Zunge, der als Hüter vor einem goldenen Palast mit silbernem Fußboden ruhte. Und an der Mauer hing ein Schild aus schimmerndem Stahl mit der Inschrift:

›Wer hier herein will dringen,
den Drachen muß er bezwingen;
Ein Held wird er sein,
den Schild sich erringen.‹

Und Ethelred schwang seinen Streitkolben und schmetterte ihn auf den Schädel des Drachen, der zusammenbrach und seinen üblen Odem aufgab, und dieses mit einem so gräßlichen und schrillen und durchdringenden Schrei, daß Ethelred sich gern die Ohren zugehalten hätte vor dem schrecklichen Laut, desgleichen hievor niemalen erhört gewesen war.«

Hier hielt ich wieder bestürzt inne – und diesmal mit schauderndem Entsetzen –, denn es konnte kein Zweifel sein, daß ich in diesem Augenblick (wennschon es mir unmöglich war, anzugeben, aus welcher Richtung) einen dumpfen und offenbar entfernten, aber schrillen, langgezogenen, kreischenden Laut vernommen hatte – das vollkommene Gegenstück zu dem unnatürlichen Aufschrei des Drachen, wie der Dichter ihn beschrieb.

Obwohl ich durch dies zweite und höchst seltsame Zusammentreffen erschreckt war und tausend widerstreitende Empfindungen, in denen Erstaunen und äußerstes Entsetzen vorherrschten, mich bestürmten, hatte ich dennoch Geistesgegenwart genug, nicht etwa durch eine diesbezügliche Bemerkung die Nervosität meines Gefährten noch zu steigern. Ich war keineswegs sicher, daß er die in Frage stehenden Laute vernommen hatte, obgleich allerdings während der letzten Minuten eine sonderbare Veränderung mit ihm vorgegangen war. Anfänglich hatte er mir gegenüber gesessen, so daß ich ihm voll ins Gesicht sehen konnte; nach und nach aber hatte er seinen Stuhl so herumgedreht, daß er nun mit dem Gesicht zur Türe schaute. Ich konnte daher seine Züge nur teilweise erblicken, doch sah ich, daß seine Lippen zitterten, als flüstere er leise vor sich hin. Der Kopf war ihm auf die Brust gesunken, aber ich wußte, daß er nicht schlief, denn sein Profil zeigte mir seine weit und starr geöffneten Augen, und sein Körper bewegte sich unausgesetzt sanft und einförmig hin und her. Dies alles hatte ich mit raschem Blick erfaßt und nahm nun die Erzählung Sir Launcelots wieder auf:

»Und nun, da der Held der schrecklichen Wut des Drachen entronnen war und sich des stählernen Schildes erinnerte, dessen Zauber nun gebrochen, räumte er den Kadaver beiseite und schritt über das silberne Pflaster kühn hin zu dem Schild an der Wand. Der aber wartete nicht, bis er herangekommen war, sondern stürzte zu seinen Füßen auf den Silberboden nieder, mit gewaltig schmetterndem, furchtbar dröhnendem Getöse.«

Kaum hatten meine Lippen diese Worte gesprochen, da vernahm ich – als sei in der Tat ein eherner Schild schwer auf einen silbernen Boden gestürzt – deutlich, aber gedämpft, einen metallisch dröhnenden Widerhall. Gänzlich entnervt sprang ich auf die Füße, aber die taktmäßige Schaukelbewegung Ushers dauerte fort. Ich stürzte zu dem Stuhl, in dem er saß. Sein Blick war stier geradeaus gerichtet, und sein Antlitz schien wie zu Stein erstarrt. Aber als ich die Hand auf seine Schulter legte, befiel ein heftiges Zittern seine ganze Gestalt; ein krankes Lächeln zuckte um seinen Mund, und ich sah, daß er leise hastend und stotternd vor sich hin murmelte, so, als wisse er nichts von meiner Anwesenheit. Mich tief zu ihm hinabbeugend, trank ich schließlich den scheußlichen Sinn seiner Worte ein:

»Es nicht hören? – Oh, ich höre es wohl und *habe* es gehört. Lange – lange – lange – viele Minuten, viele Stunden, viele Tage habe ich es gehört – aber ich wagte nicht – oh, bedaure mich – elender Schurke, der ich bin! – Ich wagte nicht, ich *wagte* nicht zu reden! *Wir haben sie lebendig ins Grab gelegt!* Sagte ich nicht, meine Sinne seien scharf? Ich sage dir *jetzt*, daß ich ihre ersten schwachen Bewegungen im dumpfen Sarge hörte. Ich hörte sie – vor vielen, vielen Tagen schon – dennoch wagte ich nicht – *ich wagte nicht zu reden!* – Und jetzt – heute nacht – Ethelred – ha! ha! – Das Aufbrechen der Tür des Klausners, und der Todesschrei des Drachen, und das Dröhnen des Schildes! – Sage lieber: das Zerbersten ihres Sarges, und das Kreischen der eisernen Angeln ihres Gefängnisses, und ihr qualvolles Vorwärtskämpfen durch den kupfernen Bogengang des Gewölbes. Oh, wohin soll ich fliehen? Wird sie nicht gleich hier sein? Wird sie nicht eilen, um mir meine Eile vorzuwerfen? Hörte ich nicht schon ihren Tritt auf der Treppe? Kann ich nicht schon das schwere und schreckliche Schlagen ihres Herzens vernehmen? Wahnsinniger!« – hier sprang er wie rasend auf und kreischte, als wolle er mit diesen Worten seine Seele hinausbrüllen – *»Wahnsinniger! Ich sage dir, daß sie jetzt draußen vor der Türe steht!«*

Als läge in der übermenschlichen Kraft dieses Ausrufes die Macht eines Zaubers – so rissen jetzt die riesigen alten Türflügel, auf die der Sprecher hinzeigte, ihre gewaltigen ebenholzenen Kinnladen auf. Es war das Werk des rasenden Sturmes – aber siehe – draußen vor der Türe stand leibhaftig die hohe, ins Leichentuch gehüllte Gestalt der Lady Magdalen Usher. Es war Blut auf ihrer weißen Gewandung, und die Spuren eines erbitterten Kampfes waren überall an ihrem abgezehrten Körper zu erkennen. Einen Augenblick blieb sie zitternd und taumelnd auf der Schwelle stehen – dann fiel sie mit einem leisen schmerzlichen Aufschrei ins Zimmer auf den Körper ihres Bruders – und in ihrem heftigen und nun endgültigen Todeskampf riß sie ihn tot zu Boden – ein Opfer der Schrecken, die er vorausempfunden hatte.

Wie verfolgt entfloh ich aus diesem Gemach und diesem Hause. Draußen tobte das Unwetter in unverminderter Heftigkeit, als ich den alten Teichdamm kreuzte. Plötzlich schoß ein unheimliches Licht quer über den Pfad, und ich blickte zurück, um zu sehen, woher ein so ungewöhnlicher Glanz kommen könne, denn hinter mir lagen allein das weite Schloß und seine Schatten. Der Strahl war Mondglanz, und der volle, untergehende, blutrote Mond schien jetzt hell durch den einst kaum wahrnehmbaren Riß, von dem ich bereits früher sagte, daß er vom Dach des Hauses im Zickzack bis zum Erdboden lief. Während ich hinstarrte, erweiterte sich dieser Riß mit unheimlicher Schnelligkeit; ein wütender Stoß des Wirbelsturms kam; das volle Rund des Satelliten wurde in dem breit aufgerissenen Spalt sichtbar; mein Geist wankte, als ich jetzt die gewaltigen Mauern auseinanderbersten sah; es folgte ein langes tosendes Krachen wie das Getöse von tausend Wasserfällen, und der tiefe und schwarze Teich zu meinen Füßen schloß sich finster und schweigend über den Trümmern des ›*Hauses Usher*‹.

Der Mann der Menge

Ce grand malheur, de ne pouvoir
être seul.

La Bruyère

Es war nicht schlecht, dies ›*Es läßt sich nicht lesen*‹, was man von einem gewissen deutschen Buche sagte. Es gibt Geheimnisse, die nicht gestatten, daß man sie ausspricht. Menschen sterben nachts in Betten, pressen die Hände gespenstischer Beichtväter, blicken ihnen Erbarmen suchend ins Auge – sterben mit verzweifelndem Herzen und gekrampfter Kehle, denn die entsetzlichen Geheimnisse, die ›*nicht dulden*‹, daß man sie enthüllt, erdrücken sie. Ach, hie und da nimmt das Gewissen der Menschen eine Last auf, die so entsetzlich ist in ihrer Schwere, daß sie nicht früher abgeworfen werden kann als im Grabe. Und so wird das innerste Wesen des Verbrechens nicht offenbart.

Vor nicht allzu langer Zeit saß ich in der Abenddämmerung an einem großen Bogenfenster des D ... schen Kaffeehauses in London. Ich war einige Monate krank gewesen, nun aber auf dem Wege der Besserung, und je mehr meine Kräfte zurückkehrten, desto glücklicher wurde meine Stimmung, die man als das Gegenteil von Langeweile bezeichnen muß; es war ein Zustand voll inneren Aufmerkens, voll heftiger Begier nach Neuem, es war mir gewissermaßen, als blicke mein geistiges Auge zum erstenmal frei und unverschleiert – das ἀχλὺς ἣ πρὶν ἐπῆεν – und der angespannte Intellekt überragt dann so sehr seinen gewöhnlichen Zustand, wie der feurige und doch aufrichtige Verstand eines Leibniz die tolle und haltlose Beredsamkeit eines Gorgias. Nur zu atmen, war schon Freude, und selbst aus den Quellen des Schmerzes wußte ich Genuß zu schöpfen. Ich nahm an allem ein stilles, doch eindringliches Interesse. Eine Zigarre im Mund und eine Zeitung auf den Knien, hatte ich mich den Nachmittag über damit unterhalten, in die Zeitung zu blicken oder die anderen Gäste zu beobachten oder durch die rauchgetrübten Scheiben auf die Straße zu schauen.

Diese Straße, eine der Hauptverkehrsadern der Stadt, war schon den ganzen Tag über sehr belebt gewesen; aber mit zunehmender Dämmerung wuchs die Menge der Passanten noch von Minute zu Minute, und als die Laternen angezündet wurden, wogte unaufhörlich nach beiden Richtungen ein dichter Menschenstrom vorüber.

Noch nie vorher hatte ich mich zu dieser Tageszeit in einer ähnlichen Lage befunden, und das stürmende Menschenheer da draußen gab mir seltsam neue, berauschende Gefühle. Bald kümmerte ich mich gar nicht mehr um das, was drinnen vorging, sondern vertiefte mich ganz in die Betrachtung des Straßengewoges.

Meine Beobachtungen waren zunächst ganz allgemeiner Art. Ich sah die Passanten nur als Gruppen und stellte mir ihre Beziehungen zueinander vor. Bald jedoch ging ich zu Einzelheiten über und prüfte mit eingehendem Interesse die zahllosen Verschiedenheiten in Gestalt, Kleidung, Haltung und Mienenspiel.

Die meisten der Vorübergehenden hatten ein zufriedenes Aussehen, wie Geschäftsleute, und schienen nur daran zu denken, sich einen Weg durchs Gedränge zu bahnen. Ihre Brauen waren gerunzelt, und ihre Augen blickten lebhaft umher. Wurden sie von anderen gestoßen, so zeigten sie keine Ungeduld, sondern brachten ihren Anzug wieder in Ordnung und eilten weiter. Andere – und auch sie waren sehr zahlreich – hatten hastige Bewegungen und gerötete Gesichter; sie gestikulierten und sprachen mit sich selbst, als fühlten sie sich inmitten des Getriebes in größter Einsamkeit. Wurden sie am Weitergehen gehindert, so hielten sie plötzlich mit Murmeln inne, verdoppelten aber ihre Gestikulationen und ließen mit abwesendem und müdem Lächeln die Nachdrängenden vorüber. Wenn einer gegen sie anrannte, so verneigten sie sich viele Male und schienen von Verlegenheit überwältigt. Außer dem Ebenerwähnten hatten diese beiden großen Gruppen nichts Bemerkenswertes. Ihre Kleidung entsprach der, die man nicht ohne Ironie die ›anständige‹ genannt hat. Es waren unzweifelhaft Adelige, Kaufleute, Anwälte, Börsenleute – Patrizier und Allerweltsleute –, müßige und tätige Menschen, die ihre eigenen Wege gingen und selbständig Geschäfte machten. Sie nahmen meine Aufmerksamkeit nicht weiter in Anspruch.

Die Klasse der Angestellten war leicht zu überblicken, und ich konnte sie in zwei Gruppen einteilen. Da waren die jüngeren Leute von schnell emporgeblühten, aber unsicheren Geschäftshäusern, junge Männer mit enganliegenden Röcken, glänzenden Schuhen, pomadisiertem Haar und hochnäsigem Ausdruck. Abgesehen von einer gewissen Diensteifrigkeit, die sie nicht verleugnen konnten und die man füglich die ›Schreiberseele‹ nennen könnte, erschienen mir diese Leute als die vollkommene Nachahmung dessen, was vor zwölf bis achtzehn Monaten ›bon ton‹ gewesen war. Sie hatten die abgelegten Manieren der ersten Gesellschaftskreise, und das, glaube ich, ist am bezeichnendsten für diese Gruppe.

Die Gruppe der höheren Angestellten solider Firmen war ebensowenig zu verkennen. Man erkannte sie an ihren schwarzen oder braunen Röcken und Beinkleidern, die stets bequem saßen, an ihren weißen Westen und Krawatten, den breiten derben Schuhen und groben Strümpfen oder Gamaschen. Sie hatten alle schon einen Ansatz von Glatze, und ihr rechtes Ohr, das schon so viele Jahre die Feder getragen, hatte die komische Gewohnheit, weit abzustehen. Ich bemerkte, daß sie stets mit beiden Händen an ihren Hüten rückten und Uhren trugen, die an kurzen goldenen Ketten von plumper altmodischer Form hingen. Sie hatten ein etwas gekünstelt ehrbares Auftreten, wenn Ehrbarkeit überhaupt gekünstelt sein kann.

Ferner gab es viele entschlossen und kühn aussehende Gestalten, die ich mühelos als zur Zunft der Taschendiebe gehörig erkannte, von der alle Großstädte heimgesucht werden. Ich beobachtete diese Herren sehr genau und konnte mir kaum vorstellen, wie sie von wirklich vornehmen Leuten jemals für ihresgleichen gehalten werden könnten. Die Weite ihrer Manschetten und ein gewisser übertriebener Freimut mußte sie sogleich verraten.

Die Spieler, von denen ich nicht wenige entdeckte, waren noch leichter herauszufinden. Sie trugen die verschiedenste Kleidung, von der des tollkühnen Taschenspielers mit Samtweste, phantastischem Halstuch, goldenen Ketten und Filigranknöpfen bis zu der des sorgfältig gekleideten Geistlichen, denn gerade dies Gewand erregt am wenigsten Verdacht. Sie alle zeichneten sich durch eine gewisse dunkle Gesichtsfarbe, ein mattes Auge und bleiche zusammengekniffene Lippen aus. Und noch zwei andere Merkmale waren es, an denen ich sie erkennen konnte; sie sprachen stets in gesucht leisem Ton und hielten den Daumen rechtwinklig zur Hand weit abgestreckt. Oft sah ich in Gesellschaft dieser Gauner eine Klasse von Leuten mit etwas anderem Gebaren, die aber dennoch Vögel derselben Gattung waren. Man könnte sie die Herren nennen, die von ihren Witzen leben. Sie scheinen in zwei Bataillonen auf Beute auszuziehen: als Stutzer und als Militärs. Die Hauptkennzeichen der ersten Art sind langes Haar und Lächeln, die der zweiten schnürenbesetzte Röcke und Stirnrunzeln.

Weiter herabsteigend auf der Stufenleiter der menschlichen Gesellschaft, fand ich dunklere und schwierigere Aufgaben zum Analysieren. Ich sah jüdische Hausierer mit Falkenaugen, die aus Gesichtern blitzten, in denen alles andere nur das Gepräge kriechender Demut trug; freche gewerbsmäßige Bettler, die mit schalen Blicken jene Genossen besseren Schlages musterten, die nur Verzweiflung, Mitleid heischend, in die Nacht getrieben: gebrechliche, gespenstisch dürre Gestalten, auf die der Tod schon seine schwere Hand gelegt, die kraftlos daherschwankten und jedermann flehend ins Antlitz blickten, als suchten sie einen Trost, eine verlorene Hoffnung; bescheidene junge Mädchen, die von langer Arbeit in ihr freudloses Heim zurückkehrten und eher mit tränenvollem Blick als mit Entrüstung den frechen

Augen der Wüstlinge auswichen, mit denen im Gedränge selbst eine Berührung nicht zu vermeiden war; Dirnen aller Art und jeden Alters: die unvergleichliche Schönheit in der Blüte ihrer Weiblichkeit, die an die Statue erinnert, von der Lukian berichtet, daß sie außen aus köstlichem parischen Marmor, innen aber mit Kot gefüllt war – das ekelhafte, ganz verkommene Weib in Lumpen – die runzlige, juwelengeschmückte, mit Schminke überkleisterte alte Vettel, die eine letzte Anstrengung macht, jugendlich zu erscheinen – das unentwickelte zarte Kind, das aber, durch lange Gewöhnung in allen Künsten der Koketterie erfahren, vor Ehrgeiz brennt, den älteren Schwestern im Laster gleichzukommen; Trunkenbolde, zahllos und nicht zu beschreiben; manche in Flicken und Lumpen, mit verglasten Augen und blödem Schwatzen dahertaumelnd – manche in ganzen, wenngleich schmierigen Kleidern, mit unsicher schwankendem Schritt, dicken sinnlichen Lippen und dreist blickenden, rot gedunsenen Gesichtern – andere, deren Anzügen man ansah, daß sie aus gutem Stoff und selbst jetzt noch gebürstet waren, Leute, deren Schritt übertrieben fest und elastisch, deren Antlitz jedoch erschreckend bleich war, deren rote Augen abstoßend wild blickten, und die, wie sie sich da durch die Menge schoben, mit zitternden Fingern nach allem tasteten, was in ihren Bereich kam.

Je mehr die Nacht hereinbrach, desto mehr steigerte sich auch mein Interesse an der Szene, denn nicht nur änderte sich der allgemeine Charakter der Dinge (die milden Züge verschwanden im gleichen Maße, in dem sich der bessere Teil der Leute zurückzog, und die rohen Elemente drängten sich kühner hervor, je mehr die späte Stunde alle Gemeinheit aus ihren Höhlen lockte), sondern es hatten jetzt auch die Strahlen der Gaslaternen, die zuerst im Kampf mit dem sterbenden Tageslicht nur schwach gewesen, die Herrschaft erlangt und warfen über alles ein flackerndes, glänzendes Licht. Alles war dunkel und dennoch strahlend – gleich jenem Ebenholz, mit dem man den Stil Tertullians verglichen hat.

Die seltsamen Lichtwirkungen fesselten meine Blicke an einzelne Gesichter; und obgleich die Schnelligkeit, mit der die Menge da draußen in Licht und wieder in Schatten trat, mich verhinderte, mehr als *einen* Blick auf jedes Antlitz zu werfen, so schien es doch, als ob ich infolge meiner besonderen Geistesverfassung imstande sei, in einem Augenblick die Geschichte langer Jahre zu lesen.

Die Stirn an den Scheiben, war ich solcherart beschäftigt, die Menge zu studieren, als plötzlich ein Gesicht auftauchte (das eines hinfälligen alten Mannes von etwa fünfundsechzig oder siebzig Jahren) – ein Gesicht, das mich sofort in Bann hielt und mit der unerhörten Eigenart seines Ausdrucks meine ganze Aufmerksamkeit in Anspruch nahm. Nie vorher hatte ich etwas gesehen, das so sonderbar gewesen wäre wie dieser Gesichtsausdruck. Mein erster Gedanke bei seinem Anblick war, wie ich mich gut erinnere, der, daß Retzsch, hätte er es gesehen, ihm unbedingt vor allen anderen Modellen zu seiner Verkörperung des Satans den Vorzug gegeben haben würde. Als ich während der kurzen Zeit, da ich den Alten das erstemal sah, mir schnell über den Eindruck, den er auf mich machte, Rechenschaft zu geben suchte, tauchten vor meinem geistigen Auge die wirren und widersprechenden Vorstellungen auf von unendlicher Geisteskraft, Vorsicht, Dürftigkeit, Geiz, Kälte, Bosheit, Blutdurst, von Frohlocken, Heiterkeit, wildestem Entsetzen und tiefer, unendlicher Verzweiflung. Ich fühlte mich seltsam aufgeregt, angezogen und in Bann gehalten. ›Welch eigenartige Geschichte‹, sagte ich zu mir selbst, ›ist diesem Busen eingegraben!‹ Dann befiel mich ein heftiges Verlangen, den Mann im Auge zu behalten, mehr von ihm zu erfahren. Eilig zog ich meinen Mantel an, nahm Hut und Stock und eilte auf die Straße, wo ich mir in der Richtung, die ich ihn nehmen gesehen hatte, durch die Menge einen Weg bahnte; denn er war schon verschwunden. Mit einiger Mühe gelang es mir, ihn wieder in Sicht zu bekommen; ich näherte mich ihm und folgte ihm dicht, doch vorsichtig, um nicht seine Aufmerksamkeit zu erregen.

Ich hatte jetzt gute Gelegenheit, ihn eingehend zu mustern. Er war von kleiner Gestalt, sehr mager und ersichtlich sehr hinfällig.

Seine Kleidung war im großen und ganzen schmierig und zerlumpt; doch als er hie und da ins helle Licht einer Laterne trat, gewahrte ich, daß seine Wäsche, wenn auch schmutzig, so doch von feinstem Gewebe war; und wenn mein Auge mich nicht täuschte, so erspähte ich durch einen Riß in seinem festzugeknöpften und offenbar aus zweiter Hand erstandenen Regenmantel den Schimmer sowohl eines Diamanten als eines Dolches. Diese Beobachtungen erhöhten meine Neugier, und ich beschloß, dem Fremden zu folgen, wohin er auch gehen mochte.

Es war jetzt tiefe Nacht, und ein dichter, feuchter Nebel lagerte über der Stadt, der bald in andauernden heftigen Regen überging. Dieser Witterungswechsel hatte auf die Menge eine große Wirkung: ein wildes Hasten setzte ein, und eine Welt von Regenschirmen wogte darüber hin. Das Drängen, das Stoßen und das Summen verstärkte sich um das Zehnfache. Ich für mein Teil machte mir nicht viel aus dem Regen – obgleich das noch nicht ganz überstandene Fieber in mir der feuchten Kühle gar zu bedenklich entgegenlechzte. Ich band mir ein Taschentuch um den Mund und schritt weiter. Eine halbe Stunde lang bahnte der Mann sich mühsam seinen Weg durch die belebte Straße; und hier ging ich dicht an seiner Seite, aus Furcht, ihn aus den Augen zu verlieren. Da er nie den Kopf wandte, um zurückzuschauen, bemerkte er mich nicht. Endlich bog er in eine Querstraße ein; auch dort war das Gedränge sehr stark, immerhin aber bei weitem nicht so wie in der soeben von uns verlassenen Hauptstraße. Jetzt änderte er sein Benehmen. Er ging langsamer und planloser als vorher – er zögerte. Er kreuzte wiederholt und ohne sichtlichen Grund die Straße, und das Gedränge war noch so groß, daß ich bei jeder solchen Gelegenheit ihm dicht auf den Fersen bleiben mußte. Die Straße war lang und schmal, und er verfolgte sie wohl eine Stunde lang; in dieser Zeit hatte die Zahl der Passanten abgenommen – bis etwa zu der Menge, wie man sie mittags auf dem Broadway nahe beim Park antrifft. So groß ist der Unterschied zwischen der Einwohnerzahl von London und der der belebtesten Stadt Amerikas. Eine weitere Wendung brachte uns auf einen glänzend erleuchteten, von Leben übersprudelnden Platz. Der Fremde nahm sein altes Gebaren wieder an. Er ließ das Kinn auf die Brust sinken, während seine Augen unter den gerunzelten Brauen gegen alle, die ihm in den Weg kamen, Blitze schossen. Er verfolgte seinen Weg ruhig und mit Ausdauer. Ich war indessen nicht wenig erstaunt, als er, nachdem er die Runde um den Platz beendet, kehrtmachte und seine Schritte wieder zurücklenkte. Noch mehr erstaunte ich darüber, daß er diese Runde mehrmals wiederholte – wobei er mich einmal bei einer plötzlichen Wendung fast entdeckte.

Mit dieser Leibesübung brachte er eine weitere Stunde zu, gegen deren Schluß uns weit weniger Passanten begegneten als vorher. Es regnete in Strömen; die Luft wurde kalt, und die Menschen zogen sich in ihre Behausungen zurück. Mit einer Gebärde der Ungeduld wandte sich der Wanderer einer verhältnismäßig öden Seitenstraße zu. Diese lief er wohl eine Viertelstunde lang mit einer Eilfertigkeit hinunter, wie ich sie bei einem so bejahrten Manne nicht vermutet hätte, und die es mir schwer machte, ihm zu folgen. In wenigen Minuten hatten wir einen großen und sehr besuchten Bazar erreicht, mit dessen Lokalitäten der Fremde wohlvertraut zu sein schien, und wo er wieder wie vorher im Gedränge sich planlos zwischen der Schar von Käufern und Verkäufern hindurchschob.

Während der etwa anderthalb Stunden, die wir hier zubrachten, bedurfte es meinerseits der größten Vorsicht, um mich in seiner Nähe zu halten, ohne seine Aufmerksamkeit zu erregen. Glücklicherweise trug ich ein Paar Gummischuhe und konnte mich daher lautlos vorwärtsbewegen. Er gewahrte nicht einen Augenblick, daß ich ihn beobachtete. Er ging von Laden zu Laden, trat in jeden hinein, sprach kein Wort und besah sich alles mit irren, ausdruckslosen Blicken. Ich war jetzt über sein Benehmen aufs höchste verblüfft und nahm mir fest vor, nicht eher von ihm zu weichen, bis ich einigermaßen über ihn Bescheid wußte.

Eine laut tönende Uhr schlug elf, und die Menge verließ eilig den Bazar. Ein Ladenbesitzer, der einen Schalter einhängte, stieß den Alten an, und im selben Augenblick sah ich ihn zusammenschauern. Er eilte in die Straße, sah sich einen Augenblick ängstlich um und lief dann mit unglaublicher Geschwindigkeit durch viele krumme menschenleere Gassen, bis wir von neuem in der großen Verkehrsader auftauchten, von der wir ausgegangen waren – der Straße des D... schen Kaffeehauses. Sie bot indessen nicht mehr denselben Anblick. Sie erstrahlte noch immer im Licht der Gaslaternen, aber der Regen fiel heftig, und es waren nur wenig Leute zu sehen. Der Fremde erbleichte. Er machte mürrisch einige Schritte auf der vordem so belebten Straße, schlug dann mit einem schweren Seufzer die Richtung nach dem Flusse ein, und durch eine Menge verschiedener Straßen hindurchhastend, kam er schließlich bei einem der Haupttheater heraus. Es war kurz vor Toresschluß, und die Besucher strömten aus den Pforten. Ich sah, wie der alte Mann tief Atem holte, als er sich in die Menge stürzte, ich sah aber auch, daß die tiefe Pein in seinen Zügen etwas nachgelassen hatte. Sein Kopf sank wieder auf die Brust; er machte wieder denselben Eindruck wie zu Anfang. Ich bemerkte, daß er jetzt die Richtung nahm, welche die größere Anzahl der Theaterbesucher eingeschlagen – im ganzen aber gab ich es nun auf, hinter sein wunderliches Tun zu kommen.

Während er so seinen Weg fortsetzte, zerstreuten sich die Leute allmählich, und seine alte Unrast befiel ihn von neuem. Eine Zeitlang folgte er einer Gesellschaft von etwa zehn bis zwölf Nachtschwärmern; doch um einen nach dem andern verringerte sich diese Zahl, bis schließlich nur noch drei in einer engen und düsteren menschenleeren Gasse zurückblieben. Der Fremde hielt inne und schien für einen Augenblick in Gedanken versunken; dann eilte er mit allen Anzeichen innerer Aufregung einen Weg hinunter, der uns an die äußerste Grenze der Stadt führte, in weit andere Gegenden, als wir bisher durchquert hatten. Es war das geräuschvollste Viertel Londons, wo alles den Eindruck erbärmlichster Armut und verzweifelten Verbrechertums machte. Beim düsteren Licht einer vereinzelten Laterne sah man hohe, alte, wurmstichige Holzbauten, die in so verschiedenen und wunderlichen Stellungen dem Einsturz entgegensanken, daß die Gäßchen zwischen ihnen kaum noch angedeutet waren. Die Pflastersteine lagen, von üppig wucherndem Gras aus ihren Betten gehoben, lose umher. Ekelhafter Unrat verweste in den verstopften Gossen. Die ganze Atmosphäre war getränkt von Gram und Elend. Doch vernahmen wir, als wir so weiter gingen, allmählich wieder menschliche Laute, und schließlich sah man ganze Banden des verworfensten Londoner Pöbels hin und her taumeln. Des alten Mannes Lebensgeister flammten wieder auf wie eine Lampe vorm Verlöschen. Noch einmal strebte er elastischen Schrittes vorwärts. Als wir plötzlich um eine Ecke bogen, drang eine Flut von Licht auf uns ein, und wir standen vor einem der riesigen Vorstadttempel der Unmäßigkeit, einem Palast des Branntweinteufels.

Es war jetzt fast Tagesanbruch; doch eine stattliche Anzahl elender Trunkenbolde drängte im protzigen Eingang hin und her. Mit einem leisen Freudenschrei erzwang der Alte sich den Zutritt, nahm sofort sein ursprüngliches Wesen wieder an und schritt ohne ersichtliches Ziel inmitten der Menge umher. Er war jedoch noch nicht lange beschäftigt, als ein Drängen nach den Türen verriet, daß der Wirt sich anschickte, sie für die Nacht zu schließen. Es war mehr als Verzweiflung, was ich jetzt auf dem Antlitz des seltsamen Wesens geschrieben sah, dessen Beobachtung ich mich so ausdauernd gewidmet hatte. Aber er hielt in seinem Lauf nicht inne, sondern lenkte mit wahnsinniger Hartnäkkigkeit seine Schritte wieder dem Herzen des mächtigen London zu. Rastlos und eilig floh er dahin, während ich ihm in höchster Verblüffung folgte, fest entschlossen, nicht von diesem Studium zu lassen, für das ich jetzt ein verzehrendes Interesse fühlte.

Die Sonne ging auf, während wir weiterschritten, und als wir wiederum jenen belebtesten Teil der volkreichen Stadt, die Straße des D...schen Kaffeehauses erreicht hatten, bot diese ein Bild von Hast und Emsigkeit, das hinter dem vom Vorabend kaum zurückstand. Und hier, inmitten des von Minute zu Minute zunehmenden Gewirrs, setzte ich standhaft die Verfolgung des Fremden fort. Er aber ging wie immer hin und zurück und verließ während des ganzen Tages nicht das Getümmel jener Straße. Und als die Schatten des zweiten Abends niedersanken, ward ich todmüde und stellte mich dem Wanderer kühn in den Weg und blickte ihm fest ins Antlitz. Er bemerkte mich nicht. Er nahm seinen traurigen Gang wieder auf, indes ich, von der Verfolgung absehend, in Gedanken versunken zurückblieb. »Dieser alte Mann«, sagte ich schließlich, »ist das Urbild und der Dämon des Triebes zum Verbrechen. Er kann nicht allein sein. *Er ist der Mann der Menge*. Es wäre vergeblich, ihm zu folgen, denn ich werde weder ihn noch sein Tun tiefer durchschauen. Das schlechteste Herz der Welt ist ein umfangreicheres Buch als der ›Hortulus Animae‹, und vielleicht ist es nur eine der großen Gnadengaben Gottes, dies: ›*Es läßt sich nicht lesen.*‹«

Hinab in den Maelström

> Die Wege Gottes in der Natur wie auch in der Vorsehung sind nicht wie *unsere* Wege; noch sind die Dinge, die wir bilden, irgendwie der Unendlichkeit, Abgründigkeit und Unerforschlichkeit seiner Werke vergleichbar, die eine Tiefe in sich haben – ungemessener als der Brunnen des Demokritus.
>
> *Joseph Glanville*

Wir waren auf dem Gipfel der höchsten Klippe angelangt. Einige Minuten schien der Alte zu erschöpft, um zu sprechen. »Vor drei Jahren noch«, sagte er schließlich, »hätte ich diesen Weg gerade so leicht und ohne Ermüdung gemacht wie der jüngste meiner Söhne; aber dann hatte ich ein Erlebnis, wie wohl kein Sterblicher vor mir – wenigstens wie keiner es überlebte, um davon zu berichten –, und *die* sechs Stunden tödlichen Entsetzens, die ich damals durchgemacht, haben mich an Leib und Seele gebrochen. Sie halten mich für einen *sehr* alten Mann – aber ich bin es nicht. Weniger als ein Tag reichte hin, um meine tiefschwarzen Haare weiß zu machen, meinen Gliedern die Kraft, meinen Nerven die Spannung zu nehmen, so daß ich bei der geringsten Anstrengung zittere und vor einem Schatten erschrecke. Können Sie sich denken, daß ich kaum über diese kleine Klippe zu schauen vermag, ohne schwindlig zu werden?«

Die ›kleine Klippe‹, an deren Rand er sich so sorglos niedergeworfen, daß der gewichtigere Teil seines Körpers darüber hinaushing, während allein der Halt, den ihm seine auf den schlüpfrigen Felsrand aufgestützten Ellbogen gewährten, ihn am Hinunterfallen hinderte – diese ›kleine Klippe‹ erhob sich als ein steiler, wilder Berg schwarzglänzender Felsmassen etwa fünfzehn- bis sechzehnhundert Fuß hoch aus dem Meere empor. Nicht um alles in der Welt hätte ich mich näher als etwa sechs Meter an den Rand herangewagt. Ja wirklich, die gefährliche Stellung meines Begleiters entsetzte mich so sehr, daß ich mich der Länge nach zu Boden warf, mich ans Gestrüpp anklammerte und nicht einmal wagte, gen Himmel zu blicken – indes ich mich vergeblich mühte, den Gedanken loszuwerden, daß der Berg bis in seine Grundfesten von den stürmenden Winden erschüttert werde. Es dauerte lange, ehe ich mich so weit zur Vernunft brachte, daß ich mich aufrichten und in die Ferne schauen konnte.

»Sie müssen Ihre Angstvorstellungen überwinden«, sagte der Führer, »habe ich Sie doch hierher gebracht, damit Sie die Szene des Ereignisses, das ich eben erwähnte, so gut als möglich vor Augen haben, denn ich will Ihnen hier angesichts des Ortes die ganze Geschichte berichten.«

»Wir befinden uns jetzt«, fuhr er mit jener eingehenden Sachlichkeit fort, die ihm eigentümlich war, »wir befinden uns jetzt an der norwegischen Küste – auf dem achtundsechzigsten Breitengrad, in der großen Provinz Nordland und im trübseligen Distrikt Lofoten. Der Berg, auf dessen Gipfel wir sitzen, ist Helseggen, der Bewölkte. Richten Sie sich jetzt ein wenig auf – halten Sie sich am Grase fest, wenn Sie sich schwindlig fühlen – so – und blicken Sie über den Nebelgürtel unter uns hinaus ins Meer.«

Ich schaute auf und gewahrte eine weite Meeresfläche, deren Wasser so tintenschwarz war, daß mir sofort des nubischen Geographen Bericht von dem *Mare Tenebrarum* in den Sinn kam. Selbst die kühnste Phantasie könnte sich kein Panorama von gleich trostloser Verlassenheit ausdenken. Rechts und links, soweit das Auge reichte, breiteten sich gleich Wällen, die die Welt abschlossen, Reihen schwarzer, drohend ragender Klippen aus, deren grausiges Dunkel noch schärfer hervortrat in der tosenden Brandung, die mit ewigem Heulen und Kreisen ihren gespenstischen weißen Schaum an ihnen emporwarf. Dem Vorgebirge, auf dessen Gipfel wir saßen, gerade gegenüber und etwa fünf, sechs Meilen weit ins Meer hinein war eine schmale, schwärzliche Insel sichtbar – oder richtiger: man vermochte durch den Brandungsschaum, der sie umgab, ihre Umrisse zu erkennen. Etwa zwei Meilen näher an Land erhob sich eine andere, kleinere, entsetzlich steinig und unfruchtbar, der hie und da schwarze Felsklippen vorgelagert waren.

Der Anblick des Meeres zwischen der entfernteren Insel und der Küste war ein sehr ungewöhnlicher. Obgleich ein so heftiger Wind landwärts blies, daß eine Brigg draußen in der offenen See unter doppelt gerafftem Schnausegel lag und beständig mit ihrem ganzen Rumpf in den Wogen versank, so war hier doch keine regelrechte Dünung, sondern nur ein kurzes, schnelles, zorniges Aufklatschen des Wassers nach allen Richtungen- sowohl mit als gegen den Wind. Schaum gab es nur wenig, außer in der nächsten Umgebung der Felsen.

»Die ferne Insel«, fuhr der alte Mann fort, »wird von den Norwegern Vurrgh genannt. Die eine näherliegende heißt Moskoe. Jene dort, eine Meile nordwärts, ist Ambaaren. Dort drüben liegen Islesen, Hotholm, Keildhelm, Suarven und Buckholm. Weiter draußen, zwischen Moskoe und Vurrgh liegen Otterholm, Flimen, Sandflesen und Stockholm. Das sind die Namen der Orte; warum man es überhaupt für nötig fand, ihnen Namen zu geben, das ist wohl Ihnen wie mir unbegreiflich. – Hören Sie etwas? Sehen Sie eine Veränderung im Wasser?«

Wir waren jetzt etwa zehn Minuten auf der Spitze des Helseggen, zu dem wir aus dem Innern von Lofoten aufgestiegen waren, so daß wir keinen Schimmer vom Meere erblickt hatten, bis es, als wir oben auf dem Gipfel angelangt waren, plötzlich in voller Weite vor uns lag. Während der Alte sprach, kam mir ein lautes, langsam zunehmendes Tosen zum Bewußtsein, ein Lärm wie das Brüllen einer ungeheuren Büffelherde auf einer amerikanischen Prärie. Und im selben Augenblick gewahrte ich, daß das ›Hacken‹ des Meeres unter uns sich mit rasender Schnelligkeit in eine östliche Strömung verwandelte. Während ich hinsah, nahm diese Strömung noch mit unheimlicher Geschwindigkeit zu. Jeder Augenblick verzehnfachte ihre Hast, ihr maßloses Ungestüm. In fünf Minuten tobte der ganze Ozean bis nach Vurrgh hinaus in gewaltigem Sturm; aber zwischen Moskoe und der Küste toste der Aufruhr am tollsten. Hier stürmte die ungeheure Wasserflut in tausend einander entgegengesetzte Kanäle, brach sich plötzlich in wahnsinnigen Zuckungen, keuchte, kochte und zischte – kreiste in zahllosen riesenhaften Wirbeln, und alles stürmte heulend und sich überstürzend nach Osten, mit einer Geschwindigkeit, wie sie sich nur bei den rasendsten Wasserstürzen findet.

Einige Minuten später hatte sich die Szene wiederum völlig verändert. Die gesamte Oberfläche wurde ein wenig glatter, und die Strudel verschwanden einer nach dem andern, während mächtige Schaumstreifen sich überall da zeigten, wo vorher gar kein Schaum gewesen war. Diese Streifen, die sich immer weiter und weiter ausdehnten und miteinander verbanden, nahmen nun die drehende Bewegung der verschwundenen Strudel an und schienen den Rand eines neuen, ganz gewaltigen Strudels zu bilden. Plötzlich – sehr plötzlich – nahm der Wirbel deutliche und bestimmte Form an und wurde zu einem Kreis von mehr als einer Meile Durchmesser. Umrandet war der Wirbel von einem breiten Gürtel schimmernden Schaums; doch nicht der kleinste Teil desselben glitt in den Schlund des schrecklichen Trichters, dessen Innenwand, soweit das Auge es ergründen konnte, von einer glatten, leuchtenden und kohlschwarzen Wassermauer gebildet wurde, die sich in einem Winkel von etwa fünfundvierzig Grad zum Horizont hinneigte und sich in schwingender, schwindelnder Rastlosigkeit im Kreise drehte und dabei so eine fürchterliche, kreischende und heulende Stimme gen Himmel sandte, wie sie selbst der mächtige Niagarafall in seiner Todesangst nicht hervorbrächte.

Der Berg erbebte in seinen Grundfesten, und der Fels schwankte. Ich warf mich zur Erde, verbarg mein Gesicht und klammerte mich in einem Anfall nervöser Aufregung an das spärliche Strauchwerk.

»Dies kann«, sagte ich endlich zu dem Alten, »dies *kann* nichts anderes sein als der große Strudel des Maelström.«

»So wird er manchmal genannt«, sagte der Mann. »Wir Norweger nennen ihn Moskoeström, nach der Insel Moskoe in seiner Nähe.«

Die bekannten Berichte über diesen Strudel hatten mich in keiner Hinsicht auf das vorbereitet, was ich da sah. Die Beschreibung, die Jonas Ramus gibt, und die vielleicht die umständlichste von allen ist, kann weder von der Großartigkeit noch von dem Grauen des Ganzen oder von dem seltsam verwirrenden Gefühl des ›Neuartigen‹, das den Beschauer befällt, auch nur die geringste Vorstellung erwecken. Ich bin nicht sicher, von welchem Punkt aus jener Schriftsteller das Naturschauspiel beobachtete, noch zu welcher Zeit; aber es konnte weder vom Gipfel des Helseggen noch während eines Sturmes gewesen sein. Immerhin hat seine Beschreibung einige Stellen, die erwähnenswert sind, obschon ihre Wirkung im Vergleich mit dem Schauspiel selbst nur eine sehr schwache sein kann.

»Zwischen Lofoten und Moskoe«, berichtet er, »schwankt die Tiefe des Wassers zwischen fünfunddreißig und vierzig Faden; nach der anderen Seite aber, in der Richtung von Ver (Vurrgh) nimmt diese Tiefe ab, so daß ein Schiff dort nicht passieren kann, ohne Gefahr zu laufen, an den Klippen zu zerschellen, was selbst bei ruhigem Wetter vorkommen kann. Wenn Flutzeit ist, so geht die Strömung landwärts zwischen Lofoten und Moskoe in lärmender Hast dahin, das Tosen ihrer Ebbe zum Meere hin aber wird selbst von den lautesten und fürchterlichsten Katarakten nicht erreicht – man hört das Getöse viele Meilen weit, und die Strudel oder Abgründe sind von solcher Tiefe und Ausdehnung, daß ein Schiff, das in ihren Kreislauf gerät, unvermeidlich angezogen und in den Abgrund gerissen wird, wo es an den Felsen zerschellt und, wenn die Wasser sich beruhigen, in Trümmern wieder emporgetragen wird. Solche Ruhepausen gibt es aber nur beim Übergang von Ebbe zu Flut und von Flut zu Ebbe und nur bei ruhigem Wetter, auch dauern sie nur eine Viertelstunde, dann nimmt der Wirbel langsam wieder zu. Wenn die Strömung am heftigsten und ihre Wut durch einen Sturm gesteigert ist, ist es gefährlich, ihr auf eine norwegische Meile nahe zu kommen. Boote, Yachten und auch größere Schiffe wurden mit fortgerissen, weil sie sich dem Bereich des Strudels nicht fern genug hielten. Es kommt auch vor, daß Walfische der Strömung zu nahe kommen und in ihre Gewalt geraten, und es ist unmöglich, das Heulen und Bellen zu beschreiben, das sie bei ihren vergeblichen Anstrengungen ausstoßen. Einmal wurde ein Bär, der von Lofoten nach Moskoe zu schwimmen versuchte, von der Strömung erfaßt und hinabgerissen, und sein entsetzliches Gebrüll wurde bis ans Ufer gehört. Große Vorräte von Fichten und Kiefern kamen, nachdem sie im Strudel gewesen, so zersplittert und zerfetzt an die Oberfläche, daß sie aussahen wie seltsame Borstentiere; und dies zeigt klar, daß im Abgrund des Strudels Felsgrate sind, zwischen denen sie hin und her geschleudert wurden. Die Strömung wird durch Ebbe und Flut reguliert – so daß alle sechs Stunden hohes und niederes Wasser miteinander wechseln. Im Jahre 1645, am Sonntag Sexagesima, raste sie mit solchem Getöse, daß die Häuser an der Küste zusammenstürzten.«

Was nun die Tiefe des Wassers anlangt, so begriff ich nicht, wie sie in der Nähe des Strudels überhaupt hatte gemessen werden können. Die vierzig Faden konnten sich nur auf Teile des Kanals nahe der Küste von Moskoe oder Lofoten beziehen. Die Tiefe inmitten des Moskoeström muß unermeßlich viel größer sein, und man kann keinen besseren Beweis für diese Tatsache finden, als wenn man vom höchsten Grat des Helseggen seitwärts in den Abgrund hinabblickt. Ich, der ich vom Gipfel oben in den heulenden Phlegeton hinuntersah, konnte mich eines Lächelns nicht erwehren über die Einfalt, mit der der ehrenwerte Jonas Ramus die seiner Ansicht nach fast unglaubwürdigen Anekdoten von den Walfischen und dem Bären berichtet; mir schien es tatsächlich ganz selbstverständlich, daß das größte Linienschiff, wenn es in jene tödliche Anziehungskraft geriet, ihr ebensowenig widerstehen konnte wie eine Feder dem Orkan und sogleich und für immer verschwinden müsse.

Die Erklärungsversuche für das Phänomen, deren einige mir beim Durchlesen ziemlich einleuchtend erschienen waren, sah ich jetzt in ganz anderem Lichte und mußte sie als völlig unzureichend verwerfen. Die Anschauung, der am meisten Glauben geschenkt wird, ist, daß dieser Strudel, gleich drei anderen kleineren in der Gegend der Ferroe-Inseln, seinen Ursprung habe in dem Zusammenprall der Wogen an unterirdischen Felsenriffen, die das Wasser derart einengen, daß es zur Zeit der Flut gewaltig aufschäumen, zur Zeit der Ebbe aber in große Tiefen zurückfallen muß. Die natürliche Folge des Ganzen ist ein Strudel, dessen wunderbare Einsaugekraft man schon an kleineren Versuchen erproben kann. So etwa sagt die ›Encyclopaedia Britannica‹. Kircher und andere nehmen an, daß in der Mitte des Maelström-Kanals ein Abgrund sich befinde, der den Erdball durchbohre und in irgendeiner fernen Gegend endige – irgendwer bezeichnet übrigens mit ziemlicher Bestimmtheit den Bottnischen Meerbusen als Durchbruchstelle des Strudelkanals. Diese an sich recht törichte Annahme erschien mir jetzt beim Anblick des gewaltigen Naturereignisses gar nicht so unhaltbar; ich sprach davon zu meinem Führer, der mir zu meiner Verwunderung erwiderte, obgleich er wisse, daß diese Auffassung der Sache von den meisten Norwegern geteilt werde, so könne er selbst ihr doch nicht beistimmen. Was die vorher erwähnte Annahme des Jonas Ramus betreffe, so müsse er gestehen, daß er sie nicht begreifen könne, und darin mußte ich ihm beipflichten, denn so glaubwürdig sie sich auch auf dem Papier ausgenommen, so unverständlich, ja geradezu absurd erschien sie hier inmitten des Sturmgetöses des Strudels selbst.

»Sie haben sich jetzt den Strudel gut betrachten können«, sagte der alte Mann, »und wenn Sie sich nun hier auf die andere Seite des Felsvorsprungs niederlassen würden, wo wir vor dem Wind geschützt sind und das Brausen der Wellen weniger laut hören, so werde ich Ihnen eine Geschichte erzählen, die Sie davon überzeugen wird, daß ich wohl etwas vom Moskoeström wissen muß.«

Ich setzte mich so, wie er es wünschte, und er fuhr fort:

»Meine beiden Brüder und ich besaßen eine schonerartig aufgetakelte Schmack von etwa siebzig Tonnen Tragfähigkeit, mit der wir zwischen den Inseln hinter Moskoe nahe bei Vurrgh zu fischen pflegten. Überall wo das Meer heftig brandet, ist zu geeigneten Zeiten der Fischfang gut, wenn man nur den Mut hat, ihn zu wagen; doch unter allen Küstenbewohnern der Lofoten waren wir drei die einzigen, die es sich regelrecht zum Beruf machten, nach jenen Inseln hinauszufahren. Die eigentlichen Fischgründe sind eine gute Strecke weiter nach Süden gelegen. Dort kann man zu allen Zeiten fangen, und es ist keine Gefahr dabei; darum werden jene Plätze bevorzugt. Die ertragreichen Fangplätze hier zwischen den Felsen aber liefern nicht nur die besten Sorten, sondern diese sogar in reichstem Maße, so daß wir oft in einem einzigen Tage so viel fingen, wie ängstlichere Fischer mühsam in einer Woche zusammenbrachten. Es war in der Tat ein verzweifeltes Unternehmen, bei dem das Wagnis die Arbeit ersetzte und Mut das Anlagekapital war.

Der Ankerplatz unseres Schiffes war in einer Bucht, die etwa fünf Meilen von dieser hier entfernt ist, und es war unsere Gewohnheit, bei schönem Wetter die Viertelstunde Totwasser zwischen Ebbe und Flut auszunutzen, um über den Hauptkanal des Moskoeström weit oberhalb des Strudels hinüber zu segeln und irgendwo in der Nähe von Otterholm oder Sandflesen, wo die Brandung nicht allzu heftig ist, vor Anker zu gehen. Hier pflegten wir zu bleiben, bis wiederum Totwasser einsetzte, worauf wir die Anker lichteten und uns auf den Heimweg machten. Wir unternahmen diese Fahrt nur dann, wenn wir für Hin- und Rückfahrt auf beständigen Wind rechnen konnten – einen Wind, von dem wir überzeugt waren, daß er uns bei der Rückfahrt nicht im Stich lassen werde –, und in dieser Hinsicht war unsere Berechnung selten falsch. Zweimal in sechs Jahren waren wir genötigt, die ganze Nacht vor Anker zu liegen, infolge einer gerade hier äußerst seltenen völligen Windstille, und einmal mußten wir fast eine Woche draußen bei den Fischplätzen ausharren und waren dem Hungertode nahe; aber wir konnten die Überfahrt nicht wagen, denn ein Sturmwind blies, der den Kanal allzu gefährlich machte. Bei dieser Gelegenheit wären wir trotz aller Anstrengungen in die See hinausgetrieben worden, denn die

Strudel warfen uns so heftig herum, daß wir schließlich den Anker einzogen, wären wir nicht zufällig in eine der zahlreichen Gegenströmungen geraten, die heute da sind und morgen wieder fort. Diese Strömung trieb uns in die windgeschützte Gegend von Flimen, wo wir das Glück hatten, landen zu können.

Ich könnte Ihnen nicht den zwanzigsten Teil all der Schwierigkeiten aufzählen, mit denen wir an den Fangplätzen zu kämpfen hatten, denn selbst bei gutem Wetter ist es da draußen übel genug; dennoch gelang es uns immer, den Moskoeström selbst ohne Unfall zu passieren, obgleich mir oft genug das Herz erschrak, wenn wir bisweilen ein oder zwei Minuten vor oder nach dem Totwasser dort waren. Der Wind war manchmal nicht so stark, wie wir beim Ausfahren gedacht hatten, und dann kamen wir langsamer voran als wünschenswert war, und verloren in der Strömung die Gewalt über das Schiff. Mein ältester Bruder hatte einen achtzehnjährigen Sohn, und ich selbst besaß zwei kräftige Buben. Diese wären zu solchen Zeiten beim Ein- und Ausziehen der Fischtaue wie auch beim Fischen selbst sehr brauchbar gewesen, aber obwohl wir für uns die Gefahr nicht fürchteten, hatten wir doch nicht das Herz, die Jungen dem Wagnis auszusetzen – denn es ist schon so und muß gesagt werden: es war ein entsetzliches Wagnis.

Es sind jetzt in wenigen Tagen drei Jahre, seit sich das ereignete, was ich Ihnen nun erzählen will. Es war der zehnte Juli 18.., ein Tag, den man hierzulande nie vergessen wird, denn es blies der schrecklichste Orkan, der je aus den Himmeln niederstürzte; und doch hatte am Vormittag und sogar bis in den späten Nachmittag ein sanfter Südwest geweht, während die Sonne heiter strahlte, so daß die ältesten Seeleute unter uns nicht hätten voraussehen können, was sich später ereignete.

Wir drei – meine beiden Brüder und ich – waren gegen zwei Uhr nachmittags zu den Inseln hinübergekreuzt und hatten bald die Schmack mit edlen Fischen voll, die, wie wir alle bemerkten, an diesem Tage zahlreicher als je aufgetreten waren. Auf meiner Uhr war es gerade sieben, als wir lichteten und die Heimfahrt antraten, um den schlimmsten Teil des Ström bei Totwasser zurückzulegen, das nach unserer Erfahrung um acht einsetzen mußte.

Ein frischer Wind kam von Steuerbord her, und eine Zeitlang hatten wir eilige Fahrt und ließen uns keine Gefahr träumen, denn wir sahen nicht den geringsten Grund dazu. Ganz plötzlich aber wurden wir von einer Brise von Helseggen her rückwärts getrieben. Das war höchst seltsam – etwas, das sich noch nie ereignet hatte –, und ich begann unruhig zu werden, ohne recht zu wissen, weshalb. Wir stellten das Boot nach dem Winde, konnten aber infolge der starken Brandung nicht vorwärts kommen, und ich wollte gerade den Vorschlag machen, zum Ankerplatz zurückzukehren, als wir, rückwärts blickend, den ganzen Horizont von einer einzigen kupferfarbenen Wolke bedeckt sahen, die mit unheimlicher Schnelligkeit heraufzog.

Währenddessen hatte sich der Wind, der uns soeben zurückgeworfen, ganz plötzlich gelegt, und in der Totenstille trieb unser Schiff haltlos umher. Dieser Zustand dauerte jedoch nicht so lange, daß wir Zeit gehabt hätten, ihn zu bedenken. In kaum einer Minute war der Sturm über uns – in kaum zweien war der ganze Himmel schwarz, und es wurde so dunkel, daß wir im Schiff einander nicht mehr erkennen konnten.

Es wäre Wahnsinn, den Orkan, der nun einsetzte, beschreiben zu wollen. Der älteste Seemann in ganz Norwegen hatte dergleichen nicht erlebt. Wir hatten unsere Segel dem Wind überlassen, ehe dieser uns richtig packte. Nun flogen beim ersten Stoß unsere beiden Masten über Bord, als seien sie abgemäht – und der Hauptmast nahm meinen jüngsten Bruder mit sich, der sich sicherheitshalber an ihn angebunden hatte.

Unser Boot war das federleichteste Ding, das je auf dem Wasser geschwommen. Es hatte ein vollkommen geschlossenes Verdeck mit nur einer Luke nahe am Bug, und diese Luke pflegten wir immer bei Annäherung an den Ström zu schließen, um uns gegen die Sturzseen zu sichern. Ohne diese gewohnte Vorsichtsmaßregel wären wir sofort zugrunde gegangen – denn wir waren minutenlang buchstäblich im Wasser begraben. Wie mein älterer Bruder der Vernichtung entrann, kann ich nicht sagen; ich hatte nie Gelegenheit, das festzustellen. Ich für mein Teil warf mich sofort flach zu Boden, nachdem ich das Vordersegel losgelassen, stemmte die Füße gegen das schmale Schandeck des Bugs und erfaßte mit den Händen einen Ringbolzen in der Nähe des Vormastes. Es war lediglich Instinkt, was mich zu solchem Handeln trieb, denn zum Denken war ich viel zu verwirrt – aber ich hätte jedenfalls gar nichts Besseres tun können.

Minutenlang waren wir, wie ich schon sagte, vollkommen unter Wasser; und während dieser ganzen Zeit hielt ich den Atem an und klammerte mich an den Ring. Als ich es nicht mehr aushalten konnte, erhob ich mich auf die Knie und bekam so den Kopf frei; den Ring hielt ich noch immer fest. Da schüttelte sich unser kleines Boot, gerade wie ein Hund, wenn er aus dem Wasser kommt, und befreite sich dadurch ein wenig aus den Wellen. Ich versuchte nun, der Bestürzung, die mich überrumpelt hatte, Herr zu werden und meine Sinne zum Überlegen zu sammeln, als ich mich plötzlich am Arm erfaßt fühlte. Es war mein älterer Bruder, und mein Herz hüpfte vor Freude, denn ich war überzeugt gewesen, auch er sei über Bord geschwemmt. Im nächsten Augenblick aber wandelte sich all diese Freude in Entsetzen; – er preßte seinen Mund an mein Ohr und gellte das Wort hinaus: ›Moskoeström!‹

Ich erbebte von Kopf bis Fuß, wie in einem heftigen Anfall von Schüttelfrost. Ich wußte gut, was er mit diesem einen Worte meinte – ich wußte, was er mir begreiflich machen wollte. Mit dem Wind, der uns jetzt vorwärts jagte, waren wir dem Strudel des Ström verfallen, und nichts konnte uns retten!

Sie müssen im Auge behalten, daß wir uns zur Überquerung des Kanals stets eine Stelle weit oberhalb des Strudels aussuchten; auch bei ruhigstem Wetter taten wir das und warteten sorgsam das Totwasser ab – nun aber trieben wir direkt auf den Wirbelstrom zu – und dabei in diesem Orkan! ›Sicherlich‹, dachte ich, ›kommen wir gerade bei Totwasser dort an – es ist wenigstens

Hoffnung dafür vorhanden‹ –, im nächsten Augenblick aber verwünschte ich mich selbst, daß ich Narr genug war, überhaupt von Hoffnung zu träumen. Ich wußte recht gut, daß wir dem Untergang verfallen waren, und wären wir auch zehnmal ein großes, festes Kriegsschiff gewesen.

Die erste Wut des Sturmes hatte sich gelegt, oder vielleicht fühlten wir ihn nur weniger, da er uns vor sich hertrieb – jedenfalls erhoben sich jetzt die Wogen, die der Wind bisher niedergehalten, zu wahren Bergen. Auch der Himmel hatte sich seltsam verändert. Nach allen Richtungen in der Runde war noch immer pechschwarze Nacht, doch beinahe uns zu Häupten brach ein kreisrundes Stück klaren Himmels durch – so klar, als ich ihn je gesehen, und von tiefem strahlenden Blau –, und aus seiner Mitte leuchtete der volle Mond in nie geahntem Glanz! Er rückte unsere ganze Umgebung in hellstes Licht – o Gott, welch ein Schauspiel beleuchtete er!

Ich machte jetzt ein paar Versuche, mit meinem Bruder zu sprechen, aber das Getöse hatte unerklärlicherweise derart zugenommen, daß ich ihm nicht ein einziges Wort verständlich machen konnte, obgleich ich ihm mit aller Gewalt ins Ohr schrie. Er schüttelte den Kopf, sah totenbleich aus und erhob einen Finger, als wolle er sagen ›hoch!‹.

Zuerst begriff ich nicht – bald aber überfiel mich ein entsetzliches Begreifen. Ich zog die Uhr aus der Tasche. Sie ging nicht mehr. Ich hielt das Zifferblatt ins Mondlicht und brach in Tränen aus, als ich sie nun weit ins Meer schleuderte. *Sie war um sieben Uhr stehengeblieben! Die Zeit des Totwassers war vorüber und der Strudeltrichter des Ström in voller Wut!*

Ist ein Boot gut gebaut und richtig und nicht allzu schwer beladen, so scheinen in einem heftigen Sturm die Wellen unter dem Schiff hervorzukommen, was einem Unerfahrenen stets merkwürdig erscheint; in der Seemannssprache sagt man, das Schiff reitet. Bisher also waren wir auf den Wogen geritten, nun aber erfaßte uns eine riesenhafte Welle gerade unter der Gilling und hob uns mit sich empor – hinauf, hinauf –, als ginge es in den

Himmel. Ich hätte es gar nicht für möglich gehalten, daß eine Woge so hoch steigen könne. Und dann ging es wieder schleifend und gleitend und stürzend hinunter, daß mir ganz übel und schwindlig wurde, wie wenn man im Traum von einem Berggipfel herunterstürzt. Aber während wir oben waren, hatte ich schnell Umschau gehalten – und dieser eine Rundblick genügte. Ich erkannte im Augenblick unsere ganze Lage. Der Strudel des Moskoeström lag etwa eine Viertelmeile vor uns – aber er glich so wenig dem gewöhnlichen Moskoeström wie der Strudel da etwa der Welle eines Mühlbachs. Hätte ich nicht bereits gewußt, wo wir uns befanden und was uns bevorstand, so hätte ich den Ort überhaupt nicht erkannt. Ich schloß vor Entsetzen unwillkürlich die Augen. Die Lider krampften sich wie im Todeskampfe zusammen.

Es konnten kaum zwei Minuten vergangen sein, als wir plötzlich glatteres Wasser spürten und in Gischt eingehüllt waren. Das Boot machte eine kurze, halbe Drehung nach Backbord und schoß dann wie der Blitz in seiner neuen Richtung dahin. Im selben Augenblick ertrank das Brüllen der Wasser in einer Art schrillem Gekreisch – einem Ton, wie ihn etwa die Ventile mehrerer tausend Dampfschiffe beim Auslassen des Dampfes zusammen hervorbringen könnten. Wir befanden uns jetzt in dem Schaumgürtel, der stets den Strudel umringt, und ich dachte natürlich, daß der nächste Augenblick uns in den Abgrund schleudern werde, den wir infolge der Schnelligkeit, mit der wir dahinsausten, nur unklar erkennen konnten. Das Boot schien überhaupt nicht im Wasser zu liegen, sondern wie eine Luftblase über den Schaum dahinzutanzen. Seine Steuerbordseite war dem Strudel zugekehrt, und hinter Backbord dehnte sich das unendliche Meer, mit dem wir noch eben gekämpft. Wie ein mächtiger wandelnder Wall stand die Schiffswand zwischen uns und dem Horizont.

Es mag seltsam erscheinen – aber jetzt, wo wir uns im Rachen des Abgrunds befanden, fühlte ich mich ruhiger als während der Zeit, da wir uns ihm erst näherten. Nun ich mich damit vertraut gemacht, alle Hoffnungen aufzugeben, verlor ich auch ein gut Teil des Schreckens, der mich zuerst gelähmt hatte. Ich glaube, es war Verzweiflung, die meine Nerven stählte.

Wie prahlerisch es auch klingt, es ist dennoch wahr: ich begann zu empfinden, welch herrliche Sache es sei, auf diese Weise zu sterben, und wie töricht es von mir war, beim Anblick solch großartigen Beweises von Gottes Herrlichkeit an mein eigenes erbärmliches Leben zu denken. Ich glaube, ich errötete vor Scham, als dieser Gedanke mir in den Sinn kam. Nach einiger Zeit erfaßte mich eine wilde Neugier bezüglich des Strudels selbst. Ich fühlte tatsächlich den *Wunsch*, seine Tiefen zu ergründen, obgleich ich mich selbst dabei opfern mußte, und mein hauptsächlicher Kummer war der, daß ich meinen alten Gefährten an Land niemals von den Wundern berichten sollte, die ich erschauen würde. Das waren gewiß sonderbare Betrachtungen für einen Mann in meiner Lage, und ich habe schon manchmal gedacht, daß die Drehungen des Bootes im Strudel mir ein wenig den Kopf verrückt hatten.

Noch ein anderer Umstand trug dazu bei, mir meine Selbstbeherrschung wiederzugeben, und das war das Aufhören des Windes, der uns in unserer gegenwärtigen Lage nicht erreichen konnte – denn wie Sie selbst gesehen, liegt der Schaumgürtel beträchtlich tiefer als der Ozean selbst, und dieser letztere türmte sich jetzt über uns auf wie ein hoher schwarzer Bergrücken. Wenn Sie nie bei heftigem Sturm auf See gewesen sind, können Sie sich gar keinen Begriff machen von der allgemeinen Sinnesverwirrung, die Wind und Sturzsee verursachen. Man ist blind und taub und dem Ersticken nahe und verliert alle Kraft zum Denken oder Handeln. Jetzt aber waren wir diese Qualen los – gerade wie zum Tode verurteilte Verbrecher kleine Erleichterungen genießen, die ihnen versagt sind, solange ihr Schicksal noch nicht entschieden.

Wie oft wir den Schaumgürtel umkreisten, kann ich nicht sagen. Wir jagten wohl schon eine Stunde lang in der Runde und gelangten allmählich, mehr fliegend als schwimmend, in die

Mitte des Gischtstreifens und näher und immer näher an seinen furchtbaren Rand. In dieser ganzen Zeit hatte ich den Ringbolzen nicht losgelassen. Mein Bruder war am Heck und klammerte sich dort an ein kleines Wasserfaß, das an der Gilling festgebunden und der einzige Gegenstand auf Deck war, den der Sturm nicht über Bord gefegt hatte. Als wir uns dem Rande des Trichters näherten, ließ er seinen Halt fahren und langte nach dem Ring, von dem er in seiner Todesangst meine Hände fortzureißen suchte, denn der Ring war nicht groß genug, uns beiden einen sicheren Griff zu bieten. Nie empfand ich tieferen Kummer, als da ich ihn diese Tat begehen sah – obschon ich wußte, daß er toll war, als er es tat –, ein Wahnsinniger aus namenloser Angst. Es lag mir nichts daran, mit ihm um diesen Halt zu kämpfen. Ich wußte, daß es gleichgültig war, ob einer von uns sich anklammerte oder nicht; so überließ ich ihm den Ring und ging nach hinten zum Faß. Das war nicht schwierig zu bewerkstelligen, denn die Schmack flog in glatter Bahn vorwärts und schwang nur in dem ungeheuren Bogen des Strudels mit. Kaum hatte ich an dem neuen Ort Fuß gefaßt, als wir einen wilden Satz nach Steuerbord machten und in den Trichter hineinjagten. Ich murmelte ein Stoßgebet und glaubte, alles sei vorüber.

In dem taumelnden Schwindelgefühl, das mich bei dem Hinabsausen erfaßte, preßte ich die Hände fester um das Faß und schloß die Augen. Sekundenlang wagte ich nicht sie zu öffnen, ich erwartete den sofortigen Tod und begriff nicht, daß ich nicht schon im Todeskampf mit dem Wasser rang. Doch Minute nach Minute verrann. Ich lebte noch immer. Das Gefühl des Hinabfallens hatte aufgehört, und die Bewegung des Schiffes schien ganz die gleiche wie vordem im Schaumgürtel, nur daß es jetzt mehr auf der Seite lag. Ich faßte Mut und warf von neuem einen Blick auf den Schauplatz.

Nie werde ich die Empfindung von Ehrfurcht, Entsetzen und staunender Bewunderung vergessen, mit der ich um mich schaute. Das Boot lag vollkommen auf der Seite, schien wie durch Zaubermacht an der inneren Oberfläche eines ungeheuer weiten

Trichters von unerkennbarer Tiefe festzukleben, eines Trichters, dessen vollkommen glatte Wände man für Ebenholz hätte halten können, hätten sie sich nicht mit verwirrender Schnelligkeit im Kreise gedreht und ein seltsam gespenstisches Licht ausgestrahlt, als der Glanz des Vollmonds aus der kreisförmigen Wolkenöffnung in goldener Flut die schwarzen Wälle herabströmte und tief in das Innere des Abgrunds hinableuchtete.

Zuerst war ich zu verwirrt, um irgend etwas deutlich wahrzunehmen. Ich hatte nur den Eindruck eines erhabenen, entsetzlichen Schauspiels. Als ich mich jedoch ein wenig erholt hatte, wandte sich mein Blick unwillkürlich in die Tiefe. In dieser Richtung konnte ich deutlich sehen, auf welche Weise die Schmack am steilen Hang des Abgrunds hinschwebte. Sie lag ganz gleichlastig, das heißt, ihr Deck lag in der gleichen Höhe mit dem Wasserspiegel, der sich in einer Neigung von mehr als fünfundvierzig Grad in die Runde schwang, so daß die Deckbalken unmittelbar auf dem Wasser zu ruhen schienen. Ich bemerkte jedoch, daß es mir gegenwärtig kaum schwer fiel, festen Halt und Fuß zu fassen, als da wir uns noch in normaler Schiffslage befunden hatten, und das war vermutlich auf die Geschwindigkeit zurückzuführen, mit der wir uns drehten.

Die Strahlen des Mondes schienen bis auf den Grund des ungeheuren Schlundes hinabtauchen zu wollen. Dennoch konnte ich dort nichts deutlich erkennen, infolge eines dichten Nebels, der alles umhüllte und über den sich ein prächtiger Regenbogen spannte, gleich der schmalen und schwanken Brücke, von der die Muslim sagen, daß sie der einzige Pfad zwischen Zeit und Ewigkeit sei. Dieser Nebel oder Gischt wurde wahrscheinlich durch das Aufeinanderprallen der unten am Ende des Trichters zusammenstürzenden Wasserwälle verursacht – das Geheul aber, das aus dem Nebel zu den Himmeln aufgellte, wage ich nicht zu beschreiben.

Unser erstes Hinabgleiten aus dem Schaumgürtel oben in den Trichter selbst hatte uns ein beträchtliches Stück den Abhang hinuntergetragen, unser fernerer Abstieg aber stand in gar keinem Verhältnis zu diesem ersten Sturz. Um und um schwangen wir – nicht in gleichmäßigem Bogen – sondern in schwindelerregenden Schwüngen und Sprüngen, die uns manchmal nur ein paar hundert Meter vorwärts brachten, manchmal um die ganze Rundung des Strudels warfen. Unser Abwärtsgleiten bei jeder solchen Umdrehung war gering, doch immerhin merklich.

Als ich auf der ungeheuren Fläche flüssigen Ebenholzes, auf der wir so entlang getragen wurden, Umschau hielt, gewahrte ich, daß unser Boot nicht der einzige Gegenstand im Schlunde des Abgrunds war. Sowohl über als unter uns waren einzelne Schiffstrümmer erkennbar, mächtige Haufen Bauholz und Baumstämme nebst allerlei kleineren Gegenständen, wie Hausrat, Kisten, Fässer und Dauben. Ich habe schon erwähnt, daß mein erstes Entsetzen einer fast unnatürlichen Neugier gewichen war. Sie schien mehr und mehr anzuwachsen, je näher ich meinem Untergang kam. Ich begann jetzt mit merkwürdigem Eifer alle die Dinge zu verfolgen, die mit uns dahinjagten. Ich muß entschieden im Fieberwahn gewesen sein, denn ich fand sogar *Freude* daran, die relative Geschwindigkeit, mit welcher die einzelnen Dinge dem Nebelstaub drunten zujagten, zu berechnen. ›Diese Fichte‹, überlegte ich einmal, ›wird gewiß das nächste sein, was den fürchterlichen Sprung ins Unergründliche tut‹, und ich war sehr enttäuscht, als das Wrack eines holländischen Handelsschiffes die Fichte überholte und vor ihr verschwand. Als ich schließlich mehrere solcher Mutmaßungen angestellt und in allen getäuscht worden war, gab mir diese Tatsache – die Tatsache, daß meine Berechnungen ausnahmslos falsch gewesen waren – einen Gedanken ein, bei dem meine Glieder von neuem erbebten und mein Herz in schweren Schlägen pulste.

Es war nicht Entsetzen, das mich erfaßte, sondern die dämmernde Ahnung einer noch viel aufregenderen Hoffnung. Diese Hoffnung knüpfte sich sowohl an frühere Erfahrungen als an soeben gemachte Beobachtungen. Ich erinnerte mich des zahlreichen Strandgutes, das an die Küste der Lofoten angeschwemmt wurde – alles Dinge, die der Moskoeström an sich gerissen und wieder emporgeschleudert hatte. Die große Mehrzahl dieser Dinge war ganz außerordentlich zerfetzt und zerbrochen – so rauh und zersplittert war manches, daß es wie mit Stacheln besät aussah –, doch erinnerte ich mich bestimmt, daß *einige* dieser Dinge gänzlich unversehrt waren. Nun konnte ich mir diese Verschiedenheit nicht anders erklären, als daß die zerfetzten Trümmer die einzigen Dinge waren, die wirklich den Grund des Strudels erreicht hatten, und daß die andern erst gegen Ende einer Tätigkeitsperiode des Maelström in den Trichter geraten oder darin so langsam hinabgeglitten waren, daß sie noch nicht unten angelangt waren, als schon die Flut oder Ebbe – je nachdem – einsetzte. In beiden Fällen hielt ich es für möglich, daß sie wieder an die Oberfläche des Meeres hinaufgewirbelt werden könnten, ohne das Schicksal jener Dinge zu teilen, die früher eingesogen oder schneller hinabgerissen worden waren. Ich machte ferner drei bedeutsame Beobachtungen. Die erste war die allgemeine Regel: je größer die Gegenstände, desto schneller ihre Abwärtsbewegung; die zweite: zwischen zwei Dingen gleicher Größe, von denen das eine sphärische (kugelige) und das andere *irgendeine andere Gestalt* hat, wird das sphärische die größte Schnelligkeit im Abwärtsgleiten aufweisen; die dritte: zwischen zwei Dingen gleicher Größe, von denen das eine zylindrische (längliche), das andere irgendeine andere Gestalt hat, wird das zylindrische langsamer eingesogen werden. Seit meiner Rettung habe ich mit einem alten Lehrer unserer Gegend mehrfach über diese Dinge gesprochen, und von ihm lernte ich die Anwendung der Bezeichnungen ›Zylinder‹ und ›Sphäre‹. Er erklärte mir – ich habe die Erklärung allerdings vergessen –, wie das, was ich beobachtet hatte, in der Tat die natürliche Folgeerscheinung der jeweiligen Formen der schwimmenden Gegenstände sei, und zeigte mir, wie es komme, daß ein in einen Strudel geratener Zylinder der Einsaugekraft desselben mehr Widerstand entgegensetzte und langsamer niedergezogen werde als irgendein andersgeformter Körper gleicher Größe.

Da war noch ein überraschender Umstand, der diesen Beobachtungen recht gab und mich begierig machte, sie zu verwerten, und das war, daß wir bei jeder Umdrehung an irgendeinem Faß oder einer Rahe oder einem Mast vorüberkamen, während viele solche Dinge, die auf gleicher Höhe mit uns gewesen, als ich die Augen zuerst den Wundern des Strudels zu öffnen wagte, jetzt hoch über uns dahinschwammen und ihren Ort nur wenig verändert hatten.

Ich wußte nun, was ich zu tun hatte. Ich beschloß, mich an das Wasserfaß, an dem ich mich noch immer anklammerte, festzubinden, es von der Gilling loszuschneiden und mich mit demselben ins Wasser zu werfen. Ich machte meinen Bruder durch Zeichen aufmerksam, deutete auf die schwimmenden Fässer, an denen wir vorüberschwangen, und tat alles, was in meiner Macht stand, um ihm mein Vorhaben begreiflich zu machen. Ich glaubte schließlich, er habe meine Absicht begriffen, doch – mochte das nun der Fall sein oder nicht – er schüttelte verzweifelt den Kopf und weigerte sich, seinen Platz am Ringbolzen aufzugeben. Es war unmöglich, zu ihm hinzukommen, die schreckliche Lage gestattete keinen Aufschub, und so überließ ich ihn nach hartem Kampf seinem Schicksal, band mich mit Stricken, die das Faß an der Gilling festgehalten, an ersteres fest und warf mich ohne weiteres Zögern ins Meer.

Der Erfolg war ganz so, wie ich ihn erhofft hatte. Da ich selbst es bin, der Ihnen diese Geschichte erzählt, da Sie sehen, daß ich tatsächlich das Leben rettete, und da Sie schon wissen, auf welche Weise diese Rettung bewerkstelligt wurde, will ich meine Geschichte schnell zu Ende bringen.

Es mochte etwa eine Stunde vergangen sein, seit ich die Schmack verlassen, als diese, die mich weit, weit überholt hatte, schnell hintereinander drei oder vier rasende Umdrehungen machte und – meinen geliebten Bruder mit sich führend – kopfüber und für immer in das Chaos von Gischt hinabstürzte. Das Faß, an dem ich mich festgebunden, hatte kaum die Hälfte des Zwischenraums durchlaufen, der damals, als ich den Sprung tat, das Schiff vom Abgrund trennte, da ging mit dem Strudel eine große Veränderung vor sich. Die Neigung der Seitenwände des ungeheuren Trichters wurde weniger und weniger steil. Die Umdrehungen des Wirbels wurden allmählich langsamer und langsamer. Der Gischt und der Regenbogen verschwanden nach und nach, und der Boden des Schlundes begann sich höher und höher zu heben. Der Himmel war klar, der Wind hatte sich gelegt, und der volle Mond ging strahlend im Westen unter, als ich mich auf der Oberfläche des Meeres fand, angesichts der Küste von Lofoten und über der Stelle, wo der Trichter des Moskoeström *gewesen war*. Es war die Stunde des Totwassers – aber das Meer rollte infolge des vorangegangenen Sturms noch immer in haushohen Wogen. Ich wurde von der Strömung heftig mitgerissen und die Küste entlang zu den Fischplätzen der anderen getrieben. Ein Boot nahm mich auf. Ich war vor Müdigkeit völlig erschöpft und jetzt, da die Gefahr vorüber, sprachlos in der Erinnerung an ihre Schrecken. Die mich an Bord gezogen, waren meine alten Kameraden und täglichen Gefährten, aber sie kannten mich ebensowenig, als sie irgendeinen Wanderer aus dem Reich der Schatten gekannt haben würden. Mein Haar, das tags vorher rabenschwarz gewesen, war so weiß, wie Sie es jetzt erblicken. Man sagt auch, mein Gesichtsausdruck habe sich völlig verändert. Ich erzählte ihnen meine Geschichte – man glaubte sie mir nicht. Ich erzähle sie jetzt Ihnen, doch kann ich auch von Ihnen kaum erwarten, daß Sie ihr mehr Glauben schenken als die kühnen Fischer von Lofoten.«

Die Maske des Roten Todes

Lange schon wütete der ›Rote Tod‹ im Lande; nie war eine Pest verheerender, nie eine Krankheit gräßlicher gewesen. Blut war der Anfang, Blut das Ende – überall das Rot und der Schrecken des Blutes. Mit stechenden Schmerzen und Schwindelanfällen setzte es ein, dann quoll Blut aus allen Poren, und das war der Beginn der Auflösung. Die scharlachroten Tupfen am ganzen Körper der unglücklichen Opfer – und besonders im Gesicht – waren des Roten Todes Bannsiegel, das die Gezeichneten von der Hilfe und der Teilnahme ihrer Mitmenschen ausschloß; und alles, vom ersten Anfall bis zum tödlichen Ende, war das Werk einer halben Stunde.

Prinz Prospero aber war fröhlich und unerschrocken und weise. Als sein Land schon zur Hälfte entvölkert war, erwählte er sich unter den Rittern und Damen des Hofes eine Gesellschaft von tausend heiteren und leichtlebigen Kameraden und zog sich mit ihnen in die stille Abgeschiedenheit einer befestigten Abtei zurück. Es war dies ein ausgedehnter prächtiger Bau, eine Schöpfung nach des Prinzen eigenem exzentrischen, aber vornehmen Geschmack. Das Ganze war von einer hohen, mächtigen Mauer umschlossen, die eiserne Tore hatte. Nachdem die Höflingsschar dort eingezogen war, brachten die Ritter Schmelzöfen und schwere Hämmer herbei und schmiedeten die Riegel der Tore fest. Es sollte weder für die draußen wütende Verzweiflung noch für ein etwaiges törichtes Verlangen der Eingeschlossenen eine Türe offen sein. Da die Abtei mit Proviant reichlich versehen war und alle erdenklichen Vorsichtsmaßregeln getroffen worden waren, glaubte die Gesellschaft der Pestgefahr Trotz bieten zu können. Die Welt da draußen mochte für sich selbst sorgen! Jedenfalls schien es unsinnig, sich vorläufig bangen Gedanken hinzugeben. Auch hatte der Prinz für allerlei Zerstreuungen Sorge getragen. Da waren Gaukler und Komödianten, Musikanten und Tänzer – da war Schönheit und Wein. All dies und dazu das Gefühl der Sicherheit war drinnen in der Burg – draußen war der Rote Tod.

Im fünften oder sechsten Monat der fröhlichen Zurückgezogenheit versammelte Prinz Prospero – während draußen die Pest noch mit ungebrochener Gewalt raste – seine tausend Freunde auf einem Maskenball mit unerhörter Pracht. Reichtum und zügellose Lust herrschten auf dem Feste. Doch ich will zunächst die Räumlichkeiten schildern, in denen das Fest abgehalten wurde.

Es waren sieben wahrhaft königliche Gemächer. Im allgemeinen bilden in den Palästen solche Festräume – da die Flügeltüren nach beiden Seiten bis an die Wand zurückgeschoben werden können – eine lange Zimmerflucht, die einen weiten Durchblick gewährt. Dies war hier jedoch nicht der Fall. Des Prinzen Vorliebe für alles Absonderliche hatte die Gemächer vielmehr so zusammengegliedert, daß man von jedem Standort immer nur einen Saal zu überschauen vermochte. Nach Durchquerung jedes Einzelraumes gelangte man an eine Biegung, und jede dieser Wendungen brachte ein neues Bild. In der Mitte jeder Seitenwand befand sich ein hohes, schmales gotisches Fenster, hinter dem eine schmale Galerie den Windungen der Zimmerreihe folgte. Diese Fenster hatten Scheiben aus Glasmosaik, dessen Farbe immer mit dem vorherrschenden Farbenton des betreffenden Raumes übereinstimmte. Das am Ostende gelegene Zimmer zum Beispiel war in Blau gehalten, und so waren auch seine Fenster leuchtend blau. Das folgende Gemach war in Wandbekleidung und Ausstattung purpurn, und auch seine Fenster waren purpurn. Das dritte war ganz in Grün und hatte dementsprechend grüne Fensterscheiben. Das vierte war orangefarben eingerichtet und hatte orangefarbene Beleuchtung. Das fünfte war weiß, das sechste violett. Die Wände des siebenten Zimmers aber waren dicht mit schwarzem Sammet bezogen, der sich auch über die Deckenwölbung spannte und in schweren Falten auf einen Teppich von gleichem Stoffe niederfiel. Und nur in diesem Raume glich die Farbe der Fenster nicht derjenigen der Dekoration: hier waren die Scheiben scharlachrot – wie Blut.

Nun waren sämtliche Gemächer zwar reich an goldenen Ziergegenständen, die an den Wänden entlang standen oder von der Decke herabhingen, kein einziges aber besaß einen Kandelaber oder Kronleuchter. Es gab weder Lampen- noch Kerzenlicht. Statt dessen war draußen auf der an den Zimmern hinlaufenden Galerie vor jedem Fenster ein schwerer Dreifuß aufgestellt, der ein kupfernes Feuerbecken trug, dessen Flamme ihren Schein durch das farbige Fenster hereinwarf und so den Raum schimmernd erhellte. Hierdurch wurden die phantastischsten Wirkungen erzielt. In dem westlichsten oder schwarzen Gemach aber war der Glanz der Flammenglut, der durch die blutig roten Scheiben in die schwarzen Sammetfalten fiel, so gespenstisch und gab den Gesichtern der hier Eintretenden ein derart erschreckendes Aussehen, daß nur wenige aus der Gesellschaft kühn genug waren, den Fuß über die Schwelle zu setzen.

In diesem Gemach befand sich an der westlichen Wand auch eine hohe Standuhr in einem riesenhaften Ebenholzkasten. Ihr Pendel schwang mit dumpfem, wuchtigem, eintönigem Schlag hin und her; und wenn der Minutenzeiger seinen Kreislauf über das Zifferblatt beendet hatte und die Stunde schlug, so kam aus den ehernen Lungen der Uhr ein voller, tiefer, sonorer Ton, dessen Klang so sonderbar ernst und so feierlich war, daß bei jedem Stundenschlag die Musikanten des Orchesters, von einer unerklärlichen Gewalt gezwungen, ihr Spiel unterbrachen, um diesem Ton zu lauschen. So mußte der Tanz plötzlich aussetzen, und eine kurze Mißstimmung befiel die heitere Gesellschaft. So lange die Schläge der Uhr ertönten, sah man selbst die Fröhlichsten erbleichen, und die Älteren und Besonneneren strichen mit der Hand über die Stirn, als wollten sie wirre Traumbilder oder unliebsame Gedanken verscheuchen. Kaum aber war der letzte Nachhall verklungen, so durchlief ein lustiges Lachen die Versammlung. Die Musikanten schämten sich lächelnd ihrer Empfindsamkeit und Torheit, und flüsternd vereinbarten sie, daß der nächste Stundenschlag sie nicht wieder derart aus der Fassung bringen solle. Allein wenn nach wiederum sechzig Minuten (dreitausendsechshundert Sekunden der flüchtigen Zeit) die Uhr von neuem anschlug, trat dasselbe allgemeine Unbehagen ein, dasselbe Bangen und Sinnen wie vordem.

Doch wenn man hiervon absah, war es eine prächtige Lustbarkeit. Der Prinz hatte einen eigenartigen Geschmack bewiesen. Er hatte ein feines Empfinden für Farbenwirkungen. Alles Herkömmliche und Modische war ihm zuwider, er hatte seine eigenen kühnen Ideen, und seine Phantasie liebte seltsame glühende Bilder. Es gab Leute, die ihn für wahnsinnig hielten. Sein Gefolge aber wußte, daß er es nicht war. Doch man mußte ihn sehen und kennen, um dessen *gewiß* zu sein.

Die Einrichtung und Ausschmückung der sieben Gemächer war eigens für dieses Fest ganz nach des Prinzen eigenen Angaben gemacht worden, und sein eigener merkwürdiger Geschmack hatte auch den Charakter der Maskerade bestimmt. Gewiß, sie war grotesk genug. Da gab es viel Prunkendes und Glitzerndes, viel Phantastisches und Pikantes. Da gab es Masken mit seltsam verrenkten Gliedmaßen, die Arabesken vorstellen sollten, und andere, die man nur mit den Hirngespinsten eines Wahnsinnigen vergleichen konnte. Es gab viel Schönes und viel Üppiges, viel Übermütiges und viel Groteskes, und auch manch Schauriges – aber nichts, was irgendwie widerwärtig gewirkt hätte. In der Tat, es schien, als wogten in den sieben Gemächern eine Unzahl von Träumen durcheinander. Und diese Träume wanden sich durch die Säle, deren jeder sie mit seinem besonderen Licht umspielte, und die tollen Klänge des Orchesters schienen wie ein Echo ihres Schreitens. Von Zeit zu Zeit aber riefen die Stunden der schwarzen Riesenuhr in dem Sammetsaal, und eine kurze Weile herrschte eisiges Schweigen – nur die Stimme der Uhr erdröhnte. Die Träume erstarrten. Doch das Geläut verhallte – und ein leichtes halbunterdrücktes Lachen folgte seinem Verstummen. Die Musik rauschte wieder auf, die Träume belebten sich von neuem und wogten noch fröhlicher hin und her, farbig beglänzt durch das Strahlenlicht der Flammenbecken, das durch die vielen bunten Scheiben strömte. Aber in das westliche der sieben Gemächer wagte sich jetzt niemand mehr hinein, denn die Nacht war schon weit vorgeschritten, und greller noch floß das Licht durch die blutroten Scheiben und überflammte die Schwärze der düsteren Draperien; wer den Fuß hier auf den dunklen Teppich setzte, dem dröhnte das dumpfe, schwere Atmen der nahen Riesenuhr warnender, schauerlicher ins Ohr als allen jenen, die sich in der Fröhlichkeit der anderen Gemächer umhertummelten.

Diese anderen Räume waren überfüllt, und in ihnen schlug fieberheiß das Herz des Lebens. Und der Trubel rauschte lärmend weiter, bis endlich die ferne Uhr den Zwölfschlag der Mitternacht erschallen ließ. Und die Musik verstummte, so wie früher; und der Tanz wurde jäh zerrissen, und wie früher trat ein plötzlicher unheimlicher Stillstand ein. Jetzt aber mußte der Schlag der Uhr zwölfmal ertönen; und daher kam es, daß jenen, die in diesem Kreis die Nachdenklichen waren, noch trübere Gedanken kamen, und daß ihre Versonnenheit noch länger andauerte. Und daher kam es wohl auch, daß, bevor noch der letzte Nachhall des letzten Stundenschlages erstorben war, manch einer Muße genug gefunden hatte, eine Maske zu bemerken, die bisher noch keinem aufgefallen war. Das Gerücht von dieser neuen Erscheinung sprach sich flüsternd herum, und es erhob sich in der ganzen Versammlung ein Summen und Murren des Unwillens und der Entrüstung – das schließlich zu Lauten des Schreckens, des Entsetzens und höchsten Abscheus anwuchs.

Man kann sich denken, daß es keine gewöhnliche Erscheinung war, die den Unwillen einer so toleranten Gesellschaft erregen konnte. Man hatte in dieser Nacht der Maskenfreiheit zwar sehr weite Grenzen gezogen, doch die fragliche Gestalt war in der Tat zu weit gegangen – über des Prinzen weitgehende Duldsamkeit hinaus. Auch in den Herzen der Übermütigsten gibt es Saiten, die nicht berührt werden dürfen, und selbst für die Verstocktesten, denen Leben und Tod nur Spiel ist, gibt es Dinge, mit denen sie nicht Scherz treiben lassen. Einmütig schien die Gesellschaft zu empfinden, daß in Tracht und Benehmen der befremdenden Gestalt weder Witz noch Anstand sei. Lang und hager war die Erscheinung, von Kopf zu Fuß in Leichentücher gehüllt. Die Maske, die das Gesicht verbarg, war dem Antlitz eines Toten täuschend nachgebildet. Und doch, all dieses hätten die tollen Gäste des tollen Gastgebers, wenn es ihnen auch nicht gefiel, noch hingehen lassen. Aber der Verwegene war so weit gegangen, die Gestalt des ›Roten Todes‹ darzustellen. Sein Gewand war mit Blut besudelt, und seine breite Stirn, das ganze Gesicht sogar, war mit dem scharlachroten Todessiegel gefleckt.

Als die Blicke des Prinzen Prospero diese Gespenstergestalt entdeckten, die, um ihre Rolle noch wirkungsvoller zu spielen, sich langsam und feierlich durch die Reihen der Tanzenden bewegte, sah man, wie er im ersten Augenblick von einem Schauer des Entsetzens oder des Widerwillens geschüttelt wurde; im nächsten Moment aber rötete sich seine Stirn in Zorn.

»Wer wagt es«, fragte er mit heiserer Stimme die Höflinge an seiner Seite, »wer wagt es, uns durch solch gotteslästerlichen Hohn zu empören? Ergreift und demaskiert ihn, damit wir wissen, wer es ist, der bei Sonnenaufgang an den Zinnen des Schlosses aufgeknüpft werden wird!«

Es war in dem östlichen, dem blauen Zimmer, in dem Prinz Prospero diese Worte rief. Sie hallten laut und deutlich durch alle sieben Gemächer – denn der Prinz war ein kräftiger und kühner Mann, und die Musik war durch eine Bewegung seiner Hand zum Schweigen gebracht worden.

Das blaue Zimmer war es, in dem der Prinz stand, umgeben von einer Gruppe bleicher Höflinge. Sein Befehl brachte Bewegung in die Höflingsschar, als wolle man den Eindringling angreifen, der gerade jetzt ganz in der Nähe war und mit würdevoll gemessenem Schritt dem Sprecher näher trat. Doch das namenlose Grauen, das die wahnwitzige Vermessenheit des Vermummten allen eingeflößt hatte, war so stark, daß keiner die Hand ausstreckte, um ihn aufzuhalten. Ungehindert kam er bis dicht an den Prinzen heran – und während die zahlreiche Versammlung zu Tode entsetzt zur Seite wich und sich in allen Gemächern bis an die Wand zurückdrängte, ging er unangefochten seines Weges, mit den nämlichen feierlichen und gemessenen Schritten wie zu Beginn. Und er schritt von dem blauen Zimmer in das purpurrote – von dem purpurroten in das grüne – von dem grünen in das orangefarbene – und aus diesem in das weiße – und weiter noch in das violette Zimmer, ehe eine entscheidende Bewegung gemacht wurde, um ihn aufzuhalten. Dann aber war es Prinz Prospero, der rasend vor Zorn und Scham über seine eigene unbegreifliche Feigheit die sechs Zimmer durcheilte – er allein, denn von den andern vermochte infolge des tödlichen Schreckens kein einziger ihm zu folgen. Den Dolch in der erhobenen Hand war er in wildem Ungestüm der weiterschreitenden Gestalt bis auf drei oder vier Schritte nahe gekommen, als diese, die jetzt das Ende des Sammetgemaches erreicht hatte, sich plötzlich zurückwandte und dem Verfolger gegenüberstand. Man hörte einen durchdringenden Schrei, der Dolch fiel blitzend auf den schwarzen Teppich, und im nächsten Augenblick sank auch Prinz Prospero im Todeskampf zu Boden.

Nun stürzten mit dem Mute der Verzweiflung einige der Gäste in das schwarze Gemach und ergriffen den Vermummten, dessen hohe Gestalt aufrecht und regungslos im Schatten der schwarzen Uhr stand. Doch unbeschreiblich war das Grauen, das sie befiel, als sie in den Leichentüchern und hinter der Leichenmaske, die sie mit rauhem Griffe packten, nichts Greifbares fanden – sie waren *leer* …

Und nun erkannte man die Gegenwart des Roten Todes. Er war gekommen wie ein Dieb in der Nacht. Und einer nach dem andern sanken die Festgenossen in den blutbetauten Hallen ihrer Lust zu Boden und starben – ein jeder in der verzerrten Lage, in der er verzweifelnd niedergefallen war. Und das Leben in der Ebenholzuhr erlosch mit dem Leben des letzten der Fröhlichen. Und die Gluten in den Kupferpfannen verglommen. Und unbeschränkt herrschte über alles mit Finsternis und Verwesung der Rote Tod.

Grube und Pendel

Impia tortorum longas hic turba furores
Sanguinis innocui, non satiata, aluit.
Sospite nunc patria, fracto nunc funeris antro Mors ubi dira fuit, vita salusque patent.

Inschrift für ein Markttor, das für den Platz des Jakobiner-Hauses in Paris bestimmt war.

Ich war krank – erschöpft und todkrank infolge der langen Todesangst –, und als man mir die Fesseln löste und mir erlaubte niederzusitzen, fühlte ich, daß mir die Sinne schwanden. Das Urteil, das entsetzliche Todesurteil war der letzte Ausspruch, den meine Ohren deutlich vernahmen. Hiernach schmolzen die Stimmen der Richter in ein traumhaftes, ununterbrochenes Summen zusammen, das in meiner Seele die Vorstellung eines Kreislaufs erweckte – vielleicht, weil es an das Sausen eines Mühlrades erinnerte. Das dauerte nur kurze Zeit, denn bald hörte ich nichts mehr. Doch *sah* ich noch eine Zeitlang – aber in welch seltsamer, schrecklicher Verzerrtheit erschien mir alles! Ich sah die Lippen der schwarzgekleideten Richter. Sie erschienen mir weiß – weißer als das Blatt, auf das ich diese Worte schreibe – und dünn bis zur Groteske; dünn und grausam fest geschlossen, dünn in unbeweglicher Härte, in strenger Verachtung aller Menschenleiden. Ich sah, daß Aussprüche, die mein Schicksal bedeuteten, noch immer über diese Lippen kamen, sah, wie sie sich im Sprechen des Todesurteils verzerrten. Ich sah sie die Silben meines Namens bilden, und ich schauderte, weil kein Laut zu hören war. Ich sah auch für ein paar Augenblicke wahnsinnigen Schreckens das leise, kaum wahrnehmbare Schwanken der schwarzen Stoffe, mit denen die Wände des Gemachs bekleidet waren; und dann fiel mein Blick auf die sieben hohen Kerzen auf dem Tisch. Zuerst blickten sie mitleidig drein und glichen schlanken weißen Engeln, die mich retten würden. Doch dann – ganz plötzlich – wurde mein Geist todmüde, jeder Nerv in mir erbebte, als hätte ich den Draht einer galvanischen Batterie berührt; die Engelsgestalten wurden gleichgültige Gespenster, deren Kopf eine Flamme war, und ich sah, daß von ihnen keine Hilfe kommen konnte. Und dann stahl sich in meine Seele gleich einem vollen tröstenden Akkord der Gedanke, wie köstlich die Ruhe im Grabe sein müsse. Der Gedanke kam sanft und verstohlen, und es dauerte lange, bis er in voller Klarheit vor mir stand; doch gerade als mein Geist ihn ganz begriff, ihn gleichsam innig fühlte, verschwanden wie durch Zauberschlag die Richter vor meinen Blikken; die hohen Kerzen versanken ins Nichts, ihre Flammen loschen aus; schwarze Finsternis siegte; alle Empfindungen gingen unter in einem tollen, rasenden Sturz – als falle die Seele in den Hades. Dann war meine Welt nur Schweigen und Stille und Nacht.

Ich lag in Ohnmacht, doch kann ich nicht sagen, daß mein Bewußtsein geschwunden war. Wieviel davon noch blieb, will ich nicht versuchen zu enträtseln oder zu beschreiben; doch war nicht *alles* geschwunden. Im tiefsten Schlummer – nein! Im Delirium – nein! In Ohnmacht und Betäubung – nein! Im Tode – nein! Selbst im Grabe ist nicht *alles Bewußtsein* geschwunden. Sonst gäbe es keine Unsterblichkeit. Aus dem tiefsten Schlummer erwachend, zerreißen wir das Spinngewebe eines Traumes; aber eine Sekunde später – so zart ist das Gewebe oft – wissen wir schon nicht mehr, daß wir geträumt. Bei dem Erwachen aus einer Ohnmacht gibt es zwei Stadien: zuerst das Gefühl geistigen oder seelischen – dann das Bewußtsein körperlichen Daseins. Es ist wahrscheinlich, daß wir, falls es uns gelänge, im zweiten Zustand die Eindrücke des ersten zurückzurufen, diese Eindrücke voll fänden von Erinnerungen aus dem Abgrund des Jenseits. Und dieser Abgrund ist – was? Wie sollen wir seine Schatten von denen des Grabes unterscheiden? Wenn nun aber die Eindrücke dessen, was ich den ersten Zustand nannte, nicht willkürlich hervorgerufen werden können, kommen sie nicht – nach langer Pause oft – ungerufen und uns befremdend? Wer nie in Ohnmacht lag, der gehört nicht zu denen, die oft in der Kohlenglut seltsame Paläste und merkwürdig bekannte Gesichter erschauen; gehört nicht zu denen, die in der Luft düstere Visionen erblicken, die der Menge verborgen bleiben; gehört nicht zu denen, die über den Duft einer neuen Blume tiefsinnig grübeln; gehört nicht zu denen, deren Hirn sich nach dem geheimnisvollen Sinn irgendeiner musikalischen Strophe abmüht, die nie vorher ihre Aufmerksamkeit erregte.

Bei meinen häufigen bewußten Anstrengungen, mich zu erinnern, bei meinen gewaltsamen Mühen, irgendein Merkmal aus dem Zustand scheinbaren Nichtseins, in den meine Seele entglitten, ins klare Bewußtsein herüberzuretten, gab es Augenblicke, in denen ich ein Gelingen träumte; es gab kurze, sehr kurze Momente, in denen ich Erinnerungen heraufbeschworen, die mir in der hellen Vernunft späteren völligen Wachseins als unbedingt jenem Zustand scheinbarer Bewußtlosigkeit entstammend erschienen. Diese Schatten eines Erinnerns reden undeutlich von hohen Gestalten, die mich aufhoben und schweigend abwärts trugen, hinab – hinab – und tiefer hinab, bis ein furchtbares Schwindelgefühl mich erfaßte bei dem bloßen Gedanken der Unendlichkeit des Niedergleitens. Sie reden auch von dumpfem Schreckgefühl im Herzen, weil dieses Herz so unnatürlich still war. Dann kommt ein Empfinden völliger Unbewegtheit aller Dinge, als ob die, die mich trugen – ein gespenstischer Zug – in ihrem Abwärtsdringen die Grenzen des Grenzenlosen überschritten hätten und nun ausruhten von der Mühsal ihres Werks. Hiernach erinnere ich mich an ein flach ausgestrecktes Liegen, an feuchten Dunst; und dann ist alles Wahnsinn – Wahnsinn eines Bewußtseins, das sich mit dem Unfaßbaren, dem Verbotenen abmüht.

Ganz plötzlich empfand meine Seele wieder Bewegung und Klang: die stürmischen Schläge des Herzens – und in den Ohren ihren Widerhall. Dann eine Pause, in der alles nichts war. Dann wieder Klang und Bewegung und Gefühl, ein Prickeln durch den ganzen Körper. Dann das bloße Bewußtsein des Daseins, ohne jeglichen Gedanken – ein Zustand, der lange dauerte. Dann, ganz plötzlich, das *Denken* und schaudernder Schrecken und ernstliches Mühen, meine wahre Lage zu erfassen. Dann ein gieriges Verlangen, in Fühllosigkeit zurückzusinken. Dann ein heftiges Neuerwachen der Seele und ein erfolgreicher Versuch zur Bewegung. Und nun ein volles Erinnern an das Verhör, an die Richter, an die düsteren Wandbehänge, an den Urteilsspruch, an die Ohnmacht. Dann völliges Vergessen alles Folgenden: alles dessen, was ein späterer Tag und eifriges Bemühen mir unklar wieder ins Gedächtnis rief.

Bis dahin hatte ich die Augen nicht geöffnet. Ich fühlte, daß ich ungefesselt auf dem Rücken lag. Ich streckte die Hand aus, und sie fiel schwer auf etwas Feuchtes und Hartes. Da ließ ich sie viele Minuten liegen, während ich versuchte, mir vorzustellen, *wo* und *was* ich wohl sei. Ich hätte gern die Augen geöffnet, aber ich wagte es nicht. Ich fürchtete den ersten Blick auf meine Umgebung. Es war nicht Furcht, etwas Entsetzliches zu erblicken, sondern das Grauen, *nichts* zu sehen. Endlich, mit wilder Verzweiflung im Herzen, öffnete ich schnell die Augen. Meine schlimmsten Ahnungen bestätigten sich. Schwarze, ewige Nacht umgab mich. Die Dichtigkeit der Finsternis lastete auf mir und ließ mich erstarren. Die Luft war unerträglich dumpf. Ich lag immer noch still und strengte mich an, meine Vernunft in Gang zu bringen. Ich rief mir den Verlauf der Gerichtsverhandlung ins Gedächtnis zurück und versuchte, von da aus meine jetzige Lage abzuleiten. Das Urteil war gesprochen, und es schien mir, als sei seitdem eine lange Zeit vergangen. Dennoch nahm ich keinen Augenblick an, daß ich tot sei. Solch eine Vorstellung ist, was auch darüber geschrieben sein mag, völlig unvereinbar mit dem wirklichen Leben. Doch wo und in welcher Verfassung war ich? Ich wußte, die zum Tode Verurteilten endeten in einem Autodafé, und ein solches war in der Nacht, die meiner Verurteilung folgte, abgehalten worden. War ich in den Kerker geführt worden, um die nächste Hinopferung abzuwarten, die erst in einigen Monaten stattfinden würde? Das konnte nicht sein. Es war geradezu ein Mangel an Opfern gewesen. Auch entsann ich mich, daß mein Kerker, wie alle Gefängniszellen in Toledo, einen Steinboden hatte und nicht ganz ohne Lichtzutritt war.

Ein fürchterlicher Gedanke trieb plötzlich mein Blut in Wogen zum Herzen, und für kurze Zeit sank ich von neuem in Bewußtlosigkeit. Als ich mich erholt hatte, sprang ich sofort auf die Füße; jeder Nerv in mir zuckte. Ich streckte die Arme in die Höhe und rundum nach allen Seiten. Ich fühlte nichts und fürchtete dennoch, einen Schritt zu machen, aus Angst, an die Mauern eines *Grabes* zu stoßen. Der Angstschweiß brach mir aus allen Poren und stand in großen kalten Tropfen auf meiner Stirn.

Die Angst der Ungewißheit wurde schließlich unerträglich, und ich bewegte mich vorsichtig mit ausgebreiteten Armen vorwärts; meine Augen drangen fast aus ihren Höhlen, so gierig hoffte ich, einen schwachen Lichtstrahl zu erhaschen. Ich machte viele Schritte vorwärts, doch noch immer war alles Finsternis und Leere. Ich atmete freier. Es war offenbar, daß meiner wenigstens nicht das scheußlichste Geschick harrte.

Und nun, während ich mich vorsichtig weiter tastete, drängten sich tausend unbestimmte Gerüchte über die Schrecken von Toledo meinem Gedächtnis auf. Seltsame Geschichten waren über die Kerker im Umlauf – unwahr hatte ich sie immer genannt –, aber sie waren furchtbar und so grausig, daß man nur davon flüsterte. Hatte man mich für den Hungertod in dieser ewigen unterirdischen Nacht bestimmt, oder welches vielleicht noch gräßlichere Schicksal erwartete mich? Daß das Ende Tod sein würde, und zwar ein Tod von mehr als gewöhnlicher Bitternis, schien mir, der ich den Charakter meiner Richter kannte, gewiß. Die Art und die Stunde des Sterbens war das einzige, was mich noch beschäftigte und beunruhigte.

Meine ausgestreckten Hände fanden endlich ein festes Hemmnis. Es war eine Mauer – sehr glatt, schlüpfrig und kalt. Ich folgte ihr mit all der mißtrauischen Vorsicht, die gewisse Berichte uralter Begebenheiten in mir erweckt hatten. Dieses Vorgehen brachte mir aber keinen Aufschluß über den Umfang meines Kerkers; denn ich konnte, ohne es zu wissen, seinen ganzen Umkreis umschritten haben und wieder am Ausgangspunkt angelangt sein – so glatt und gleichmäßig schien die Mauer. Ich suchte daher nach dem Messer, das sich in meiner Tasche befunden hatte, als man mich in das Untersuchungszimmer geführt; es war fort. Man hatte meine Kleider gegen eine Umhüllung von grober Wolle vertauscht. Ich hatte beabsichtigt, die Klinge in irgendeinen feinen Spalt des Mauerwerks zu stoßen, um so einen Ausgangspunkt festzustellen. Dies war übrigens nicht so schwierig, als es mir anfangs in meiner Sinnesverwirrung erschien. Ich riß ein Stückchen von meinem Kleidersaum und legte den Fetzen in voller Länge rechtwinklig zur Mauer auf den Boden. Wenn ich meinen Weg rund um mein Gefängnis machte, mußte ich selbstredend bei Vollendung des Umkreises wieder auf den Fetzen stoßen. So dachte ich wenigstens. Aber ich hatte weder mit der Ausdehnung des Kerkers noch mit meiner eigenen Schwäche gerechnet. Der Boden war feucht und schlüpfrig. Ich war eine Zeitlang vorwärts getappt, als ich strauchelte und fiel. Meine ungeheure Müdigkeit zwang mich, ausgestreckt liegen zu bleiben, und bald befiel mich in dieser Lage der Schlaf.

Als ich erwachte und den Arm ausstreckte, fand ich neben mir ein Stück Brot und einen Krug Wasser. Ich war zu erschöpft, um über diesen Umstand nachzudenken; sofort aß und trank ich gierig. Bald darauf vollendete ich meinen Rundgang in dem Gefängnis und kam nach vieler Mühe wieder bei dem Wollfetzen an. Bis zu dem Augenblick, da ich hinfiel, hatte ich zweiundfünfzig Schritte gezählt, und als ich nun meinen Gang fortsetzte, zählte ich achtundvierzig, bis ich bei meinem Zeichen wieder ankam. Das ergab zusammen hundert Schritt, und indem ich je zwei Schritt als einen Meter rechnete, schloß ich, daß mein Kerker einen Umfang von fünfzig Metern habe. Doch ich hatte eine Menge Winkel in der Mauer gefunden und konnte mir daher keine Vorstellung über die Form der Gruft bilden – denn eine Gruft war es nach meinem Dafürhalten.

Ich fand wenig Sinn – jedenfalls keine Hoffnung – in diesen Nachforschungen, aber eine unbestimmte Neugier veranlaßte mich, sie fortzusetzen. Ich verließ die Wand und beschloß, den Raum zu durchqueren. Zuerst ging ich mit äußerster Vorsicht voran, denn obgleich der Boden anscheinend aus festem Material war, war er doch äußerst schlüpfrig. Endlich aber faßte ich Mut und zögerte nicht, sicher auszuschreiten, wobei ich mich bemühte, in möglichst gerader Linie hinüberzugelangen. Auf diese Weise war ich zehn oder zwölf Schritte vorwärts gekommen, als der zerrissene Saum meines Gewandes sich an meinen Füßen verfing. Ich trat darauf und fiel mit voller Gewalt vornüber zu Boden.

In der ersten Verwirrung bemerkte ich nicht sogleich einen befremdenden Umstand, der jetzt, ein paar Sekunden später und während ich noch ausgestreckt dalag, meine Aufmerksamkeit erregte. Es war folgendes: Mein Kinn ruhte auf dem Boden des Kerkers, meine Lippen aber und der obere Teil des Kopfes, die meinem Gefühl nach tiefer lagen als das Kinn, *berührten nichts.* Gleichzeitig schien meine Stirn in klebrigen Dämpfen zu baden, und der unverkennbare Geruch verwesender Schwämme drang mir in die Nase. Ich streckte den Arm aus und schauderte, als ich fand, daß ich genau am Rande einer kreisrunden Brunnenöffnung hingefallen war, deren Umkreis festzustellen natürlich gegenwärtig nicht in meiner Macht lag. Es gelang mir, von dem feuchten Mauerrand ein Steinchen loszubröckeln; ich ließ es in den Abgrund fallen. Viele Sekunden lang horchte ich dem Widerhall, den sein Anschlagen an die Seitenwände verursachte; endlich hörte ich ein dumpfes Aufklatschen im Wasser, dem ein vielfältiges Echo folgte. Im selben Augenblick ertönte ein Geräusch wie das rasche Öffnen und Wiederzuschlagen einer Türe mir zu Häupten, während ein schwacher Lichtschimmer durch das Dunkel huschte und ebenso schnell wieder verschwand.

Ich erkannte, welches Los man mir zugedacht hatte, und

beglückwünschte mich zu dem rechtzeitigen Unfall, der mich rettete. Noch einen Schritt weiter vor meinem Sturz – und die Welt hätte mich nicht wiedergesehen! Die Form der Urteilsvollstreckung, der ich soeben durch einen Zufall entronnen war, entsprach ganz den mir bekannten Berichten über die Inquisition, die ich jedoch stets als Erfindung und alberne Übertreibung angesehen hatte. Ihren Opfern blieb nur die Wahl zwischen Sterben unter entsetzlichen Körperqualen und Sterben unter unerhörten Geistesschrecken. Mich hatte man für diese aufbewahrt. Durch lange Leiden waren meine Nerven so zerrüttet, daß ich beim Klang meiner eigenen Stimme erbebte und in jeder Hinsicht ein geeignetes Objekt für die auserlesenen Martern geworden war, die man mir zugedacht.

An allen Gliedern zitternd, tastete ich meinen Weg zur Mauer zurück. Ich war entschlossen, lieber dort zu sterben, als mich in die Schrecken der Brunnen zu wagen; meine Phantasie malte sich jetzt aus, daß ihrer viele hier im Raum verteilt seien. In anderer Seelenverfassung hätte ich vielleicht den Mut gehabt, mein Elend durch einen Sprung in solch einen Abgrund zu enden, jetzt aber war ich der Feigste der Feigen. Auch konnte ich nicht vergessen, was ich über diese Brunnen gelesen: daß das sofortige Auslöschen des Lebens keineswegs in der Absicht derer lag, die diese entsetzlichen Gruben angelegt hatten.

Die Seelenaufregung hielt mich viele lange Stunden wach. Schließlich aber schlief ich wieder ein. Als ich erwachte, fand ich wie vorher ein Stück Brot und einen Krug voll Wasser neben mir. Brennender Durst erfaßte mich, und ich leerte das Gefäß auf einen Zug. Dem Wasser mußte ein Schlafmittel beigemengt sein, denn kaum hatte ich ausgetrunken, als mich unwiderstehliche Schlafsucht befiel. Ich sank in eine Art Todesschlummer. Wie lange er währte, weiß ich natürlich nicht; als ich aber wieder die Augen öffnete, waren die Dinge um mich her sichtbar. Ein seltsamer schwefliger Glanz, dessen Ursprung ich zunächst nicht feststellen konnte, gestattete mir, den Umfang und das Aussehen meines Kerkers wahrzunehmen.

In seiner Größe hatte ich mich gewaltig geirrt. Die ganze Mauerrundung umfaßte nicht mehr als fünfundzwanzig Meter. Minutenlang verursachte mir diese Tatsache eine Welt von überflüssiger Beunruhigung; wirklich überflüssig – denn was war unter den Schrecken, die mich umgaben, bedeutungsloser als der Umfang meiner Zelle? Doch meine Seele nahm ein merkwürdiges Interesse an Kleinigkeiten, und ich plagte mich sehr, den Irrtum aufzudecken, der mich zu so falscher Messung veranlaßt hatte. Endlich fand ich die Ursache. Bei meinem ersten Versuch zur Erforschung des Raumes hatte ich bis zu meinem Hinfallen zweiundfünfzig Schritt gezählt; ich mußte damals nur noch zwei oder drei Schritt von dem Wollstreifen entfernt gewesen sein und also den Umkreis beinahe vollendet gehabt haben. Dann schlief ich ein, und nach dem Erwachen muß ich meine Schritte rückwärts gelenkt haben, das heißt, ich durchmaß nochmals die vorher bereits zurückgelegte Strecke und berechnete so den Umfang doppelt so groß, als er tatsächlich war. Meine Geistesverwirrung war schuld, daß es mir nicht auffiel, daß ich bei Beginn des Rundgangs die Mauer links, bei der Fortsetzung dagegen rechts gehabt hatte.

Auch über die Form des Gefängnisses hatte ich mich getäuscht. Beim Abtasten der Mauer hatte ich viele Winkel gefunden und so den Eindruck großer Unregelmäßigkeit erhalten – so sehr kann völlige Dunkelheit jenen täuschen, der aus Ohnmacht oder Schlaf erwacht! Die Winkel waren nichts als leichte Vertiefungen, die der Zahn der Zeit in unregelmäßigen Zwischenräumen in die Mauer gefressen hatte. Die Grundform des Gefängnisses war ein Viereck. Was ich zuerst für Steinmauern gehalten, schien mir jetzt Eisen oder sonst ein Metall zu sein, dessen große Platten da, wo sie aneinandergenietet waren, die leichten Vertiefungen bildeten. Die ganze Fläche dieser erzenen Wände war mit groben Zeichnungen bemalt, mit all den abscheulichen und abstoßenden Darstellungen, wie der Aberglaube der Mönche sie erfunden. Drohende Teufelsfratzen auf Totenskeletten und andere noch viel gräßlichere Gestalten bedeckten und verunzierten die Wände. Ich stellte fest, daß die Umrisse dieser Ungeheuerlichkeiten ziemlich klar, die Farben dagegen, anscheinend infolge der Einwirkung einer feuchten Atmosphäre, verblichen und fleckig waren. Ich betrachtete nun auch den Fußboden, der von Stein war. In seiner Mitte gähnte das runde Brunnenloch, dessen Schlund ich entronnen; es war indes nur dieses einzige im Kerker.

Nur undeutlich und mit vieler Mühe konnte ich dies alles erblicken, denn während meines Schlafes hatte sich meine Lage sehr verändert. Ich lag jetzt lang ausgestreckt auf einer Art niedrigem Holzrahmen. Ich lag auf dem Rücken und war mit einem langen Riemen, der einem Sattelgurt glich, an das Holz festgebunden. Der Riemen war mir vielemal um Leib und Glieder geschlungen und ließ nur dem Kopf und dem linken Arm so viel Bewegungsfreiheit, daß ich mich mit vieler Anstrengung aus einer irdenen Schüssel am Boden mit Nahrung versehen konnte. Ich sah zu meinem Entsetzen, daß man den Krug fortgenommen hatte; ich sage: zu meinem Entsetzen, denn ich war von unerträglichem Durst geplagt. Diesen Durst zu erwecken, schien in der Absicht meiner Peiniger zu liegen, denn das mir gebotene Mahl bestand aus scharfgewürztem Fleisch.

Aufwärts blickend betrachtete ich die Decke meines Gefängnisses. Sie war etwa dreißig bis vierzig Fuß hoch und aus demselben Material wie die Seitenwände. Auf einem der Deckenfelder erregte eine sonderbare Figur meine ganze Aufmerksamkeit. Es war eine gemalte Gestalt der *Zeit*, so wie sie gewöhnlich dargestellt wird, nur daß sie anstatt der Sichel etwas in den Händen hielt, was ich auf den ersten Blick als ein gemaltes Pendel ansah, dergleichen man oft auf alten Uhren findet. Dennoch war da etwas in der Erscheinung des Instruments, was mich veranlaßte, es aufmerksamer zu betrachten. Während ich nun senkrecht hinaufstarrte – denn es befand sich genau über mir –, bildete ich mir ein, daß es sich bewege. Eine Minute später bestätigte sich meine Einbildung. Seine Schwingungen waren kurz und selbstredend langsam. Ich beobachtete es einige Minuten etwas ängstlich, doch vor allem verwundert. Schließlich ermüdeten mich aber die langsamen Bewegungen, und ich wandte meine Blicke anderen Dingen zu.

Ein leises Geräusch erregte meine Aufmerksamkeit; ich sah auf den Boden und gewahrte mehrere riesenhafte Ratten. Sie waren aus dem Brunnen gekommen, der rechter Hand gerade meinen Blicken sichtbar war. Noch während ich hinstarrte, kamen sie scharenweise und hastig herauf, und ihre Augen suchten gierig nach dem Fleisch, das sie gerochen. Es bedurfte vieler Mühe und Aufmerksamkeit, sie von der Schüssel abzuhalten.

Es mochte eine halbe Stunde vergangen sein, vielleicht sogar eine ganze Stunde – denn ich konnte die Zeit nur unvollkommen berechnen –, als ich meine Augen wieder aufwärts wandte. Was ich nun sah, verwunderte und entsetzte mich. Die Schwingungen des Pendels hatten an Ausdehnung fast um einen Meter zugenommen. Als natürliche Folge war auch die Schnelligkeit viel größer; was mich aber hauptsächlich beunruhigte, war die Tatsache, daß es sich merklich *herabgesenkt* hatte. Ich bemerkte jetzt mit namenlosem Schrecken, daß sein unterer Teil in einem Halbmond aus blitzendem Stahl bestand, der von einem Horn zum andern etwa einen Fuß maß; die Hörner waren nach oben gerichtet, und die untere Kante schien scharf wie ein Rasiermesser. Das Pendel schien auch so massiv und schwer wie ein solches, denn es verdickte sich nach oben zusehends. Es hing an einem dicken Messingstab, und das Ganze zischte beim Durchschneiden der Luft.

Ich konnte nicht länger zweifeln, welche neue Todesmarter die in Grausamkeit so erfinderischen Mönche für mich ausgewählt hatten. Es war den Knechten der Inquisition nicht entgangen, daß ich den Brunnen entdeckt hatte – den Brunnen, dessen Schrecken für mich verstockten Ketzer bestimmt gewesen, – den Brunnen, diesen Höllenpfuhl, von dem das Gerücht ging, daß er das schlimmste aller ihrer Marterinstrumente sei. Dem Sturz in den Brunnen war ich durch einen bloßen Zufall entronnen, und ich wußte, daß zum Wesen dieser schauerlichen Kerkertode eine

Geißelung durch immer wieder neue Schrecken gehörte. Da ich dem Sturz entgangen war, hatten meine Henker, die mich nicht etwa gewaltsam hinabstürzen würden, von jenem teuflischen Plane Abstand genommen, und es erwartete mich also eine andere, mildere Todesart. Milder! Ich mußte trotz meines Grauens über diese Bezeichnung lächeln.

Was nützt es, die langen, langen Stunden übermenschlichen Entsetzens zu schildern, in denen ich die sausenden Schwingungen des scharfen Stahles zählte! Zoll um Zoll – Linie um Linie – mit einer allmählichen Senkung, die nur in großen Zwischenräumen, die mir wie Jahre schienen, zu bemerken war – kam es herab und immer tiefer herab! Tage vergingen – es können viele Tage gewesen sein –, ehe es so dicht über mich hinfegte, daß mich sein heißer Atem fächelte. Der Geruch des scharfen Stahls drang mir in die Nase. Ich betete – ich beschwor den Himmel, ein schnelleres Ende zu machen. Ich wurde toll und rasend und strengte mich an, um mich dem Schwung der fürchterlichen Schneide entgegenzuheben. Und dann wurde ich plötzlich ruhig und lag und lächelte auf zu dem glitzernden Tod, wie ein Kind wohl ein seltsames Spielzeug anlächelt.

Wieder befiel mich Bewußtlosigkeit; sie dauerte nicht lange, denn als ich wieder zu mir kam, war keine wesentliche Senkung des Pendels zu bemerken. Sie konnte allerdings trotzdem lange gedauert haben, denn ich wußte, daß die Teufel mich beobachteten und die Schwingungen nach Willkür gehemmt haben konnten. Nach meinem Wiedererwachen fühlte ich mich – oh! unaussprechlich schwach und elend, als hätte ich lange gehungert. Selbst inmitten solcher Todesqualen verlangte die Natur ihre Rechte. Mit schmerzvoller Anstrengung streckte ich den linken Arm aus, soweit meine Fesseln es erlaubten, und ergriff den kleinen Rest der Speise, den mir die Ratten noch übriggelassen hatten. Als ich ein Stückchen in den Mund schob, durchzuckte es mich wie eine Ahnung von Freude – von Hoffnung. Dennoch, welchen Grund hatte ich zur Hoffnung? Es war, wie ich sagte, nur eine Ahnung, ein halber Gedanke, wie er den Menschen manchmal überkommt, aber ich fühlte auch, daß sich dieses Empfinden zu keinem klaren Begriff formen ließ. Vergebens mühte ich mich darum; langes Leiden hatte meine Geisteskräfte untergraben. Ich war ein Dummkopf, ein Idiot.

Die Schwingungen des Pendels liefen rechtwinklig zu meiner Körperlänge. Ich sah, daß der Halbmond bestimmt war, mir quer durchs Herz zu schneiden. Er würde den Stoff meines Kleides schlitzen; er würde zurückschwingen und den Schnitt wiederholen – wieder und wieder. Ungeachtet seiner schrecklich weiten Schwingung (einige dreißig Fuß oder mehr) und der pfeifenden Gewalt im Niedersausen, die wohl sogar diese Eisenwände zu durchschneiden vermochte, würde das Pendel doch minutenlang nur meine Kleider schlitzen, und bei diesem Gedanken hielt ich inne. Ich wagte nicht weiter zu denken. Ich prüfte ihn mit hartnäckiger Aufmerksamkeit – als ob ich bei dem Verweilen gerade hier den Stahl aufhalten könnte. Ich zwang mich, mir den Ton auszumalen, mit dem der Halbmond das Gewand durchschneiden würde – das eigentümlich fröstelnde Empfinden, das das Zerschneiden von Stoff auf unsere Nerven auszuüben pflegt. Ich grübelte über alle diese Kleinigkeiten, bis meine Zähne klapperten.

Nieder – langsam und stetig kroch es nieder! Ich fand ein wahnsinniges Vergnügen darin, die Schnelligkeit der Schwingungen nach oben und nach unten miteinander zu vergleichen. Nach rechts – nach links – auf und ab – mit dem Kreischen einer verdammten Seele! Los auf mein Herz mit dem schleichenden Tritt des Tigers! Ich lachte und heulte abwechselnd, je nachdem die eine oder andere Vorstellung in mir die Oberhand gewann.

Nieder – nieder ohne Erbarmen! Nur noch drei Zoll über meiner Brust sauste es dahin. Ich mühte mich wild – rasend –, um meinen linken Arm ganz frei zu bekommen; er war nur vom Ellbogen bis zur Hand frei. Letztere konnte ich mit großer Anstrengung vom Teller neben mir zum Munde führen, weiter aber nicht. Hätte ich die Gurte über dem Ellbogen sprengen können, so würde ich das Pendel erfaßt und versucht haben, es zum Stehen zu bringen. Gerade so gut hätte ich versuchen können, eine Lawine aufzuhalten!

Nieder – unaufhaltsam – unerbittlich nieder! Der Atem versagte mir, und ein Krampf schüttelte mich bei jeder Schwingung. Meine Augen folgten der Aufwärtsbewegung mit dem Eifer sinnlosester Verzweiflung; sie schlossen sich krampfhaft beim Niedersausen, obgleich der Tod eine unaussprechliche Erlösung gewesen wäre. Und dennoch erbebte ich in jedem Nerv bei dem Gedanken, welch eines geringen Sinkens der Maschinerie es noch bedurfte, um den scharfen gleißenden Stahl durch meine Brust zu treiben. Es war *Hoffnung*, die meine Nerven erschauern – meinen Körper zusammenzucken ließ. Es war Hoffnung – Hoffnung, die über die Foltern triumphierte –, die selbst den zum Tode Verurteilten in den Kerkern der Inquisition von neuem Leben raunt.

Ich sah, daß weitere zehn oder zwölf Schwingungen den Stahl nun tatsächlich in Berührung mit meinen Kleidern bringen würden, und bei dieser Beobachtung überkam meinen Geist ganz plötzlich die klare gesammelte Ruhe der Verzweiflung. Zum ersten Male seit vielen Stunden oder vielleicht Tagen *dachte* ich. Ich gewahrte jetzt, daß die Riemen oder Gurte, die mich umschlangen, aus einem einzigen Stück bestanden. Ich war nirgends mit einem besonderen Seile festgebunden. Der erste Schnitt des rasiermesserscharfen Halbmondes würde also meine gesamten Fesseln derart lösen, daß ich sie mit Hilfe meiner linken Hand abwinden konnte. Doch wie gefahrvoll war in diesem Fall die Schärfe des Stahls! Die Folge des geringsten Aufbäumens war der Tod. War es übrigens anzunehmen, daß meine Marterknechte jene Möglichkeit nicht vorausgesehen und ihr vorgebeugt hatten? War es wahrscheinlich, daß die Fesseln gerade an der Stelle meine Brust kreuzten, die das Pendel berühren würde? Besorgt, meine schwache, und, wie es schien, letzte Hoffnung zerstört zu sehen, hob ich den Kopf so hoch, daß ich meine Brust deutlich überblicken konnte. Die Gurte umwanden Glieder und Körper nach allen Richtungen – *nur nicht in der Schnittbahn des störenden Pendels!*

Kaum war mein Kopf in seine frühere Lage zurückgesunken, als in meiner Seele etwas aufleuchtete, was ich nicht anders beschreiben kann, als daß ich es die zweite Hälfte jenes vorerwähnten Gedankens an Befreiung nenne, der mir damals, als ich die Speise an die Lippen führte, nur unklar vorgeschwebt. Jetzt hatte sich der ganze Gedanke klar geformt – zaghaft, unsicher, kaum faßbar –, aber dennoch klar und ganz. Ich begann sofort mit der Willenskraft der Verzweiflung an seine Ausführung zu gehen.

Seit vielen Stunden wimmelten die Ratten um den niedrigen Holzrahmen, auf dem ich lag. Sie waren wild, frech, zudringlich, ihre roten Augen glühten mich an, als warteten sie nur darauf, daß ich mich nicht mehr rührte, um über mich herzufallen. ›An welche Nahrung‹, dachte ich, ›mochten sie im Brunnenloch gewöhnt gewesen sein?‹

Trotz aller meiner Anstrengungen, sie davon abzuhalten, hatten sie den Inhalt meines Speisenapfes bis auf einen geringen Rest aufgezehrt. Ich hatte die Hand unausgesetzt über dem Napf hin und her geschwenkt, und schließlich hatte die unbewußte Gleichmäßigkeit der Bewegung diese ihrer Wirkung beraubt. In seiner Habgier hatte das Ungeziefer häufig seine scharfen Zähne in meine Finger geschlagen. Mit den Stückchen des fettigen und stark gewürzten Fleisches, das mir noch geblieben, rieb ich nun die Gurte überall da ein, wo sie mir erreichbar waren; dann zog ich die Hand zurück und lag atemlos still.

Zuerst waren die raubgierigen Tiere darüber, daß die Bewegung der Hand aufgehört hatte, verblüfft und erschreckt. Sie flohen in Scharen zurück; viele eilten zum Brunnen. Doch nur für einen Augenblick. Ich hatte nicht umsonst auf ihre Gefräßigkeit gerechnet. Als sie bemerkten, daß ich regungslos verharrte, sprangen ein oder zwei der kühnsten auf den Holzrahmen und schnüffelten an den Gurten. Dies schien das Signal zu einem allgemeinen Sturm. Aus dem Brunnen ergoß es sich in neuen Schwärmen. Sie klammerten sich ans Holz, stürzten darüber her und sprangen zu Hunderten auf mich herauf. Das gleichmäßige

Schwingen des Pendels störte sie nicht im mindesten. Seinen Streichen ausweichend, befaßten sie sich mit den eingefetteten Gurten; sie stürmten mich, sie ergossen sich auf mich in immer neuen Scharen; sie krochen über meinen Hals; ihre kalten Lippen suchten die meinen; der immer zunehmende Druck erstickte mich fast. Ein Ekel, für den es keine Worte gibt, hob meine Brust und legte sich wie eisige Klammern um mein Herz. Doch ich fühlte: noch eine Minute – und der Kampf war zu Ende! Deutlich empfand ich, wie sich die Fesseln lockerten. Ich wußte, daß sie an mehr als an einer Stelle schon zernagt sein mußten. Mit übermenschlicher Willenskraft lag ich still.

Ich hatte mich in meiner Berechnung nicht geirrt, ich hatte nicht umsonst ausgehalten. Ich fühlte endlich, daß ich *frei* war. Die Gurte hingen in Fetzen um meinen Leib. Aber das schwingende Pendel berührte schon meine Brust. Es hatte den Stoff meines Kleides geschlitzt. Es hatte das Hemd durchschnitten. Zwei weitere Schwingungen machte es, und ein stechender Schmerz zuckte mir durch alle Nerven. Aber der Augenblick der Befreiung war gekommen. Auf einen schnellen Wink mit der Hand jagten meine Befreier entsetzt von dannen. Ruhig und vorsichtig, mich seitwärts zusammenkrümmend, entglitt ich langsam den umschlingenden Bändern und dem Bereich der stählernen Schneide. Für den Augenblick wenigstens *war ich frei.*

Frei! – Und in den Klauen der Inquisition! Ich war kaum von meinem hölzernen Marterbett auf den Steinboden der Zelle getreten, als die Bewegung der Höllenmaschine aufhörte und ich gewahrte, wie sie von irgendeiner unsichtbaren Kraft zur Decke emporgezogen wurde. Das war eine Lehre, die mir verzweifelt zu Herzen ging. Jede meiner Bewegungen wurde offenbar überwacht. Frei! – Ich war nur einer Todesart entgangen, um nun vielleicht Schlimmeres als Tod zu finden. Bei diesem Gedanken prüften meine angstvollen Blicke die Eisenwände, die mich einschlossen. Irgend etwas Ungewöhnliches – eine Veränderung, die ich zunächst nicht genau feststellen konnte – hatte unverkennbar hier stattgefunden. Viele Minuten lang quälte ich mich in tiefer

Versonnenheit mit vergeblichen Vermutungen. In dieser Zeit gewahrte ich zum erstenmal die Quelle des schwefeligen Scheines, der meine Zelle erhellte. Er drang aus einem Spalt von etwa eines halben Zolles Breite, der am Boden der Kerkerwände um den ganzen Raum lief und so Wände und Fußboden völlig trennte. Ich versuchte natürlich vergeblich, durch diese Fuge hinunterzuspähen.

Als ich mich nach diesem Versuch wieder erhob, begriff ich auf einmal die geheimnisvolle Veränderung des Raumes. Ich erwähnte schon, daß die Konturen der auf den Wänden befindlichen Darstellungen deutlich hervortraten, daß aber die Farben verblaßt und unklar schienen. Diese Farben erstrahlten jetzt von Augenblick zu Augenblick in immer stärker werdendem Glanze, der den gespenstischen Teufelsfratzen ein Ansehen gab, das auch stärkere Nerven als meine angegriffen haben dürfte. Seltsam gespensterhafte Augen glotzten mich von tausend Seiten an – die vorher gar nicht dagewesen waren – und glühten im schauerlichen Glanze eines Feuers, das hinter den Wänden flammen mußte, so sehr ich mir auch einzureden suchte, es bestände nur in meiner Einbildung.

Einbildung! Bei jedem Atemzug drang in meine Nase der Dunst von glühendem Eisen. Ein erstickender Geruch beherrschte den ganzen Raum. Immer tiefer erglühten die tausend Augen, die meines Todeskampfes harrten. Ein satteres Karmin ergoß sich über die blutigen Gemälde. Ich keuchte. Ich rang nach Atem. An der Absicht meiner Peiniger war nicht zu zweifeln – o erbarmungslose, o satanische Menschen! Ich flüchtete vor dem glühenden Metall in die Mitte der Zelle. Gegenüber der Vernichtung durch das Feuer, die meiner wartete, erschien mir der Gedanke an die Kühle des Brunnens wie lindernder Balsam. Ich eilte an seinen gefahrvollen Rand; ich spähte gespannt hinunter. Der Glutschein von der glühenden Decke erleuchtete seine verborgensten Winkel. Dennoch – eine verzweifelte Minute lang – sträubte sich mein Geist, den Sinn zu erfassen, was ich da unten sah. Doch endlich zwang – wand es sich in meine Seele –, brannte es sich ein in meinen schaudernden Verstand. O entsetzliches Begreifen! O wortloser Ekel! – O Grauen über alles Maß! – »Alle andern Schrecken, nur nicht diese!« ächzte ich und stürzte schreiend vom Brunnenrande fort; ich vergrub das Gesicht in die Hände und weinte bitterlich.

Die Hitze nahm rasch zu, und wiederum hob ich den Blick, halb wahnsinnig, zur Decke. Eine neue Veränderung hatte sich vollzogen – eine Veränderung an der Form der Zelle. Wie vorher war es vergeblich, daß ich mich bemühte, den Vorgang zu begreifen und einzusehen, was damit beabsichtigt war. Doch nicht lange ließ man mich im Zweifel. Zweimal war ich dem Tode entronnen, die Rachsucht der Inquisitoren war aufs äußerste angestachelt, man zögerte nicht, mich nun gewaltsam mit dem König der Schrecken bekannt zu machen. Der Raum war quadratisch gewesen. Jetzt sah ich, daß zwei seiner Eisenecken spitzwinklig geworden waren. Die schreckliche Veränderung ging mit leisem Knarren immer weiter vorwärts. Einen Augenblick später hatte der Raum die Gestalt eines schiefen Vierecks. Aber die Bewegung hielt hier nicht inne – ich hoffte und wünschte dies nicht einmal. Ich hätte die rotglühenden Wände an meine Brust ziehen mögen, wie ein Gewand ewiger Ruhe. »Tod!« sagte ich. »Willkommen jeder Tod, nur nicht der im Brunnen!« Narr, der ich war! Mußte ich nicht wissen, daß es der einzige Zweck des brennenden Eisens war, *mich in den Brunnen zu drängen*? Konnte ich denn der Glut Widerstand leisten? Und wenn ich es gekonnt – mußte ich nicht seiner pressenden Kraft nachgeben? Und jetzt – enger und immer enger schob sich das Viereck zusammen mit einer Schnelligkeit, die mir keine Zeit zum Überlegen ließ. Seine Mitte und also auch sein weitester Raum bildete sich genau über dem gähnenden Abgrund. Ich wich zurück – aber die schließenden Wände preßten mich Schritt um Schritt vorwärts. Endlich gab es für meinen wunden, zuckenden Körper keinen Zoll Raum mehr auf dem festen Boden. Ich kämpfte nicht länger, aber die Todesangst meiner Seele schrie auf in einem einzigen langen, lauten, verzweifelten

Schrei. Ich fühlte, wie ich auf dem Brunnenrande wankte – ich wandte die Augen ab.

Ein verworrenes Geräusch wie von Menschenstimmen! Ein lauter Ton wie gewaltiger Trompetenstoß! Ein Dröhnen und Krachen wie tausendfacher Donner! Die feurigen Wände wichen zurück! Ein Arm packte den meinigen, als ich ohnmächtig in den Abgrund zu fallen drohte. Es war der Arm des Generals Lasalle. Die französische Armee war in Toledo eingezogen. Die Inquisition befand sich in den Händen ihrer Feinde.

Das schwatzende Herz

Wahr ist es: nervös, entsetzlich nervös war ich damals und bin es noch. Warum aber müßt ihr durchaus behaupten, daß ich wahnsinnig sei? Mein nervöser Zustand hatte meinen Verstand nicht zerrüttet, sondern ihn geschärft, hatte meine Sinne nicht abgestumpft, sondern wachsamer gemacht. Vor allem hatte sich mein Gehörsinn wunderbar fein entwickelt. Ich hörte alle Dinge im Himmel und auf Erden. Ich hörte viele Dinge in der Hölle. Und das sollte Wahnsinn sein? Hört zu und merkt auf, wie sachlich, wie ruhig ich die ganze Geschichte erzählen kann.

Ich kann nicht sagen, wann der Gedanke mich zum erstenmal überfiel. Er war urplötzlich da und verfolgte mich Tag und Nacht. Ein wichtiges Motiv war nicht vorhanden. Haß war nicht vorhanden. Ich liebte den alten Mann. Er hatte mir nie etwas zuleid getan. Er hatte mir nie eine Kränkung zugefügt. Nach seinem Geld trug ich kein Verlangen. Ich glaube, es war sein Auge. Ja, das war es! Eins seiner Augen glich vollständig dem Auge eines Geiers – ein blasses blaues Auge mit einem Häutchen darüber. Wann immer es mich anblickte, erstarrte mir das Blut. Und so – nach und nach – immer zwingender – setzte sich der Gedanke in mir fest, dem alten Mann das Leben zu nehmen und mich auf diese Weise für immer von dem Auge zu befreien.

Nun merkt wohl auf! Ihr haltet mich für verrückt. Verrückte erwägen nichts. Aber *mich* hättet ihr sehen sollen! Ihr hättet sehen sollen, wie klug ich vorging – mit wieviel Vorsicht – mit wieviel Umsicht – mit wieviel Heuchelei ich zu Werke ging! Ich war nie freundlicher zu dem alten Mann als während der ganzen Woche, bevor ich ihn umbrachte. Und jede Nacht gegen Mitternacht drückte ich auf seine Türklinke und öffnete die Tür – oh, so leise! Und dann, wenn der Spalt weit genug war, daß ich den Kopf hindurchstecken konnte, hielt ich eine verdunkelte, ganz geschlossene Laterne ins Zimmer; sie war ganz geschlossen, so daß kein Lichtschein herausdrang. Und dann folgte mein Kopf. Oh, ihr hättet gelacht, wenn ihr gesehen hättet, wie geschickt ich ihn vorstreckte! Ich bewegte ihn ganz langsam vorwärts, um nicht den Schlaf des alten Mannes zu stören. Ich brauchte eine Stunde dazu, den Kopf so weit durch die Öffnung zu schieben, daß ich den Alten in seinem Bette sehen konnte. Ha! wäre ein Wahnsinniger wohl so weise vorgegangen? Und dann, wenn ich meinen Kopf glücklich im Zimmer hatte, öffnete ich vorsichtig die Laterne – oh, so vorsichtig! Ganz sachte, denn die Scharniere kreischten, öffnete ich sie so weit, daß ein einziger feiner Strahl auf das Geierauge fiel. Und das tat ich sieben Nächte lang, jede Nacht gerade um Mitternacht. Aber ich fand das Auge immer geschlossen, und so war es unmöglich, das Werk zu vollenden; denn es war nicht der alte Mann, der mich ärgerte, sondern sein Scheelauge. Und jeden Morgen, wenn der Tag anbrach, ging ich kühn zu ihm hinein und sprach mit ihm. Ich nannte ihn munter und herzlich beim Namen und fragte ihn, ob er eine gute Nacht verbracht habe. Ihr seht also, er hätte wirklich ein sehr schlauer Mann sein müssen, um zu vermuten, daß ich allnächtlich um zwölf Uhr, während er schlief, zu ihm hereinsah.

In der achten Nacht ging ich beim Öffnen der Tür mit ganz besonderer Vorsicht zu Werke. Der Minutenzeiger einer Uhr rückt gewiß schneller voran, als damals meine Hand. Niemals vor dieser Nacht hatte ich die Größe meiner Macht, meines Scharfsinns so gefühlt. Ich konnte kaum meinen Triumph unterdrücken. Da war ich nun hier und öffnete ganz sacht, ganz allmählich die Tür – und ihm träumte nicht einmal von meinem geheimen Tun und Denken. Ich kicherte bei diesem Gedanken, und vielleicht hörte er mich, denn er rührte sich – wie erschreckt. Jetzt könntet ihr denken, ich sei zurückgefahren. Aber nein! Sein Zimmer war ganz dunkel, denn er hatte die Fensterladen aus Furcht vor Einbrechern fest geschlossen; es war pechschwarz. Und ich wußte also, daß er das Öffnen der Tür nicht sehen konnte, und ich fuhr fort, sie langsam, langsam aufzumachen.

Ich war mit dem Kopf im Zimmer und machte mich daran, die

Laterne zu öffnen; da glitt mein Daumen an dem Blechverschluß ab, und der alte Mann schrak im Bett empor und schrie: »Wer ist da?«

Ich verhielt mich ganz still und sagte nichts. Eine volle Stunde lang rührte ich kein Glied, und in dieser ganzen Zeit hörte ich nicht, daß er sich wieder niederlegte. Er saß noch aufrecht im Bett und horchte – gerade so, wie ich Nacht um Nacht auf das Ticken der Totenuhren an den Stubenwänden gehorcht habe.

Da hörte ich ein leises Ächzen, und ich wußte, das war das Ächzen tödlichen Entsetzens. So stöhnte nicht Schmerz und nicht Kummer – o nein! es war das Grauen! Das war der dumpfe, erstickte Laut, der aus den Tiefen der Seele kommt, wenn das Grauen sie gepackt hält. Ich kannte diesen Laut gut. In mancher Nacht, wenn alle Welt schlief, in mancher Mitternacht war er aus meiner eigenen Brust heraufgequollen und hatte mit seinem schrecklichen Klang das Entsetzen, das mich von Sinnen brachte, noch vermehrt.

Ich sage, ich kannte diesen ächzenden Laut gut. Ich wußte, was der alte Mann fühlte, und ich bemitleidete ihn, obschon ich innerlich kicherte. Ich wußte, daß er wach gelegen, schon seit dem ersten schwachen Geräusch, das ihn aufgeschreckt hatte. Seitdem war seine Angst von Minute zu Minute gewachsen. Er hatte versucht, sie als grundlos anzusehen, aber es gelang ihm nicht. Er hatte sich gesagt: »Es ist weiter nichts als der Wind im Schornstein«, oder: »Es ist nur eine Maus, die durchs Zimmer läuft«, oder: »Es ist nur eine Grille, die ein einziges Mal gezirpt hat.« Ja, er hatte versucht, sich mit diesen Vermutungen zu beruhigen; aber es war alles vergebens gewesen. *Alles vergebens,* weil der nahende Tod schon vor ihn hingetreten war und sein Opfer mit schwarzem Schatten umhüllte. Und die dunkle Gewalt des unsichtbaren Schattens war es, die ihn – obschon er weder sah noch hörte – *fühlen* ließ, daß mein Kopf im Zimmer war.

Nachdem ich lange Zeit sehr geduldig gewartet hatte, ohne doch zu hören, daß er sich wieder niederlegte, beschloß ich endlich, einen kleinen – einen winzig kleinen Spalt der Laterne zu öffnen. Ich begann also – ihr könnt euch gar nicht vorstellen, wie bedachtsam, wie leise – die Laterne zu öffnen, bis schließlich ein einziger matter, spinnfadenfeiner Strahl herausdrang und auf das Geierauge fiel.

Es war offen, weit offen, und ich wurde rasend, als ich daraufhin starrte. Ich sah es mit vollkommener Deutlichkeit: nichts als ein stumpfes Blau mit einem ekelhaften Schleier darüber. Ich erschauerte bis ins Mark. Aber ich konnte von des alten Mannes Gesicht und Gestalt nichts weiter sehen, denn ich hatte den Strahl wie instinktiv ganz genau auf die verfluchte Stelle gerichtet.

Und nun – habe ich euch nicht gesagt, daß das, was ihr für Wahnsinn haltet, nur eine Überfeinerung der Sinne ist? – nun, sage ich, vernahm mein Ohr ein leises, dumpfes, schnelles Geräusch, ein Geräusch wie das Ticken einer Uhr, die man mit einem Tuch umwickelt hat. Auch diesen Laut kannte ich gut. Es war des alten Mannes Herz, das so schlug. Es steigerte meine Wut, wie das Schlagen einer Trommel den Soldaten zu mutigerem Vorgehen anreizt.

Aber selbst jetzt bezwang ich mich und blieb still. Ich atmete kaum. Ich hielt die Laterne regungslos. Ich versuchte den Strahl so beständig wie möglich auf das Auge zu heften. Inzwischen steigerte sich das höllische Trommeln des Herzens. Es wurde jede Minute schneller und schneller und lauter und lauter. Das Entsetzen des alten Mannes muß furchtbar gewesen sein. Das Klopfen wurde lauter, sage ich, lauter von Minute zu Minute! – Hört ihr mich wohl? Ich habe euch gesagt, daß ich nervös sei, und das bin ich. Und nun, in so toter Nachtstunde, in diesem alten Hause, das so grauenhaft schweigsam war, erweckte dies eine seltsame Geräusch in mir ein maßloses Entsetzen. Doch noch einige Minuten länger bezwang ich mich und stand still. Aber das Klopfen wurde lauter und lauter! Ich dachte, das Herz müsse zerspringen. Und nun faßte mich eine neue Angst: das Geräusch könnte von einem Nachbarn vernommen werden!

Da war des Alten Stunde gekommen! Mit einem lauten

Geheul riß ich die Blendlaterne auf und sprang ins Zimmer. Er schrie auf – nur ein einziges Mal! Im Augenblick zerrte ich ihn auf den Boden hinunter und zog das schwere Federbett über ihn. Dann lächelte ich, froh, die Tat so weit vollbracht zu sehen. Aber noch viele Minuten hörte ich den erstickten Laut des klopfenden Herzens. Das kümmerte mich jedoch nicht. Das konnte nicht durch die Wände hindurch gehört werden. Endlich hörte es auf. Der alte Mann war tot. Ich entfernte das Bett und untersuchte den Leichnam. Ja, er war tot – tot wie ein Stein. Ich legte ihm meine Hand aufs Herz und ließ sie minutenlang da liegen. Kein Pulsschlag war zu spüren. Er war endgültig tot. Sein Auge würde mich nicht mehr belästigen.

Solltet ihr mich noch immer für wahnsinnig halten, so werdet ihr eure Anschauung sicher ändern, wenn ich euch schildere, welch kluge Vorsichtsmaßregeln ich ergriff, um den Leichnam zu verbergen. Die Nacht schwand hin, und ich arbeitete eilig, aber in großer Stille.

Aus dem Fußboden des Zimmers hob ich drei Dielen heraus und bereitete darunter dem Toten sein Grab. Dann legte ich die Bretter wieder an Ort und Stelle. So geschickt, so sorgfältig tat ich dies, daß kein menschliches Auge – nicht einmal das *seine* – irgend etwas Auffallendes hätte bemerken können. Da gab es nichts wegzuwaschen – keinen Fleck irgendwelcher Art – nicht das kleinste Bluttröpfchen. Dafür war ich viel zu bedachtsam vorgegangen.

Als ich mit dieser Arbeit fertig war, war es vier Uhr – noch immer schwarz wie Mitternacht. Als die Turmuhr die Stunde anschlug, pochte es am Haustor. Ich ging leichten Herzens hinunter, um zu öffnen – denn was hatte ich *jetzt* zu fürchten? Es traten drei Männer herein, die sich sehr liebenswürdig als Polizeibeamte vorstellten. Ein Nachbar hatte in der Nacht einen Schrei vernommen; man hatte Verdacht gefaßt, hatte dem Polizeiamt Mitteilung gemacht, und sie, die drei Beamten, waren abgesandt worden, um nach der Ursache zu forschen.

Ich lächelte – denn *was* hatte ich zu fürchten? Ich hieß die Herren willkommen. Den Schrei, sagte ich, hätte ich selbst ausgestoßen, in einem Traum. Der alte Mann sei abwesend, sei aufs Land gereist, bemerkte ich. Ich führte die Besucher durchs ganze Haus. Ich bat sie, sich umzusehen – *gut* umzusehen. Ich führte sie schließlich in *sein* Zimmer. Ich zeigte ihnen seine Wertsachen vollzählig und unberührt. Begeistert über meine Gewissensruhe brachte ich Stühle herbei und ersuchte die Herren, sich *hier* von ihrer Ermüdung zu erholen, während ich, im Bewußtsein meines vollständigen Sieges, voll ausgelassener Kühnheit meinen eigenen Stuhl genau dorthin stellte, wo unter den Dielen der Leichnam des Opfers ruhte.

Die Beamten waren zufrieden. Mein Benehmen hatte sie überzeugt. Ich war ungewöhnlich aufgeräumt. Sie saßen also, und während ich fröhlich Antwort gab, plauderten sie von privaten Angelegenheiten. Aber nicht lange, da fühlte ich, daß ich erbleichte, und ich wünschte sie fort. Mein Kopf schmerzte, und ich glaubte, Ohrensausen zu haben; aber noch immer saßen sie da und plauderten. Das Sausen wurde deutlicher – es hörte nicht auf und wurde immer deutlicher. Ich sprach noch unbefangener, um das seltsame Gefühl loszuwerden. Aber es blieb und nahm zu an Deutlichkeit – bis mir endlich klar wurde, daß das Geräusch *nicht* in den Ohren selbst war.

Zweifellos: jetzt wurde ich *sehr* bleich – aber ich redete noch eifriger und mit erhobener Stimme. Doch das Geräusch wurde lauter – und was konnte ich tun? Es war *ein leises, dumpfes, schnelles Geräusch – ein Geräusch wie das Ticken einer Uhr, die man mit einem Tuch umwickelt hat.* Ich rang nach Atem – und dennoch – die Beamten hörten es noch immer nicht. Ich sprach schneller – heftiger, aber das Geräusch wuchs beständig. Ich stand auf und redete gereizt und zornig; meine Stimme war schrill, und ich gestikulierte wild – aber das Geräusch wuchs beständig. Warum *gingen* sie denn nicht? Ich lief mit wuchtigen Schritten auf und ab, als ob mich die Reden der Männer in Wut gebracht hätten – aber das Geräusch nahm fortwährend zu. O Gott! Was *konnte* ich tun? Ich schäumte – ich raste – ich fluchte!

Ich ergriff den Stuhl, auf dem ich gesessen, und kratzte damit auf den Dielen hin und her – aber das Geräusch erhob sich über alles und nahm fortgesetzt zu. Es wurde lauter – lauter – *lauter!* Und immer noch plauderten die Männer freundlich und lächelten. War es möglich, daß sie nicht hörten? Allmächtiger Gott! – nein, nein! Sie hörten! – sie argwöhnten! – sie *wußten!* Sie trieben Spott mit meinem Entsetzen! – Das war es, was ich dachte, und das denke ich noch. Aber alles andere war besser als diese Pein. Alles war erträglicher als dieser Hohn. Ich konnte dies heuchlerische Lächeln nicht länger ertragen. Ich fühlte, daß ich hinausschreien mußte – oder sterben! – Und jetzt – wieder! – horch! lauter! lauter! lauter! *lauter* ...!

»Schurken!« kreischte ich, »verstellt euch nicht länger! Ich bekenne die Tat! – Reißt die Dielen auf! – Hier, hier! – Es ist das Schlagen dieses fürchterlichen Herzens.«

Der Doppelmord in der Rue Morgue

> Was für ein Lied die Sirenen sangen oder unter welchem Namen Achilles sich unter den Weibern versteckte, das sind allerdings verblüffende Fragen – deren Lösung jedoch nicht außerhalb des Bereichs der Möglichkeit liegt.
>
> *Sir Thomas Browne*

Die eigentümlichen geistigen Eigenschaften, die man analytische zu nennen pflegt, sind ihrer Natur nach der Analyse schwer zugänglich. Wir würdigen sie nur nach ihren Wirkungen. Was wir unter anderen Dingen von ihnen wissen, das ist, daß sie demjenigen, der sie in ungewöhnlich hohem Grade besitzt, eine Quelle höchster Genüsse sind. Wie der starke Mann sich seiner körperlichen Kraft freut und besonderes Vergnügen an allen Übungen findet, die seine Muskeln in Tätigkeit setzen, so erfreut sich der Analytiker jener geistigen Fähigkeit, die das Verworrene zu lösen vermag; auch die trivialsten Beschäftigungen haben Reiz für ihn, sobald sie ihm nur Gelegenheit geben, sein Talent zu entfalten. Er liebt Rätsel, Wortspiele, Hieroglyphen und entwickelt bei der Lösung derselben oft einen Scharfsinn, der den mit dem Durchschnittsverstande begabten Menschenkindern unnatürlich erscheint. Obwohl seine Resultate nur das Produkt einer geschickt angewandten Methode sind, machen sie den Eindruck einer Intuition.

Das Auflösungsvermögen wird möglicherweise noch bedeutend durch mathematische Studien erhöht, und zwar besonders durch das Studium jenes höchsten Zweiges der Mathematik, den man nicht ganz richtig und wohl nur wegen seiner rückwärts wirkenden Operationen vorzugsweise Analyse genannt hat. Indessen heißt Rechnen noch nicht analysieren. Ein Schachspieler zum Beispiel tut das eine, ohne sich um das andere im mindesten zu kümmern. Es folgt daraus, daß man das Schachspiel in seiner Wirkung auf den Geist meistens sehr falsch beurteilt. Ich beabsichtige hier keineswegs eine gelehrte Abhandlung zu schreiben, sondern will nur eine sehr eigentümliche Geschichte durch einige mir in den Sinn kommende Bemerkungen einleiten; jedenfalls aber möchte ich diese Gelegenheit benutzen, um die Behauptung aufzustellen, daß die höheren Kräfte des denkenden Geistes durch das bescheidene Damespiel viel nutzbringender und lebhafter angeregt werden als durch die mühe- und anspruchsvollen Nichtigkeiten des Schachspiels. Bei letzterem Spiel, in dem die Figuren verschiedene wunderliche Bewegungen von ebenso verschiedenem veränderlichen Werte ausführen können, wird etwas, was nur sehr kompliziert ist, irrtümlicherweise für etwas sehr Scharfsinniges gehalten. Beim Schachspiel wird vor allem die Aufmerksamkeit stark in Anspruch genommen. Wenn sie auch nur einen Augenblick erlahmt, so übersieht man leicht etwas, das zu Verlusten oder gar zu Niederlagen führt. Da die uns zu Gebote stehenden Züge zahlreich und dabei von ungleichem Werte sind, ist es natürlich sehr leicht möglich, dieses oder jenes zu übersehen; in neun Fällen unter zehn wird der Spieler, der seine Gedanken vollkommen zu konzentrieren versteht, selbst über den geschickteren Gegner den Sieg davontragen. Im Damespiel hingegen, wo es nur eine Art von Zügen mit wenig Veränderungen gibt, ist die Wahrscheinlichkeit eines Versehens geringer, die Aufmerksamkeit wird weniger in Anspruch genommen, und die Vorteile, die ein Partner über den anderen erringt, verdankt er seinem größeren Scharfsinn. Stellen wir uns, um weniger abstrakt zu sein, eine Partie auf dem Damebrett vor, deren Steine auf vier Damen herabgeschmolzen sind, und wo ein Versehen natürlich nicht zu erwarten ist. Nehmen wir an, daß die Gegner einander gewachsen sind, so ist es klar, daß der Sieg hier nur durch einen außerordentlich geschickten Zug, der das Resultat einer ungewöhnlichen Geistesanstrengung ist, entschieden werden kann. Wenn der Analytiker sich seiner gewöhnlichen Hilfsquellen beraubt sieht, denkt er sich in den Geist seines Gegners hinein, identifiziert sich mit ihm, und dann gelingt es ihm nicht selten, auf den ersten Blick eine oft verblüffend einfache Methode zu finden, durch die er den anderen irreführen oder zu einem unbesonnenen Zuge veranlassen kann.

Das Whistspiel ist schon lange berühmt, weil man ihm einen gewissen Einfluß auf das sogenannte Berechnungsvermögen zuschreibt. Tatsache ist, daß die hervorragendsten Männer dieses Spiel ganz besonders bevorzugt haben, während sie das Schachspiel als kleinlich verschmähten. Allgemein anerkannt ist, daß es kein anderes Spiel gibt, das die analytischen Fähigkeiten in so hohem Grade in Anspruch nimmt. Der beste Schachspieler der Christenheit ist vielleicht nicht mehr als eben nur der beste Schachspieler, die Tüchtigkeit und Gewandtheit im Whist läßt aber auf einen feinen Kopf schließen, der überall, wo der Geist mit dem Geiste kämpft, des Erfolges sicher sein kann. Wenn ich hier von Gewandtheit spreche, so verstehe ich darunter die vollkommene Beherrschung des Spieles, die mit einem Blicke alle Eventualitäten erkennt, aus denen sich ein rechtmäßiger Vorteil ziehen läßt. Es gibt viele sehr verschiedenartige solcher Hilfsquellen, die es aufzufinden und zu benutzen gilt; indessen erschließen sie sich meistens nur einer höheren Intelligenz und sind Menschen von gewöhnlicher Begabung unzugänglich. Aufmerksam beobachten heißt Gedächtnis haben, sich gewisser Dinge deutlich erinnern können, und insofern wird der Schachspieler, der an die Konzentration seiner Gedanken gewöhnt ist, sich sehr gut zum Whist eignen, vorausgesetzt, daß er die Spielregeln Hoyles – die in allgemein verständlicher Weise den Mechanismus des Whists erklären – gut inne hat. Daher kommt es denn, daß man gewöhnlich glaubt, ein gutes Gedächtnis haben und regelrecht nach dem Buche spielen können, das sei alles, was zu einem feinen Spiele erforderlich sei. Aber die Kunst des Analytikers bewährt sich in solchen Dingen, die außerhalb der Grenzen aller Regeln liegen. In aller Stille macht er Beobachtungen, aus denen er seine Schlüsse zieht. Seine Mitspieler tun wahrscheinlich dasselbe; der Unterschied des erlangten Wissens liegt weniger in der Richtigkeit des Schlusses als in dem Werte der Beobachtung. Das Wichtigste ist, sich ganz klar darüber zu sein, was man beobachten muß. Der wirklich feine Spieler hat seine Augen überall, und neben dem Spiel, das natürlich Hauptsache ist, verschmäht er es nicht, Schlüsse aus Dingen zu ziehen, die nur als Äußerlichkeiten erscheinen. So beobachtet er zum Beispiel den Gesichtsausdruck seines Partners und vergleicht ihn sorgfältig mit dem seiner Gegner. Er achtet darauf, wie die Mitspielenden ihre Karten in der Hand ordnen; oft zählt er Trumpf auf Trumpf, Honneurs auf Honneurs an den Blicken nach, mit denen ihre Besitzer sie mustern. Er merkt sich im Verlaufe des Spieles jede Veränderung ihres Gesichtsausdruckes und zieht seine Schlüsse aus jedem Wort, aus jeder Triumph, Überraschung oder Ärger verratenden Geste. Aus der Art, wie jemand einen Stich aufnimmt, schließt er darauf, ob der Betreffende noch mehr Stiche in dieser Farbe machen kann. Ebenso erkennt er an der Weise, wie eine Karte auf den Tisch geworfen wird, ob jemand mogelt. Ein zufälliges, unbedachtes Wort, das gelegentliche Fallenlassen oder Umwenden einer Karte, die Ängstlichkeit, einen so unbedeutenden Vorgang verbergen zu wollen, oder auch die Gleichgültigkeit dagegen, das Zählen der Stiche und die Art, sie zu ordnen, das verwirrte, zögernde, hastige oder übereifrige Wesen der Spielenden, alles muß ihm zum Erkennungszeichen dienen, das ihm den Stand der Dinge verrät. Er macht dabei den Eindruck, als erkenne er alles kraft seiner Intuition. Wenn die ersten zwei oder drei Runden gespielt sind, dann weiß er genau, in welcher Hand die Karten sind, und er spielt die seinen mit einer so absoluten Sicherheit aus, als ob sämtliche Mitspielenden ihm die ihrigen zeigten.

Indessen darf man das Analysierungsvermögen keineswegs mit der Klugheit verwechseln, denn während der Analytiker unbedingt klug ist, haben doch oft recht kluge Leute nicht das geringste Talent zur Analyse. Die Kombinationsgabe, durch die sich die Klugheit gewöhnlich äußert und der die Phrenologen, wie ich glaube irrtümlich, ein besonderes Organ zugewiesen haben, da sie dieselbe für eine angeborene Fähigkeit halten, ist so häufig bei Menschen, deren Verstand beinahe an Blödsinn grenzt, wahrgenommen worden, daß diese Tatsache die Aufmerksamkeit vieler Gelehrten auf sich gezogen hat. Zwischen Klugheit und analytischer Fähigkeit besteht ein Unterschied, der größer ist als der zwischen Phantasie und Einbildungskraft; indessen ist er von streng analogem Charakter. Man kann beinahe mit Sicherheit behaupten, daß die klugen Menschen stets phantasiereich und die mit *wirklicher* Einbildungskraft begabten stets Analytiker sind. –

Nachstehende Erzählung möge dem Leser als Kommentar dieser Behauptungen dienen.

Als ich mich im Frühling und während eines Teils des Sommers 18.. in Paris aufhielt, machte ich die Bekanntschaft eines Herrn C. Auguste Dupin. Dieser junge Mann gehörte einer sehr guten, ja sogar einer berühmten Familie an, die jedoch durch eine Reihe von Schicksalsschlägen in so tiefe Armut geraten war, daß die Energie seines Charakters darunter erlag, so daß er sich ganz von der Welt zurückgezogen hatte und keine Versuche mehr machte, sich in eine bessere Lage emporzuarbeiten. Seine Gläubiger waren so anständig gewesen, ihn im Besitze eines kleinen Restes seines väterlichen Vermögens zu lassen, dessen Zinsen bei äußerster Sparsamkeit zu einem sehr bescheidenen Leben hinreichten, ihm jedoch auch nicht den kleinsten Luxus gestatteten. Bücher waren das einzige, dem er nicht ganz zu entsagen vermochte – und diesen Luxus kann man sich in Paris ohne große Kosten leisten.

Wir begegneten uns zum erstenmal in einem obskuren Buchladen in der Rue Montmartre, wo der Zufall, daß wir beide dasselbe, übrigens sehr seltene und merkwürdige Buch suchten, uns in nähere Beziehung zueinander brachte. Von da an trafen wir uns zuweilen. Ich interessierte mich lebhaft für seine Familiengeschichte, die er mir mit der ganzen Aufrichtigkeit erzählte, in der der Franzose sich gefällt, wenn er von seinem eigenen Ich spricht. Sehr überrascht war ich von seiner ungeheuren Belesenheit, vor allem aber war es die seltene Frische und Lebendigkeit seiner Phantasie, die mich interessierte und anregte. Da er dieselben Ziele verfolgte, um derentwillen ich mich in Paris aufhielt, fühlte ich, daß die Gesellschaft dieses Mannes für mich von unendlichem Wert sein könnte, und ich machte ihm gegenüber auch kein Hehl daraus. Wir machten also miteinander aus, daß wir, so lange mein Aufenthalt in Paris dauern würde, zusammen wohnen wollten. Da meine Vermögensverhältnisse besser waren als die seinigen, konnte ich es mir erlauben, für uns auf meine Kosten ein ziemlich vernachlässigtes und wunderlich aussehendes Häuschen zu mieten, das in einem abgelegenen, einsamen Teil des Faubourg St. Germain lag. Irgendeines Aberglaubens wegen, dem wir nicht weiter nachforschten, hatte es schon lange unbewohnt gestanden; ich richtete es in einem Stil ein, der der phantastischen Düsterkeit unserer gewöhnlichen Stimmung entsprach.

Hätte die Welt gewußt, welche Lebensweise wir in diesem Häuschen führten, so würde man uns wahrscheinlich für Wahnsinnige gehalten haben, wenn auch für sehr harmlose. Unsere Abgeschiedenheit war eine vollkommene. Wir nahmen keine Besuche an. Ich hatte meinen früheren Bekannten und Freunden überhaupt nichts von meinem Wohnungswechsel gesagt, und Dupin lebte schon seit vielen Jahren so einsam, daß ihn in Paris niemand mehr kannte. Wir lebten ganz allein für uns.

Es war eine Marotte meines Freundes – denn wie anders sollte ich es nennen? –, daß er in die Nacht um ihrer selbst willen verliebt war; wie alle seine Launen machte ich auch diese mit; ich ließ mich überhaupt ganz von ihm leiten und hieß alle seine bizarren Einfälle gut. Da die Göttin der Nacht nicht immer freiwillig bei uns hausen wollte, erdachten wir Mittel und Wege, uns Ersatz für ihre Gegenwart zu schaffen. Beim ersten Morgengrauen schlossen wir die sämtlichen starken Fensterläden unseres alten Hauses und steckten ein paar duftende Kerzen an, die nur schwache, gespensterhafte Strahlen aussandten. Mit ihrer Hilfe wiegten wir die Seele in Träume – wir lasen, schrieben und unterhielten uns, bis die Uhr uns den Anbruch der wirklichen Dunkelheit verkündete. Dann eilten wir in die Straßen, wo wir Arm in Arm umherschlendernd die Gespräche des Tages fortsetzten, und oft streiften wir bis in die tiefe Nacht umher und suchten im grellen Licht und tiefen Schatten der volkreichen Stadt jene Unendlichkeit geistiger Anregung, die stummes Beobachten sich zu verschaffen weiß.

Bei solchen Gelegenheiten konnte ich nicht umhin, immer wieder Dupins eigenartige analytische Begabung zu bemerken und zu bewundern, obwohl mich sein reiches Geistesleben schon darauf vorbereitet hatte. Er schien auch mit großer Freude diese Gabe zu pflegen, wenngleich er niemals damit renommierte, und er gestand mir offen ein, daß sie für ihn eine Quelle manchen Genusses sei. Mit leisem Kichern rühmte er sich zuweilen, daß für ihn die meisten Menschen ein Fensterchen auf der Brust hätten, und er unterstützte derartige Behauptungen auf der Stelle durch geradezu verblüffende Beweise seiner genauen Kenntnis meines eigenen Seelenlebens. In solchen Augenblicken war er kalt und geistesabwesend, seine Augen starrten ausdruckslos, und seine Stimme, die sonst einen weichen Tenorklang hatte, sprang in hohen Diskant hinauf, der lächerlich gewirkt haben würde, hätte er nicht dabei besonders deutlich und bedächtig gesprochen. Wenn ich ihn in solchen Stimmungen beobachtete, mußte ich immer wieder an die alte Philosophie von dem Zweiseelensystem denken, und mich belustigte der Gedanke, einen doppelten Dupin vor mir zu haben – einen schöpferischen und einen zerstörenden.

Es wäre übrigens falsch, wenn man aus dem Gesagten schließen wollte, daß ich ein Geheimnis zu enthüllen oder einen Roman zu schreiben beabsichtige. Die eben geschilderten Eigenschaften des Franzosen waren lediglich Resultate einer überreizten, vielleicht auch einer krankhaften Intelligenz. Ich glaube durch ein Beispiel die beste Vorstellung von dem Charakter der Aussprüche, die er zu solchen Zeiten machte, geben zu können.

Wir schlenderten eines Abends durch eine lange schmutzige

Straße in der Nähe des Palais Royal. Da wir beide ganz mit unseren eigenen Gedanken beschäftigt waren, hatten wir schon länger als eine Viertelstunde keine Silbe miteinander gesprochen. Plötzlich brach Dupin ganz unvermittelt in die Worte aus:

»Er ist wirklich ein sehr kleiner Kerl, das ist wahr! Er würde besser für das Varieté passen.«

»Zweifellos«, erwiderte ich unwillkürlich, und ich war so ganz in meine Gedanken vertieft, daß ich im ersten Augenblick nicht merkte, in wie seltsamer Weise seine Worte mit meinem Gedankengang übereinstimmten. Das fiel mir erst einen Augenblick nachher auf, und da war ich allerdings ziemlich verblüfft.

»Dupin«, sagte ich in ernstem Tone, »das geht über mein Verständnis. Ich zögere nicht, Ihnen zu gestehen, daß ich aufs höchste verwundert bin und meinen Sinnen kaum zu trauen vermag. Wie ist es nur möglich, daß Sie wissen konnten, daß ich gerade dachte an ...?« Ich hielt inne, um mich zu überzeugen, ob er wirklich den Namen wisse.

»An Chantilly natürlich«, sagte er; »warum halten Sie inne? Sie dachten doch gerade darüber nach, daß seine kleine Gestalt ihn wirklich untauglich zum Tragöden mache.«

Damit hatten meine Gedanken sich wirklich beschäftigt. Chantilly war ein Flickschuster aus der Rue St. Denis, der, von einer wahren Leidenschaft für das Theater ergriffen, es durchgesetzt hatte, in der Rolle des Xerxes in Crébillons gleichnamiger Tragödie aufzutreten, der aber natürlich durchgefallen war und für all seine Mühe nur Hohn und Spott geerntet hatte. »Sagen Sie mir um des Himmels willen«, rief ich aus, »nach welcher Methode Sie vorgegangen sind – wenn hier überhaupt von einer Methode die Rede sein kann –, um so in meiner Seele lesen zu können!« Ich war in der Tat noch viel verblüffter, als ich ihm zeigen wollte.

»Es war der Obsthändler«, antwortete mein Freund gelassen, »der den Gedanken in Ihnen anregte, daß der Flickschuster für die Darstellung eines Xerxes und ähnlicher Rollen nicht die nötige Figur habe.«

»Der Obsthändler! Sie setzen mich in Erstaunen! Ich weiß nichts von einem Obsthändler.«

»Ich meine den Mann, der gegen Sie anrannte, als wir in die Rue C. einbogen; es ist kaum eine Viertelstunde her.«

Ich erinnerte mich jetzt daran, daß, als wir aus der Rue C. in den Durchgang einbogen, in dem wir uns jetzt befanden, ein Mann, der einen großen Korb mit Äpfeln auf dem Kopfe trug, so heftig gegen mich anrannte, daß ich beinahe umgefallen wäre. Aber was das mit Chantilly zu tun haben sollte, war mir unerfindlich.

Dupin hatte auch nicht die Spur von Scharlatanerie an sich. »Ich werde Ihnen das erklären«, sagte er einfach, »und damit Sie mich ganz verstehen, wollen wir den Gang Ihrer Gedanken von dem Augenblick an, wo ich zu Ihnen sprach, bis zu dem, wo der Obsthändler gegen Sie anrannte, zurückverfolgen. Die Hauptglieder dieser Gedankenkette sind folgende: Chantilly, Orion, Dr. Nichols, Epikur, Stereotomie, das Straßenpflaster, der Obsthändler ...«

Es gibt wenig Personen, denen es nicht in irgendeiner Periode ihres Lebens Vergnügen gemacht hätte, den Stufengang zurückzuverfolgen, auf dem ihr Geist zu gewissen Schlüssen gelangte. Diese Beschäftigung kann sehr interessant sein; wer es zum ersten Male versucht, ist erstaunt über die scheinbar unendliche Entfernung zwischen dem Ausgangspunkte und dem Endpunkte und über den scheinbaren Mangel jeden Zusammenhangs zwischen beiden. Man denke sich daher mein Erstaunen über das, was der Franzose nun zu mir sagte, da ich zugeben mußte, daß er die Wahrheit sprach. Er fuhr fort:

»Wir hatten, wenn ich mich recht erinnere, in der Rue C. von Pferden gesprochen. Das war unser letztes Gesprächsthema. Als wir in diese Straße hier einbogen, kam uns der Obsthändler mit einem großen Korbe auf dem Kopfe entgegen; er war sehr in Eile und stieß Sie gegen einen Haufen von Pflastersteinen, die an einer Stelle, wo die Straße ausgebessert werden sollte, aufgeschüttet lagen. Sie traten auf einen lose liegenden Stein, glitten aus und verstauchten sich leicht den Fuß, was Sie zu verstimmen schien, denn Sie murmelten ein paar Worte, blickten ärgerlich auf den Haufen Steine und setzten schweigend Ihren Weg fort. Obwohl ich Ihnen durchaus keine besondere Aufmerksamkeit schenkte, ist mir doch das Beobachten in letzter Zeit zur anderen Natur geworden.

Ich bemerkte, daß Sie den Blick zu Boden gesenkt hielten und mit verschlossener Miene die vielen Löcher und Unebenheiten der Straße betrachteten. Ich sah also, daß Sie noch immer an die Steine dachten. Erst als wir die kleine Lamartinegasse erreichten, deren Pflasterung versuchsweise mit fest ineinander greifenden Holzblöcken hergestellt ist, erhellte sich der Ausdruck Ihres Gesichts, und Ihre Lippen murmelten das Wort ›Stereotomie‹, eine etwas anspruchsvolle Bezeichnung für diese einfache Art der Pflasterung. Ich wußte, daß Sie dieses Wort nicht denken könnten, ohne danach an Atome und an die Lehre Epikurs denken zu müssen. Hatten wir uns doch vor nicht langer Zeit über solche Dinge unterhalten, und ich äußerte damals, wie seltsam es sei, daß die vagen Vermutungen dieses tiefsinnigen Griechen durch die neuesten Entdeckungen der Nebel-Kosmogonie eine so glänzende und dennoch so wenig beachtete Bestätigung gefunden hätten. Ich erwartete also jetzt mit Bestimmtheit, daß Sie zu dem großen Nebel des Orion aufblicken würden. Sie taten dies wirklich, und ich war nun meiner Sache sicher und wußte, daß ich Ihren Gedankengang richtig verfolgt hatte. In der abfälligen Kritik, die gestern im ›Musée‹ über Chantilly erschien, machte der Verfasser sich auch über die Namensänderung lustig, die der Flickschuster beim Besteigen des Kothurn für nötig gehalten, und zitierte einen lateinischen Spruch, über den wir oft gesprochen haben: ›Perdidit antiquum litera prima sonum.‹

Ich hatte Ihnen gestern gesagt, daß diese Zeile sich auf den Orion, früher Urion genannt, bezöge, und da ich bei dieser Gelegenheit ein paar bissige Bemerkungen gemacht hatte, glaubte ich sicher zu sein, daß Sie sich unserer Unterhaltung erinnern würden. Es war daher gewiß, daß Sie nicht verfehlen würden, die beiden Begriffe Orion und Chantilly miteinander zu verbinden. Daß Sie dies wirklich taten, ersah ich aus dem Lächeln, das um Ihre Lippen spielte. Sie dachten an das tragische Geschick des armen Flickschusters. Bis dahin war Ihre Haltung nachlässig gebückt gewesen, nun sah ich, wie Sie sich plötzlich zu Ihrer vollen Höhe aufrichteten. Ich war ganz sicher, daß Sie an die kleine Gestalt Chantillys dachten. Ich unterbrach Ihren Gedankengang mit der Bemerkung, daß er wirklich ein kleines Kerlchen sei, dieser Chantilly, und daß er besser daran täte, wenn er zum Varieté ginge.« –

Nicht lange danach lasen wir die Abendausgabe der ›Gazette des Tribunaux‹. Unsere Aufmerksamkeit wurde durch folgende Stelle gefesselt:

»*Sensationeller Mord.* – Heute morgen gegen drei Uhr wurden die Bewohner des Quartiers St. Roch durch entsetzliche Schreie geweckt, die anscheinend aus dem vierten Stockwerk eines Hauses der Rue Morgue drangen, das, wie man wußte, von einer gewissen Madame L'Espanaye und deren Tochter Mademoiselle Camille L'Espanaye allein bewohnt wurde. Nach einer Verzögerung, entstanden durch den fruchtlosen Versuch, sich auf gewöhnlichem Wege Einlaß zu verschaffen, wurde das Haustor mit einer Eisenstange erbrochen, worauf acht bis zehn Nachbarn in Begleitung zweier Gendarmen in das Haus drangen. Das Geschrei war unterdessen verstummt, aber als die Leute die Treppe hinaufstürzten, vernahmen sie von oben her deutlich den Klang von zwei oder mehr rauhen Stimmen, die heftig und laut miteinander stritten. Als man den zweiten Treppenabsatz erreicht hatte, hörten auch diese Töne auf, und es wurde plötzlich totenstill. Die eingedrungenen Personen teilten sich in verschiedene Parteien und eilten von einem Zimmer in das andere. Als man endlich ein großes Hinterzimmer des vierten Stockes erreichte (die Türe dieses Zimmers war von innen verschlossen und mußte aufgebrochen werden), bot sich ein Anblick dar, der alle Anwesenden mit Grauen und höchster Verwunderung erfüllte.

In dem Zimmer herrschte die wildeste Unordnung; die Möbel waren zertrümmert und lagen überall umher. Das Zimmer enthielt eine Bettstatt, und aus dieser waren sämtliche Kissen herausgerissen und in die Mitte des Zimmers geschleppt worden. Auf einem Stuhle lag ein blutiges Rasiermesser. Auf dem Kamin fand man zwei oder drei lange, dicke Strähnen grauen Menschenhaares, die ebenfalls mit Blut besudelt waren und mit den Wurzeln ausgerissen zu sein schienen. Über den Fußboden zerstreut fand man vier Napoleons, einen Topas-Ohrring, drei große silberne Löffel, drei kleinere aus Neusilber, ferner zwei Beutel, die viertausend Franken in Gold enthielten. Aus einem in der Ecke stehenden Schreibtisch waren die Schubfächer herausgezogen und offenbar ausgeplündert worden, obwohl noch viele Gegenstände darin lagen. Unter den Bettkissen, nicht unter der Bettstatt, entdeckte man eine kleine eiserne Kassette. Sie war offen, der Schlüssel steckte in dem Schloß; ihr Inhalt bestand nur aus einigen alten Briefen und anderen belanglosen Papieren.

Von Madame L'Espanaye war keine Spur zu entdecken; da man aber den Kamin und den Fußboden davor ganz mit Ruß bedeckt fand, forschte man im Schornstein nach, und man zog – gräßlich, es zu sagen! – den Leichnam der Tochter daraus hervor, der mit dem Kopf nach unten ziemlich hoch in den engen Schornstein hinaufgestopft worden war. Der Körper war noch ganz warm. Bei der Untersuchung fanden sich zahlreiche Hautabschürfungen, die wahrscheinlich durch die Heftigkeit, mit der der Leichnam in den Schornstein hinaufgestoßen und dann wieder heruntergezogen wurde, verursacht worden waren. Auf dem Gesichte fand man viele schwere Kratzwunden, während sich am Halse schwarze Quetschwunden und der tiefe Eindruck von Fingernägeln vorfanden, die darauf hindeuteten, daß das Mädchen erdrosselt worden war.

Nachdem man jeden Winkel des Hauses auf das gründlichste untersucht hatte, ohne jedoch etwas Weiteres zu entdecken, drangen die Leute in einen kleinen gepflasterten Hof, der hinter dem Hause lag. Und hier war es, wo man die Leiche der alten

Dame fand. Der Kopf war vom Rumpfe abgetrennt und hing nur noch durch ein Stück Haut lose damit zusammen, so daß er abfiel, als man die Leiche aufzuheben versuchte. Der Körper sowohl wie der Kopf waren in unerhörter, grauenhaftester Weise verstümmelt, und besonders der erstere sah kaum noch menschenähnlich aus.

Trotz aller Bemühungen ist es bis jetzt noch nicht gelungen, den Schlüssel zu diesem entsetzlichen Geheimnis zu finden ...«

Tags darauf brachte dieselbe Zeitung noch einige weitere Einzelheiten über den grauenhaften Fall.

»*Die Tragödie in der Rue Morgue.* Viele Personen sind schon in dieser außergewöhnlichen und grauenhaften Sache vernommen worden, doch fand sich nicht das Geringste, was Licht in diese dunkle Angelegenheit gebracht hätte. Wir geben hier die Aussagen der vernommenen Zeugen.

Pauline Dubourg, Wäscherin, sagt aus, daß sie die beiden verstorbenen Damen schon seit drei Jahren gekannt habe, da sie während dieser Zeit die Wäsche für sie besorgte. Mutter und Tochter hätten viel voneinander gehalten und seien stets sehr zärtlich miteinander gewesen. Sie bezahlten alles sofort. Wie und wovon sie gelebt, darüber könne sie nichts sagen. Man munkele, daß Madame L'Espanaye von Beruf Wahrsagerin gewesen sei. Jedenfalls ging die Rede, daß sie Geld gehabt habe. Die Zeugin sagte ferner aus, sie sei im Haus niemals jemandem begegnet, wenn sie die Wäsche geholt oder zurückgebracht habe. Sie wisse mit Bestimmtheit, daß die Damen keine Dienstboten gehabt hätten. Sie habe angenommen, daß nur der vierte Stock des Hauses möbliert gewesen, und daß es im übrigen ganz unbewohnt gewesen sei.

Peter Moreau, Tabakhändler, sagt aus, daß er seit etwa vier Jahren der Madame L'Espanaye ab und zu kleine Quantitäten Rauch- und Schnupftabak verkauft habe. Er sei in der Nachbarschaft geboren und habe immer in der Rue Morgue gewohnt. Die alte Dame und ihre Tochter hätten schon seit mehr als sechs Jahren ganz allein in dem Hause gewohnt, in dem man ihre Leichen gefunden hatte. Das Haus gehörte Madame L'Espanaye. In früheren Zeiten hatte sie es an einen Juwelier vermietet; der Mißbrauch aber, den dieser mit den oberen Räumen trieb, indem er sie an alle möglichen Leute in Aftermiete gab, hatte den Unwillen der alten Dame erregt. Sie zog also selbst in das Haus und weigerte sich von da an hartnäckig, die nicht von ihr bewohnten Räume anderweitig zu vermieten. Der Zeuge meint, Madame L'Espanaye sei etwas kindisch gewesen. Er sagt, daß er die Tochter während der sechs Jahre kaum mehr als fünf- oder sechsmal gesehen habe. Die beiden Frauen hätten ein außerordentlich zurückgezogenes Leben geführt – indessen hätten sie allgemein in dem Rufe gestanden, Geld zu haben. Er hatte auch gehört, daß die Leute in der Nachbarschaft munkelten, Madame L'Espanaye sei eine Wahrsagerin – er habe das aber niemals geglaubt. Er habe nie jemand anders in das Haus treten gesehen als Mutter und Tochter, ein- oder zweimal einen Dienstmann und acht- oder zehnmal einen Arzt.

Noch viele andere Personen aus der Nachbarschaft bestätigten diese Aussage. Von irgendeinem regelmäßigen Verkehr in dem Hause konnte überhaupt gar keine Rede sein, man wußte nicht einmal, ob Madame L'Espanaye und ihre Tochter irgendwelche Verwandten hätten. Die Fensterläden der vorderen Zimmer wurden nur selten geöffnet, die nach dem Hofe waren stets geschlossen, mit Ausnahme derjenigen eines großen Zimmers in der vierten Etage. Das Haus war gut gebaut und nicht alt.

Isidor Muset, Gendarm, sagt aus, daß man ihn gegen drei Uhr morgens zu dem Hause geholt und daß er dort zwanzig bis dreißig Personen angetroffen habe, die vergebens versuchten, sich Eingang zu verschaffen. Er habe schließlich die Tür erbrochen, und zwar mit einem Bajonett, nicht mit einer Eisenstange. Es sei das nicht sehr schwierig gewesen, da es eine Flügeltüre war, die weder oben noch unten ordentlich zugeriegelt gewesen. Man habe oben aus dem Hause ein entsetzliches Geschrei gehört, aber in dem Augenblick, als die Tür aufflog, sei plötzlich alles still geworden. Es waren herzzerreißende Angstschreie gewesen, die, wie es schien, von einer oder mehreren Personen in größter Todesangst ausgestoßen wurden. Der Zeuge war den anderen voran die Treppe hinaufgegangen. Als er den ersten Treppenabsatz erreicht hatte, vernahm er ganz deutlich zwei Stimmen, die laut und zornig miteinander stritten, die eine war rauh und barsch, während die andere einen ganz sonderbaren, schrillen, kreischenden Klang hatte. Er konnte ein paar der von der ersten Stimme gesprochenen Worte verstehen; es war die eines Franzosen; jedenfalls war es keine Frauenstimme, und er unterschied deutlich die Worte ›sacré‹ und ›diable‹. Die schrille Stimme hielt er für die eines Ausländers. Er war sich nicht ganz klar darüber, ob es die Stimme eines Mannes oder einer Frau gewesen sei, auch konnte er nicht bestimmt behaupten, in welcher Sprache sie sich ausgedrückt habe, er meinte jedoch, es sei Spanisch gewesen. Seine Beschreibung von dem Zustande des Zimmers und der Leichen stimmt genau mit unserer gestrigen Beschreibung überein.

Henri Duval, von Beruf Silberschmied, auch ein Nachbar, sagt aus, daß er einer der ersten gewesen, die in das Haus eingedrungen. Seine Aussage stimmt in der Hauptsache ganz mit der Musets überein. Er sagt: nachdem man sich den Eingang erzwungen, habe er rasch die Haustüre von innen abgeschlossen, um die nachdrängende Menge abzuhalten, die sich trotz der späten Stunde sehr bald ansammelte. Der Zeuge meint, die schrille Stimme, die auch er vernommen, sei die eines Italieners gewesen, bestimmt aber nicht die eines Franzosen. Er ist nicht ganz sicher, ob es die Stimme eines Mannes war, es könne auch eine weibliche Stimme gewesen sein. Er könne kein Italienisch und hätte daher natürlich kein Wort verstanden, aber nach dem Klang zu schließen, glaube er, daß es wirklich Italienisch gewesen sei. Gewiß, er habe Madame L'Espanaye und auch ihre Tochter gekannt. Er habe sich öfters mit beiden unterhalten. Es sei ganz ausgeschlossen, daß die schrille Stimme einer der beiden Verstorbenen angehört hätte.

Odenheimer, Restaurateur. Dieser Zeuge war nicht geladen, er ist freiwillig erschienen, um sein Zeugnis abzulegen. Er ist Holländer und aus Amsterdam gebürtig. Da er kein Französisch spricht, wurde er durch einen Dolmetsch vernommen. Er kam zufällig an dem Hause vorüber, als darin das entsetzliche Geschrei ertönte; er glaubt, daß es wenigstens zehn Minuten angedauert haben müsse. Es war ein langgezogenes, lautes, jammervolles und grauenhaftes Schreien. Er gehört zu denen, die in das Haus eindrangen. Seine Aussage stimmt durchaus mit der der anderen Zeugen überein – bis auf einen Punkt: er glaube nämlich mit Sicherheit behaupten zu können, daß die schrille Stimme die eines Mannes, und zwar eines Franzosen gewesen sei. Obgleich er die Worte nicht hatte verstehen können, habe er den Eindruck, als ob die Stimme zugleich angst- und zornerfüllt geklungen habe, sie habe laut, schnell und in abgebrochenen Tönen gesprochen. Die Stimme wäre ihm mehr heiser als schrill erschienen. Eine wirklich schrille Stimme wäre es nicht gewesen. Die andere, rauhe Stimme habe wiederholt ›sacré, diable‹ und einmal ›mon Dieu‹ gesagt.

Jules Mignaud, Bankier und Inhaber der Firma Mignaud & Sohn, Rue Deloraine. Er ist der ältere Mignaud. Er sagt aus: Madame L'Espanaye hatte Vermögen und stand seit dem Frühling 18.. (also seit acht Jahren) in geschäftlicher Verbindung mit seinem Bankhause. Sie hatte mit der Zeit mehrere kleinere Summen bei ihm deponiert, aber nie Kapital zurückgezogen, bis drei Tage vor ihrem Tode, wo sie persönlich die Summe von viertausend Franken erhoben hatte. Die Summe wurde in Gold ausbezahlt, und ein Kommis brachte ihr das Geld ins Haus.

Adolphe Lebon, Kommis bei Mignaud & Sohn, sagt aus, daß er an dem betreffenden Tage gegen Mittag Madame L'Espanaye begleitet habe, um ihr die in zwei Beutel verpackten viertausend Franken nach Hause zu tragen. Als die Türe geöffnet worden, sei Fräulein L'Espanaye erschienen, und er habe ihr den einen Beutel eingehändigt, während die alte Dame ihm den anderen selbst abgenommen habe. Er habe sich dann verabschiedet und sei gegangen. In der Straße habe er zu dieser Zeit keinen Menschen bemerkt. Die Rue Morgue sei eine Nebenstraße und sehr einsam.

William Bird, Schneider, sagt aus, daß er ebenfalls zu denen gehört, die in das Haus gedrungen seien. Er ist Engländer. Er hat zwei Jahre in Paris gelebt. Er war einer der ersten, die die Treppe hinaufstiegen. Er hat einige Worte verstanden, kann sich aber nicht aller erinnern. Daß ›sacré, diable‹ und ›mon Dieu‹ gesagt wurde, hat er deutlich verstanden. Er hat ein Geräusch vernommen, als ob sich mehrere Personen miteinander balgten – darauf ein scharrendes, schlürfendes Geräusch. Die schrille Stimme sei sehr laut, lauter als die barsche gewesen. Er sei sicher, daß es nicht die Stimme eines Engländers, viel eher die eines Deutschen gewesen sei, vielleicht könne es auch eine Frauenstimme gewesen sein. Er verstände kein Deutsch.

Vier der genannten Zeugen sagten, als sie wieder vorgerufen wurden, übereinstimmend aus, daß die Tür des Zimmers, in dem man die Leiche des Fräuleins L'Espanaye gefunden habe, von innen verschlossen gewesen sei. Als man oben ankam, sei plötzlich alles still gewesen – von einem Stöhnen oder sonstigem Geräusch irgendeiner Art war nichts mehr zu hören. Man erbrach die Tür, aber niemand war in dem Zimmer zu sehen. Die Fenster des hinteren wie des vorderen Zimmers seien geschlossen und von innen verriegelt gewesen. Die Verbindungstür zwischen den beiden Zimmern war zu, jedoch nicht verschlossen. Ein kleines, auf dem vierten Stock nach der Straße gelegenes Zimmer am Ende des Korridors stand weit offen. Dieses Zimmer war mit alten Brettern und Koffern ganz voll gestopft. Es wurde ausgeräumt und auf das sorgfältigste durchsucht. Es war überhaupt in dem ganzen Hause nicht das kleinste Winkelchen, das man nicht gründlich durchsucht hätte. Man ließ Schornsteinfeger kommen, die die Schornsteine und Kaminröhren kehren mußten. Das Haus hat vier Stockwerke und enthält außerdem noch einige Mansarden. Auf dem Dache befindet sich eine kleine Falltür, die man aber fest vernagelt gefunden hatte und die seit Jahren nicht mehr benutzt zu sein schien. Über die Länge der Zeit von dem Augenblick an, wo man die streitenden Stimmen vernahm, bis zu dem, wo man die Zimmertür aufbrach, schwanken die Aussagen der Zeugen. Einige meinten, es könne sich höchstens um zwei oder drei Minuten handeln, andere behaupteten, es seien wenigstens fünf gewesen. Es war schwer gewesen, die Tür zu öffnen.

Alfonzo Garcio, Begräbnisbesorger, sagt aus, daß er in der Rue Morgue wohne. Er ist geborener Spanier. Gehört zu den Leuten, die in das Haus eingedrungen, ging aber nicht mit die Treppe hinauf. Ist nervenschwach und fürchtete die Folgen der Aufregung. Die streitenden Stimmen hat er jedoch deutlich gehört. Die rauhe Stimme war die eines Franzosen, und er glaubt sich nicht zu irren, wenn er die schrille Stimme für die eines Engländers halte. Zeuge versteht zwar kein Englisch, urteilt aber nach der Aussprache der Worte.

Alberto Montani, Konditor, sagt aus, er sei einer der ersten gewesen, die die Treppe hinaufgeeilt wären. Er hat die streitenden Stimmen gehört. Die barsche Stimme sei die eines Franzosen gewesen. Zeuge behauptet, einige Worte verstanden zu haben. Es sei ihm so vorgekommen, als ob der Sprecher einem anderen Vorstellungen mache. Von dem, was die schrille Stimme gesagt, habe er nichts verstehen können, sie habe schnell und in abgebrochenen Lauten gesprochen. Zeuge meint, daß es die Stimme eines Russen gewesen sei. In allen wesentlichen Punkten stimmt er vollständig mit der Aussage der anderen Zeugen überein. Er ist Italiener. Er hat niemals mit einem geborenen Russen gesprochen.

Mehrere wieder aufgerufene Zeugen bestätigen, daß die Kamine aller Zimmer der vierten Etage viel zu eng seien, als daß ein menschliches Wesen dadurch hätte entkommen können. Unter Besen verstände man jene zylinderförmigen Kehrbesen, wie die Schornsteinfeger sie zum Reinigen der Kamine gebrauchen. Man sei mit solchen Besen durch sämtliche Schornsteine des Hauses auf und nieder gefahren. Es gibt in dem Hause keine Hintertreppe oder einen sonstigen Ausweg, durch den sich jemand hätte retten können, während die Zeugen die Treppe hinaufeilten. Der Körper des Fräuleins L'Espanaye war so fest in den engen Kamin hineingezwängt, daß es nur den vereinten Kräften von vier oder fünf Männern gelang, ihn wieder herunterzuziehen. –

Paul Dumas, Arzt, sagt aus, daß man ihn gegen drei Uhr gerufen habe, um die Besichtigung der Leichen vorzunehmen. Sie lagen beide auf der Matratze des Bettes, das in dem Zimmer stand, in dem man Fräulein L'Espanaye gefunden hatte. An dem Körper der jungen Dame hatte er viele Quetschungen und Hautabschürfungen gefunden. Es war dies nur zu erklärlich, wenn man den Umstand in Betracht zog, daß das unglückliche Mädchen mit roher Gewalt in den Schornstein hinaufgezwängt worden war. Der Kehlkopf war vollständig zusammengepreßt. Unter dem Kinn befanden sich mehrere tiefe Kratzwunden, sowie eine Reihe blauer Flecken, die offenbar von einem heftigen, mit Fingern ausgeübten Druck herrührten. Das Gesicht war gräßlich entstellt, die Augen waren aus ihren Höhlen hervorgequollen, die Zunge halb durchgebissen. Auf der Magengrube wurde eine große Quetschung entdeckt, die anscheinend von dem Druck des Knies herrührte. Herr Dumas war der Meinung, daß Fräulein L'Espanaye von einer oder mehreren Personen erwürgt worden sei. Die Leiche der Mutter war ebenfalls in entsetzlicher Weise verstümmelt. Sämtliche Knochen des rechten Beins und des rechten Armes hatte er mehr oder weniger zerschmettert gefunden. Ebenso waren das linke Schienbein und die sämtlichen Rippen der linken Seite zersplittert gewesen. Der ganze Körper war in grauenhafter Weise mit Quetschungen bedeckt und zeigte blutunterlaufene Stellen; es sei ein ganz entsetzlicher Anblick gewesen. Es wäre unmöglich, festzustellen, wie und womit diese schweren Verletzungen herbeigeführt worden seien. Ein schwerer hölzerner Knüttel oder eine breite Eisenstange – ein Stuhl oder irgendeine große, schwere, stumpfe Waffe, von den Händen eines sehr starken Mannes geschwungen, könne solche Resultate hervorbringen. Eine Frau würde, mit welcher Waffe es auch sei, niemals so wuchtige Schläge austeilen können. Der Kopf der Toten war, als der Zeuge ihn zu Gesicht bekommen, ganz von dem Körper getrennt und vollständig zerschmettert gewesen. Offenbar sei der Hals mit einem sehr scharfen Instrument, wahrscheinlich einem Rasiermesser, durchschnitten worden.

Alexander Etienne, Wundarzt, war gleichzeitig mit Herrn Dumas zur Leichenschau gerufen worden. Er bestätigte in allen Punkten das Zeugnis und Gutachten des Herrn Dumas.

Obgleich noch verschiedene andere Personen verhört wurden, ließ sich nichts Weiteres feststellen. Noch nie ist in Paris ein so geheimnisvolles Verbrechen verübt worden, dessen Einzelheiten so unerklärlich sind – man möchte beinahe fragen, ob hier wirklich ein Mord vorliegt? Jedenfalls hat die Polizei bis jetzt auch nicht die kleinste Spur gefunden, die sich verfolgen ließe, und das ist bei derartigen Dingen etwas ganz Ungewöhnliches. Bis zur Stunde fehlt jeder Schlüssel, der dieses furchtbare Rätsel zu lösen vermöchte ...«

In der Abendausgabe derselben Zeitung hieß es dann, daß in dem Quartier St. Roch noch immer die höchste Aufregung herrsche, daß der Tatort wieder, und zwar auf das sorgfältigste untersucht worden sei, daß man noch mehr Personen verhört habe, aber leider ohne das geringste Ergebnis. In einer Nachschrift wurde mitgeteilt, Adolphe Lebon sei verhaftet und in das Untersuchungsgefängnis abgeführt worden, obgleich er durch seine Aussage durchaus nicht belastet erscheine und nichts gegen ihn vorläge.

Dupin schien sich für den Verlauf dieser Angelegenheit auf das lebhafteste zu interessieren, wenigstens schloß ich das aus der Art seines Benehmens: er erwähnte die Sache jedoch mit keinem Wort. Erst nachdem die Zeitung die Nachricht von der Verhaftung Lebons brachte, fragte er mich, was ich von dieser geheimnisvollen Angelegenheit dächte.

Ich stimmte mit der Meinung von ganz Paris überein, daß die Affäre in ein undurchdringliches Dunkel gehüllt sei und daß man bis jetzt auch nicht die kleinste Hoffnung hätte, die Spur der Mörder aufzudecken.

»Was das betrifft«, sagte Dupin, »so dürfen wir uns keinesfalls mit dem Resultate dieser immerhin nur oberflächlichen Untersuchung begnügen. Die Pariser Polizei, die ihres Scharfsinns wegen so sehr gerühmt wird, ist schlau – sonst aber auch nichts. Ihrem Vorgehen liegt keine andere Methode zugrunde, als die, die ihr der Augenblick eingibt. Die von ihr angewandten Mittel, auf die sie sehr stolz ist, entsprechen dem Zwecke jedoch oft so wenig, daß man dabei unwillkürlich an die Anekdote von Herrn Jourdain erinnert wird – *›qui demandait sa robe de chambre – pour mieux entendre la musique‹.** Man muß zugeben, daß sie trotzdem zuweilen ganz überraschende Resultate erzielt, aber diese verdankt sie wirklich nur ihrem Fleiße und ihrer Rührigkeit. Da, wo diese Eigenschaften nicht ausreichen, hat sie eben keinen Erfolg. Vidocq zum Beispiel war ein Mann, der geschickt im Kombinieren und Erraten, dabei von großer Ausdauer war. Da aber sein Denken nicht die nötige Schulung hatte, machte er viele Fehler, und hauptsächlich durch die zu große Intensität seiner Nachforschungen. Er verlor die Übersicht dadurch, daß er die Dinge zu sehr aus der Nähe betrachtete. Einzelne Punkte erkannte er freilich mit ungewöhnlicher Klarheit, aber naturgemäß verlor er darüber den Überblick über das Ganze. Ein Beweis dafür, daß es nicht taugt, allzu tiefsinnig zu sein. Die Wahrheit ist keineswegs immer in einem Brunnen versteckt. Ich glaube vielmehr, daß sie, soweit wichtigere Dinge in Frage kommen, meist auf der Oberfläche liegt. Die Wahrheit liegt nicht in den tiefen Tälern, wo wir sie suchen, sie liegt auf der Höhe der Berge, wo wir sie finden. Die Beobachtungen der Himmelskörper versinnbildlicht uns in ausgezeichneter Weise Art und Ursprung jenes Irrtums. Wenn man einen Stern ganz flüchtig oder schielend anblickt, so daß man ihm nur die äußeren Teile der Netzhaut zuwendet, die für schwache Lichteindrücke empfänglicher sind als die inneren, so sieht man den Stern in seinem vollen Glanze ganz deutlich; je länger und schärfer wir ihn aber anschauen, je intensiver wir unseren Blick darauf richten, um so mehr wird sein

* der nach seinem Schlafrock rief – um die Musik besser hören zu können.

Glanz verblassen. In letzterem Falle konzentrieren sich ja tatsächlich mehr Strahlen auf dem Auge, aber im ersteren besitzt dieses eine feinere, man möchte sagen, geistigere Aufnahmefähigkeit. Durch zu große Gründlichkeit verwirren wir unseren Geist und schwächen die Kraft der Gedanken ab. Ist es doch sogar möglich, selbst die strahlende Venus vom Firmament schwinden zu sehen, wenn man zu lange und zu scharf darauf hinblickt. –

Was nun diese Mordtat betrifft, so wollen wir lieber zuerst die Sache selbst näher untersuchen, ehe wir uns ein Urteil darüber bilden. Ich verspreche mir viel Spaß davon. (Ich fand diesen Ausdruck nicht eben glücklich gewählt, sagte aber nichts.) Außerdem hat Lebon mir einmal einen Dienst erwiesen, für den ich mich dankbar zeigen möchte. Wir wollen zunächst den Tatort mit unseren eigenen Augen untersuchen. Ich kenne den Polizeipräfekten Herrn G. – und ich glaube kaum, daß es mir schwerfallen wird, die nötige Erlaubnis zu erhalten.«

Er erhielt die Erlaubnis sofort, und wir begaben uns ohne weiteren Verzug nach der Rue Morgue. Es ist dies eine jener elenden Querstraßen, die die Rue Richelieu mit der Rue St. Roch verbinden. Es war schon etwas spät am Nachmittage, als wir unser Ziel erreichten, da dieser Stadtteil ziemlich weit von unserer Wohnung entfernt liegt. Das Haus fanden wir sofort; es war immer noch von vielen Menschen umlagert, die mit zweckloser Neugierde von der entgegengesetzten Seite der engen Straße auf die geschlossenen Fensterläden gafften. Es war ein gewöhnliches Pariser Haus mit einem Torweg, an dessen einer Seite ein Schiebefensterchen angebracht war, hinter dem sich ein Portierstübchen befand. Ehe wir jedoch eintraten, gingen wir die Straße hinauf und bogen in ein kleines Gäßchen ein, dann wandten wir uns noch einmal seitwärts und kamen so an der Hinterfront des betreffenden Hauses vorbei. Dupin prüfte nicht nur das Haus, sondern die ganze Nachbarschaft, und zwar mit einer peinlichen Aufmerksamkeit, deren Grund mir nicht recht einleuchten wollte.

Wir gingen dann wieder zurück und kamen bald in der Rue Morgue und vor der Front des Hauses an. Wir klingelten und wurden, nachdem wir unseren Erlaubnisschein vorgezeigt hatten, von dem Wache haltenden Polizeibeamten eingelassen. Wir gingen die Treppe hinauf und zuerst in das Zimmer, in dem man die Leiche von Fräulein L'Espanaye gefunden hatte und wo auch jetzt die beiden Toten lagen. In dem Zimmer herrschte immer noch ein wildes Durcheinander, da, wie das bei solchen Fällen stets geschieht, der Tatort unverändert erhalten werden mußte. Ich sah nichts anderes, als was die ›Gazette des Tribunaux‹ mitgeteilt hatte. Dupin untersuchte alles sorgfältig – sogar die Leichen der beiden Frauen. Dann gingen wir in die anderen Zimmer und in den Hof, während uns ein Gendarm überallhin begleitete. Die Untersuchung nahm uns bis zum Eintritt der Dämmerung in Anspruch, dann gingen wir.

Auf unserem Heimwege trat mein Begleiter für einige Augenblicke in die Expedition eines der Tageblätter ein. Ich habe bereits erzählt, daß mein Freund die seltsamsten Einfälle und Grillen hatte, und daß ich mich ihnen fügte. Es gefiel ihm plötzlich, das Thema der Mordtat mit keinem Wort mehr zu berühren, und erst am Nachmittag des darauffolgenden Tages rückte er ganz unvermittelt mit der Frage heraus, ob mir denn auf dem Schauplatz gar nichts Absonderliches aufgefallen sei.

In der Art, mit der er das Wort ›Absonderliches‹ betonte, lag etwas, das mich unwillkürlich schaudern machte, ohne daß ich wußte, weshalb.

»Nein«, sagte ich, »nichts Absonderliches, jedenfalls nichts anderes, als was auch in der Gerichtszeitung gestanden hat.«

»Die Gerichtszeitung«, antwortete er, »ist auf das ungewöhnlich Grauenhafte dieser Affäre nicht genügend eingegangen. Aber sehen wir ganz von dem Berichte dieses Blattes ab. Mir scheint es, als ob das für unlösbar gehaltene Geheimnis durchaus nicht unergründlich ist. Ich will damit sagen, daß gerade der outrierte Charakter aller Einzelheiten dieser furchtbaren Begebenheit nur ein kleines und deutlich begrenztes Feld von Vermutungen zuläßt. Die Polizei steht ratlos und verwirrt vor einem Verbrechen, dessen Motive vielleicht weniger unbegreiflich sind als die wilde Scheußlichkeit, mit der die Mordtaten ausgeführt worden sind. Ebensowenig kann sie es begreifen, daß die Aussage so vieler Zeugen feststellt, in dem Zimmer, in dem Fräulein L'Espanaye ermordet gefunden wurde, habe ein aufgeregter Wortwechsel stattgefunden, während doch, als man eindrang, niemand darin war und ganz unmöglich jemand über die Treppe hätte entkommen können, ohne von den hinaufeilenden Leuten bemerkt zu werden. Die in dem Zimmer herrschende wilde Unordnung, die mit dem Kopf nach unten in den engen Schornstein hinaufgepreßte Leiche, die entsetzlichen Verstümmelungen an dem Körper der alten Dame, sowie noch einige weitere Tatsachen, die ich nicht zu erwähnen brauche, haben genügt, um die Tatkraft der Polizei zu lähmen und ihren so viel gerühmten Scharfsinn irrezuführen. Die Polizei ist eben in den häufig vorkommenden, aber groben Irrtum verfallen, das *Ungewöhnliche* mit dem *unerforschlich* Scheinenden zu verwechseln. Indessen bin ich der Ansicht, daß gerade dieses Abweichen von dem Wege des Gewöhnlichen uns einen Fingerzeig dafür geben kann, was geschehen muß, um der Wahrheit auf die Spur zu kommen. Bei Untersuchungen dieser Art sollte man nicht so rasch fragen: was ist geschehen, als: was ist hier geschehen, was noch nicht vorher geschehen ist? Und in der Tat steht die Leichtigkeit, mit der ich dieses Rätsel lösen werde – oder vielmehr schon gelöst habe –, in direktem Verhältnis zu der scheinbaren Unlösbarkeit, die es für die Polizei hat.«

In sprachlosem Erstaunen starrte ich meinen Freund an.

»Ich warte in diesem Augenblicke«, fuhr er ruhig, auf die Zimmertür blickend, fort, »auf einen Mann, der, obwohl er vermutlich nicht selbst diese gräßlichen Metzeleien verübt hat, doch jedenfalls in irgendeiner Beziehung dazu steht. An den schlimmsten Greueln dieses Verbrechens ist er wahrscheinlich unschuldig. Ich hoffe wenigstens, daß es so ist, denn ich habe meine ganze Hoffnung, das Rätsel zu lösen, auf diese Voraussetzung gegründet. Ich erwarte den Mann – hier, in diesem Zimmer –, er kann jeden Augenblick kommen. Es ist wahr, daß er möglicherweise auch nicht kommen könnte, aber aller Wahrscheinlichkeit nach wird er es tun. Sollte er kommen, so wird es unbedingt nötig sein, ihn festzuhalten. Hier sind Pistolen; wir beide wissen damit umzugehen, falls die Gelegenheit es erfordern sollte.«

Ich nahm die Pistolen, fast ohne zu wissen, was ich tat, und ohne zu glauben, was ich hörte, während Dupin, wie mit sich selber sprechend, fortfuhr. Ich habe das seltsame Wesen, in das er zu gewissen Zeiten verfiel, schon erwähnt. Obwohl seine Worte ja offenbar an mich gerichtet waren und er durchaus nicht laut sprach, bediente er sich doch jener eindringlichen, deutlichen Intonation, mit der man zu einer entfernteren Person spricht. Seine vollständig ausdruckslosen Augen hafteten mit starrem Blick an der Wand.

»Daß die von den Leuten auf der Treppe gehörten streitenden Stimmen nicht die der beiden Damen waren, ist durch die übereinstimmenden Aussagen der Zeugen vollständig bewiesen. Dieser Umstand macht die Frage, ob die alte Dame etwa möglicherweise selbst ihre Tochter ermordet und nachher Selbstmord begangen habe, vollständig überflüssig. Ich erwähne diesen Punkt nur, weil ich methodisch vorzugehen liebe, denn die Kräfte der Frau L'Espanaye würden unmöglich hingereicht haben, die Leiche ihrer Tochter in den engen Kaminschacht zu zwängen, in dem sie gefunden worden ist; außerdem ist die Art der Wunden, mit denen ihr ganzer Körper bedeckt war, eine solche, daß jede Möglichkeit eines Selbstmordes ausgeschlossen ist. Es steht somit fest, daß die Mordtaten von einer dritten Partei ausgeführt wurden, und die Stimmen eben dieser dritten Partei waren es, die in heftigem Wortwechsel vernommen wurden. Prüfen wir nun die Eigentümlichkeiten der betreffenden Zeugenaussagen. Ist Ihnen da nichts Absonderliches aufgefallen?«

Ich antwortete, daß es jedenfalls wohl bemerkenswert sei, daß, während alle Zeugen übereinstimmend die rauhe, barsche Stimme für die eines Franzosen gehalten hätten, die Ansichten über die schrille, oder, wie einer der Zeugen meinte, heisere Stimme sehr weit auseinander gingen.

»So lauten die Zeugenaussagen«, sagte Dupin, »indessen ist das nicht das Absonderliche der Aussage. Sie haben also nichts Besonderes bemerkt? Und doch liegt hier eine ganz eigentümliche Tatsache vor. Wie Sie richtig beobachtet haben, stimmten die Aussagen aller Zeugen über die barsche, rauhe Stimme vollkommen überein. Was nun die schrille Stimme betrifft, so liegt das Eigentümliche weniger darin, daß die Aussagen der Zeugen voneinander abweichen, als daß eine Reihe derselben, nämlich ein Italiener, ein Engländer, ein Spanier, ein Holländer und ein Franzose von dieser Stimme als der eines Ausländers sprachen. Jeder ist davon überzeugt, daß es nicht die Stimme eines Landsmanns gewesen sein könnte. Jeder glaubt den Klang einer Sprache daran zu erkennen, die er selbst nicht versteht. Der Franzose hält sie für die Stimme eines Spaniers und – ›würde gewiß ein paar Worte verstanden haben, wenn er nur Spanisch gekonnt hätte‹. Der Holländer behauptet, es müsse die Stimme eines Franzosen gewesen sein, aber wir lesen in dem Zeugenbericht, daß er, weil er kein Französisch könne, durch Vermittlung eines Dolmetschers verhört worden sei. Der Engländer glaubt, daß es die Stimme eines Deutschen gewesen sei, aber: ›er versteht kein Deutsch‹. Der Spanier hingegen ist ganz sicher, daß es die Stimme eines Engländers war – er urteilt nach dem Tonfall –, hat aber nicht die geringste Kenntnis der englischen Sprache. Der Italiener glaubt die Stimme eines Russen vernommen zu haben, hat jedoch niemals mit einem geborenen Russen gesprochen. Die Aussage eines zweiten Franzosen weicht wieder von der des ersten ab: er behauptet, daß es unbedingt die Stimme eines Italieners sei, die er vernommen habe; er versteht kein Wort Italienisch, hat aber wie der Spanier nach dem Tonfall geurteilt. Wie ganz ungewöhnlich muß diese Stimme gewesen sein, daß die Aussagen der Zeugen darüber so weit auseinander gehen konnten, daß sie Menschen aus den fünf großen europäischen Völkergruppen durchaus fremd erschien! Sie werden allerdings einwerfen, daß es ja möglicherweise auch die Stimme eines Asiaten oder Afrikaners gewesen sein könne. Es gibt deren in Paris nicht allzu viele; aber ohne diese Möglichkeit zu bestreiten, möchte ich Ihre Aufmerksamkeit auf drei bestimmte Punkte leiten. Der eine der Zeugen erklärte, daß die Stimme mehr heiser als schrill gewesen sei. Zwei andere behaupten, daß sie schnell und in abgebrochenen Lauten gesprochen habe. Kein einziger der Zeugen konnte Worte oder wortähnliche Laute unterscheiden.«

»Ich weiß nicht«, fuhr Dupin fort, »welchen Eindruck meine Auseinandersetzungen auf Sie gemacht haben, aber ich zögere nicht, die Behauptung aufzustellen, daß der Teil der Zeugenaussagen, der sich auf die rauhe und schrille Stimme bezieht, hinreichend ist, einen Verdacht zu erregen, der maßgebend für alle weiteren Forschungen sein sollte und durch den voraussichtlich dieses furchtbare Rätsel seine Lösung finden wird. Ich behaupte, daß die Schlüsse, die *ich* aus den Zeugenaussagen gezogen habe, die *einzig* richtigen sind, und daß sie in bezug auf den Mörder nur *eine* Folgerung zulassen. Welcher Art aber diese Vermutung ist, das möchte ich Ihnen vorläufig noch nicht sagen. Ich möchte Sie nur darauf aufmerksam machen, daß sie mir wichtig genug war, um meinen Untersuchungen in dem Mordzimmer eine ganz bestimmte Richtung zu geben.

Versetzen wir uns im Geiste wieder in jenes Zimmer. Was ist das erste, was wir darin suchen? Selbstverständlich die Mittel und Wege, die die Mörder zu ihrer Flucht benutzt haben. Ich darf doch zweifellos behaupten, daß weder Sie noch ich an übernatürliche Dinge glauben? Frau und Fräulein L'Espanaye sind nicht durch Geister ums Leben gekommen. Die Täter waren materielle Wesen und sind in materieller Weise entkommen. Aber wie? Glücklicherweise bleibt für unsere Schlußfolgerung nur *ein* Weg offen, und dieser muß uns zu einer endgültigen Feststellung führen. Untersuchen wir der Reihe nach die Wege, auf denen den Tätern die Möglichkeit einer Flucht geboten war. Es ist klar, daß die Mörder, als die Zeugen die Treppe heraufeilten, entweder in dem Zimmer, in dem Fräulein L'Espanaye gefunden wurde, oder doch in dem angrenzenden kleinen Zimmer gewesen sein müssen. Sie können daher auch nur aus einem dieser beiden Zimmer den Ausweg gefunden haben. Die Polizei hat den Fußboden, die Decke und das Mauerwerk der Wände auf das sorgfältigste untersucht. Kein geheimer Ausgang würde ihrer Aufmerksamkeit entgangen sein. Da ich aber den Augen der Polizei nicht unbedingt traue, so prüfte ich alles mit meinen eigenen. Es war aber wirklich kein geheimer Ausgang vorhanden. Von den Zimmern führen Türen in den Gang, aber sie waren fest verschlossen, und zwar steckte in beiden Schlössern der Schlüssel von innen. Betrachten wir uns nun die Schornsteine; diese haben zwar oberhalb des Kamins bis zur Höhe von acht bis zehn Fuß die gewöhnliche Breite, verengen sich aber dann so sehr, daß kaum eine große Katze hindurch könnte. Da also die Unmöglichkeit, auf diesen beiden Wegen zu entwischen, bewiesen ist, sehen wir uns auf die Fenster beschränkt. Durch die des Vorderzimmers hätte unmöglich jemand entfliehen können, ohne von den vor dem Hause versammelten Menschen bemerkt zu werden. Die Mörder müssen daher durch eins der Fenster des Hinterzimmers entkommen sein. Nachdem wir zu diesem Schlusse gelangt sind, dürfen wir ihn nicht ohne weiteres verwerfen, weil wir auch hier scheinbaren Unmöglichkeiten gegenüberstehen. Es gilt nur, den Beweis zu liefern, daß in Wirklichkeit diese Unmöglichkeiten nicht bestehen.

Das Zimmer hat zwei Fenster. Eins davon ist nicht durch Möbel verstellt und vollständig sichtbar. Der untere Teil des anderen wird dem Auge ganz durch das Kopfende einer davorstehenden Bettstatt entzogen. Das erste Fenster wurde von innen fest verschlossen gefunden. Die Bemühungen mehrerer Personen, es in die Höhe zu schieben, waren erfolglos. Auf der linken Seite des Rahmens war ein ziemlich großes Loch eingebohrt, und in diesem Loche steckte ein beinahe bis zum Kopfe eingetriebener, sehr starker Nagel. Bei der Untersuchung des zweiten Fensters ergab sich, daß dort ein ebensolcher Nagel angebracht war, und auch hier versuchte man es vergebens, das Fenster in die Höhe zu schieben. Die Polizei beruhigte sich hiermit und war überzeugt, daß die Täter nicht durch eines der Fenster entflohen seien. Man hielt es daher auch für überflüssig, die Nägel herauszuziehen und die Fenster zu öffnen.

Meine eigene Untersuchung fiel etwas sorgfältiger aus, und zwar aus dem eben angeführten Grunde – ich wußte, es müsse sich hier erweisen, daß eine scheinbare Unmöglichkeit in Wirklichkeit nicht bestand.

Ich schloß also weiter – a posteriori. Die Mörder entkamen unbedingt durch eines dieser Fenster. Wenn dies der Fall war, so konnten sie jedoch unmöglich die Schiebefenster von innen in der Weise befestigt haben, wie man sie vorgefunden hatte – ein Umstand, dessen Unbestreitbarkeit dann ja auch allen Nachforschungen der Polizei nach dieser Richtung ein Ende machte. Da die Schiebefenster in der angegebenen Weise wieder zugemacht worden waren, mußte unbedingt ein sogenannter Selbstschließer daran angebracht sein. Diesem Schlusse konnte ich mich nicht entziehen. Ich begab mich an das freiliegende Fenster, zog mit einiger Mühe den Nagel heraus und versuchte dann, die Scheiben in die Höhe zu schieben. Wie ich es eigentlich nicht anders erwartet hatte, gelang mir dies nicht. Ich war nun fest davon überzeugt, daß irgendwo eine Feder verborgen sein mußte, und wenn die Geschichte mit den Nägeln mir auch noch dunkel erschien, so fand ich doch sehr bald die Bestätigung meiner Vermutung. Nach sorgfältigem Suchen fand ich die verborgene Feder. Ich drückte darauf, unterließ es aber, von der Entdeckung einstweilen befriedigt, das Fenster hinaufzuschieben.

Ich steckte den Nagel wieder ein und betrachtete ihn aufmerksam. Wenn jemand durch dieses Fenster entflohen war, konnte er es sehr wohl von außen zuschlagen, so daß die Feder wieder einfallen mußte; aber der Nagel, der konnte unmöglich von außen wieder hineingesteckt werden. Die Schlußfolgerung war klar, und sie verengerte wieder das Feld meiner Nachforschungen. Die Mörder *mußten* durch das andere Fenster entkommen sein. Angenommen, daß der federnde Verschluß beider Fenster der gleiche war, wie dies ja sehr wahrscheinlich, so mußten die Nägel oder wenigstens die Art ihrer Befestigungen verschieden sein. Ich stellte mich auf den im Bette liegenden Strohsack und sah mir über das Kopfende des Bettes weg das zweite Fenster scharf an. Mit der Hand hinter die Bettstatt fassend, entdeckte ich sofort die Feder und drückte darauf; sie war, wie ich dies vorausgesetzt hatte, genauso konstruiert wie die andere. Nun sah ich mir den Nagel näher an. Er war so stark wie sein Gegenstück, auch augenscheinlich in derselben Weise befestigt, das heißt, beinahe bis zum Kopfe in das Loch eingetrieben. Wenn Sie nun annehmen würden, daß mich diese Tatsache verwirrte, so würden Sie das Wesen meiner Induktionsbeweise gründlich mißverstanden haben. Die Glieder der Kette griffen fest und sicher ineinander. Ich hatte das Geheimnis bis zum letzten Punkte verfolgt, und dieser Punkt, das war der Nagel. Wie ich bereits sagte, sah er genau so aus wie der Nagel in dem anderen Fenster, aber was bedeutete diese Tatsache gegenüber der Erwägung, daß ich an dieser Stelle die Spur verlor? Es muß etwas mit dem Nagel nicht in Ordnung sein, sagte ich mir; ich zog daran – und siehe, der Kopf und etwa ein Viertel Zoll des Schaftes blieben in meiner Hand. Der untere Teil blieb in dem Bohrloch stecken, in dem er abgebrochen war. Der Bruch war ein alter, denn die Ränder waren mit Rost bedeckt; er rührte wahrscheinlich von einem Hammerschlage her, mit dem man den oberen Teil des Nagels in den Fensterrahmen getrieben hatte. Ich steckte den Kopf des Nagels wieder sorgsam in das Loch, aus dem ich ihn genommen, und er hatte nun wieder ganz das Aussehen eines vollständig unbeschädigten Nagels, da von der Bruchstelle nichts zu sehen war. Ich drückte auf die Feder und zog ohne Mühe das Schiebefenster vorsichtig ein paar Zoll in die Höhe; der Nagelkopf, der fest in dem Rahmen steckte, ging mit. Ich schloß das Fenster, und der Nagel hatte nun wieder ein ganz unverletztes Aussehen.

So weit war also das Rätsel gelöst. Der Mörder war aus dem hinter dem Bett befindlichen Fenster entflohen; dieses war nach seiner Flucht von selbst wieder zugefallen oder vielleicht auch heruntergedrückt und von der einschnappenden Feder festgehalten worden. Jedenfalls hatte die Polizei irrtümlicherweise angenommen, daß es der Nagel sei, durch den das Fenster befestigt sei, und sie hatte es daher für überflüssig gehalten, weitere Nachforschungen anzustellen. Die nächste Frage, die es zu lösen galt, war nun, in welcher Weise es dem Mörder gelungen sei, am Hause hinunterzukommen. Darüber konnten von dem Augenblick an, wo wir um das Haus herumgegangen und es von hinten gemustert hatten, in mir keine Zweifel mehr bestehen. Ungefähr fünf und ein halb Fuß von dem fraglichen Fenster entfernt läuft ein Blitzableiter nach unten. Es würde nun allerdings unmöglich sein, von dieser Stange aus das Fenster zu erreichen und darin einzusteigen. Ich bemerkte jedoch sofort, daß die Fensterläden des vierten Stockes von jener eigentümlichen Art sind, die die Pariser Schreiner ›ferrades‹ nennen. Sie sind jetzt hier ziemlich selten geworden, während man sie in Lyon und Bordeaux, besonders an älteren Häusern, noch häufig findet. Sie sehen aus wie eine gewöhnliche einfache Tür (keine Flügeltür), deren untere Hälfte aus Latten oder Gitterwerk besteht, um leichter erfaßt und gehandhabt werden zu können. An den betreffenden Fenstern sind die Läden volle drei und einen halben Fuß breit. Als wir sie von der Hinterfront des Hauses aus betrachteten, standen sie zur Hälfte offen, das heißt, sie bildeten einen rechten Winkel mit der Hauswand. Wahrscheinlich hat die Polizei die Rückseite des Hauses ebenso untersucht, wie ich es getan habe; aber wenn dies geschehen, so ist ihr jedenfalls die ungewöhnliche Breite der ›ferrades‹ nicht aufgefallen, oder sie hat derselben keinerlei Bedeutung beigelegt. Da sie die Überzeugung gewonnen hatte, daß von dieser Stelle eine Flucht unmöglich sei, sind auch wohl die hier angestellten Untersuchungen sehr oberflächlicher Natur gewesen. Ich sah jedoch sofort, daß der Laden des Fensters, vor dem das Bett stand, wenn er ganz zurückgeschlagen würde, kaum zwei Fuß vom Blitzableiter entfernt sein könne. Es war also durchaus nicht unmöglich, daß jemand, der über einen ungewöhnlichen Grad von Geschicklichkeit und Mut verfügte, von dem Blitzableiter aus durch das

Fenster eindringen konnte, und zwar in folgender Weise. Angenommen, daß der Laden weit offen stand, so war es nicht schwer, nachdem der Blitzableiter erklettert, über eine Entfernung von zwei und ein halb Fuß weg mit festem Griffe das Gitter des Ladens zu erfassen. Dann konnte man den Blitzableiter fahren lassen, die Füße gegen die Mauer stemmen und durch einen kühnen Schwung den Laden in Bewegung setzen, so daß dieser sich schloß; wenn das Fenster zufällig offen stand, konnte es sogar gelingen, sich gleich in das Zimmer hineinzuschwingen. Ich möchte Sie daran erinnern, daß ich besonders betonte, es sei ein ganz ungewöhnlicher Grad von Körpergewandtheit erforderlich, um ein solches Wagnis auszuführen. Meine Absicht ist in erster Linie, Ihnen zu beweisen, daß ein solch kühner Sprung allerdings möglich, aber daß dazu eine ganz ungewöhnliche, fast übernatürliche Behendigkeit und körperliche Sicherheit gehöre.

Sie werden, um in der Sprache der Juristen zu reden, mir vielleicht sagen, daß ich, ›um meinen Fall durchzuführen‹, besser tun würde, die zu einem tollkühnen Wagestück erforderliche Körpergewandtheit nicht zu hoch einzuschätzen und nicht wieder und immer wieder darauf zurückzukommen, welcher Grad von Geschicklichkeit dazu erforderlich sei. Vom juristischen Standpunkt würden Sie gewiß ganz recht haben, aber der gesunde Menschenverstand denkt und handelt anders. Worauf es mir ankommt, das ist vorläufig nur, den wahren Tatbestand festzustellen. Mein nächstes Ziel ist, Sie auf den eigentümlichen Zusammenhang aufmerksam zu machen, der zwischen dieser außergewöhnlichen Behendigkeit und jener sonderbaren schrillen Stimme besteht, jener heiseren, kreischenden Stimme, über deren Sprache die Aussagen der Zeugen sich nicht einigen konnten, während alle einstimmig erklärten, nur Laute, keine Worte vernommen zu haben.« –

Nun erst fing ich an zu begreifen, was Dupin sagen wollte. Allerdings verstand ich ihn noch nicht ganz, aber ich ahnte, worauf er abzielte. Mir war ungefähr so zumute, wie wenn man sich auf etwas besinnt, an das man sich nicht genau erinnern kann.

Mein Freund fuhr fort:

»Sie sehen«, sagte er, »daß ich mich zunächst mit der Frage beschäftigt habe, wie der Mörder in das Haus eingedrungen sei, um danach die Art seiner Flucht festzustellen. Ich wünsche Sie davon zu überzeugen, daß er an derselben Stelle herein- und hinausgekommen sein muß. Betrachten wir uns nun das Innere des Zimmers. Man behauptet, die Schubladen des Sekretärs seien ausgeplündert worden, während tatsächlich eine Menge von Schmuck- und anderen Gegenständen darin gefunden wurden. Wie können wir es wissen, ob nicht die noch in den Schubfächern befindlichen Dinge wirklich alles waren, was die Damen darin aufzubewahrn pflegten? Frau L'Espanaye und ihre Tochter führten ein sehr zurückgezogenes Leben – empfingen keine Besuche, gingen selten aus –, sie hatten wenig Gelegenheit dazu, Toilette zu machen und Schmuck zu tragen. Das, was sich an Bekleidungs- und Putzgegenständen vorfand, war alles gediegen und von feinster Qualität, wie sich das kaum anders erwarten ließ. Wenn ein Dieb einen Teil dieser Sachen gestohlen hatte, warum nahm er nicht die wertvollsten, warum nahm er nicht alles? Mit einem Wort: warum ließ er viertausend Franken in Gold zurück, um sich vielleicht mit einem Bündel getragener Kleider davonzumachen? Das Gold ist zurückgeblieben. Beinahe die ganze vom Bankier Mignaud erwähnte Summe wurde in zwei Beuteln auf dem Fußboden gefunden. Ich möchte gern, Sie ließen die irrtümliche Annahme, daß irgendein Motiv zu dieser Tat vorliege, ganz fahren. Jene alberne Idee ist nur deshalb im Kopfe der Polizeiorgane entstanden, weil durch Zeugenaussagen festgestellt wurde, daß Geld an der Tür abgeliefert worden war. Nun treffen doch wirklich zu jeder Zeit unseres Lebens zehnmal merkwürdigere Umstände zusammen als der, daß Geld abgeliefert und der Empfänger drei Tage darauf ermordet wurde, ohne daß wir uns weiter damit beschäftigen. Über ein solches Zusammentreffen von Umständen stolpern nur jene schlechtgeschulten Denker, die von der Wahrscheinlichkeitstheorie nichts wissen, obwohl die Wissenschaft gerade dieser Theorie manche ruhmvolle

Errungenschaft verdankt. Wäre in vorliegendem Falle das Geld verschwunden gewesen, so würde die Tatsache, daß es erst vor drei Tagen abgeliefert worden, mehr als ein bloßer Zufall sein und schwer ins Gewicht fallen. Sie würde uns in dem Gedanken bestärken, daß hier das Motiv der Tat zu suchen sei. Wenn wir aber unter den obwaltenden Umständen das Gold als Motiv für die Gewalttat gelten lassen wollen, so müssen wir notwendig zu dem Schlusse kommen, daß der Mörder ein wankelmütiger Idiot war, der Motiv und Gold im Stich gelassen hat.

Während wir nun die Punkte, auf die ich Ihre Aufmerksamkeit gelenkt, fest im Auge behalten – ich meine also die sonderbare Stimme, die außergewöhnliche Behendigkeit des mutmaßlichen Täters, vor allem aber die Tatsache, daß jedes Motiv zu den gräßlichen Mordtaten fehlt –, wollen wir einen Blick auf die Metzelei selbst werfen. Ein junges Mädchen ist mit den Händen erdrosselt und dann mit dem Kopfe nach unten mit brutaler Gewalt in den Kamin hineingepreßt worden. Gewöhnliche Mörder werden ganz gewiß niemals eine solche Todesart in Anwendung bringen, am allerwenigsten werden sie ihr Opfer in einer solchen Weise zu verbergen suchen. Sie werden zugeben, daß in der Art, wie die Leiche in den Kamin hineingezwängt wurde, etwas so unerhört Scheußliches liegt, daß es sich mit unseren üblichen Begriffen von menschlichem Tun und Lassen nicht vereinigen läßt, selbst dann nicht, wenn wir annehmen, daß die Missetäter ganz entmenschte Bösewichter waren. Bedenken Sie ferner, welche Kraft dazu nötig war, die Leiche in eine so enge Öffnung hinaufzustoßen, da es der vereinten Anstrengungen mehrerer Personen bedurfte, um sie wieder herabzuziehen.

Es ist dies übrigens nicht das einzige Zeichen dafür, daß hier eine fast übermenschliche Kraft im Spiele gewesen. Auf dem Herde lagen dicke Strähnen – *sehr* dicke Strähnen grauen Menschenhaares, die mit den Wurzeln ausgerissen waren. Sie wissen, daß schon eine ziemliche Kraftanstrengung dazu gehört, um nur zwanzig bis dreißig Haare zusammen aus dem Kopfe zu reißen. Sie haben diese Haarsträhnen ebensogut gesehen wie ich. Es war ein scheußlicher Anblick. An den Wurzeln hingen noch Stückchen der Kopfhaut, ein sicheres Zeichen der übermenschlichen Kraft, die angewendet wurde, um vielleicht mehrere tausend Haare auf einmal auszureißen. Der Hals der alten Dame war durchschnitten, mehr noch: der Kopf war fast ganz vom Rumpfe getrennt – und zwar offenbar mit einem Rasiermesser. Ich bitte Sie, die tierische Roheit zu beachten, mit der diese Taten ausgeführt wurden. Von den vielen Verletzungen und Quetschungen an Frau L'Espanayes Leiche will ich nicht reden. Herr Dumas und sein Kollege haben ja beide ausgesagt, daß sie von einem stumpfen Gegenstande herrührten; nun, in gewisser Beziehung haben die Herren da recht. Der stumpfe Gegenwand war das Steinpflaster des Hofes, auf den das Opfer aus dem vierten Stockwerk hinabgeworfen wurde, und zwar durch das Fenster, vor dem das Bett steht. So einfach diese Annahme uns jetzt erscheint, so entging sie der Polizei aus demselben Grunde, aus dem sie die Breite der Fensterläden nicht bemerkt hatte, weil nämlich die bewußten Nägel ihren Kopf derartig vernagelt hatten, daß sie es für unmöglich hielten, daß die Fenster doch vielleicht geöffnet worden waren.

Wenn wir nun noch der im Zimmer herrschenden wüsten Unordnung gedenken und uns ferner der erstaunlichen Behendigkeit, der übermenschlichen Stärke und tierischen Roheit erinnern, mit der diese grundlosen Verbrechen in geradezu bizarrer Scheußlichkeit ausgeführt wurden – wenn wir jene schrille Stimme in Erwägung ziehen, deren Klang den Ohren vieler Zeugen der verschiedensten Nationalität fremd war –, welchen Schluß ziehen Sie aus so viel Tatsachen?« – Ich fühlte, als Dupin diese Frage an mich stellte, wie mich ein Schauder durchrieselte. »Nur ein Wahnsinniger«, sagte ich, »kann diese Tat vollbracht haben, ein Tobsüchtiger, der aus der benachbarten Irrenanstalt entsprungen ist.«

»In gewisser Beziehung«, antwortete er, »ist Ihr Verdacht vielleicht nicht ganz unbegründet. Aber die Stimmen Wahnsinniger, selbst wenn diese Tobsuchtsanfälle haben, gleichen keineswegs jener eigentümlich schrillen Stimme, die auf der Treppe vernommen worden ist. Ein Wahnsinniger gehört doch irgendeiner Nation an, und wenn der Sinn seiner Rede noch so unzusammenhängend und verworren sein sollte, so wird er doch immer Worte zu bilden vermögen. Außerdem haben Wahnsinnige nicht solches Haar, wie ich es hier in meiner Hand habe. Ich habe dieses kleine Haarbüschel aus den zusammengekrampften Fingern der Frau L'Espanaye gelöst. Sagen Sie mir, was Sie davon denken.«

»Dupin«, sagte ich ganz überwältigt, »dieses Haar ist kein Menschenhaar.«

»Ich habe das auch nicht behauptet«, erwiderte er. »Aber ehe wir jenen Punkt feststellen, bitte ich Sie, einen Blick auf diese kleine, von mir gezeichnete Skizze zu werfen. Es ist eine genaue Wiedergabe von dem, was in der Zeugenaussage als ›dunkle Quetschungen‹ angegeben wurde und was die Herren Dumas und Etienne ›eine Reihe blutunterlaufener Flecke‹ nannten, ›die augenscheinlich durch den tiefen Eindruck von Fingernägeln am Halse von Fräulein L'Espanaye entstanden sind‹.

Sie werden bemerken«, fuhr mein Freund fort, das Blatt vor mir auf dem Tische ausbreitend, »daß diese Zeichnung auf einen festen, eisernen Griff schließen läßt. Von einem Abgleiten ist hier nichts zu bemerken. Jeder Finger hat bis zum Tode des Opfers den furchtbaren Griff beibehalten, mit dem er sich zuerst eingekrallt hatte. – Versuchen Sie jetzt einmal, Ihre Finger gleichzeitig auf die schwarzen Flecke zu legen, die Sie hier sehen.«

Ich versuchte es, jedoch vergebens.

»Wir greifen die Sache vielleicht doch nicht ganz richtig an«, meinte Dupin. »Das Papier liegt auf einer ebenen Fläche, während der menschliche Hals eine zylindrische Form hat. Hier ist ein rundes Stück Holz, das ungefähr den Umfang eines Halses hat. Stecken Sie die Zeichnung um das Holz fest und versuchen Sie es noch einmal.«

Ich tat es, aber es gelang mir noch weniger als das erstemal.

»Diese Eindrücke können unmöglich von einer Menschenhand herrühren«, sagte ich entschieden.

»Nun denn«, fuhr Dupin fort, »so lesen Sie jetzt diese Stelle von Cuvier.«

Es war ein ausführlicher anatomischer und allgemein beschreibender Bericht über den großen schwarzbraunen Orang-Utan, wie er auf den ostindischen Inseln vorkommt. Die riesige Gestalt, die wunderbare Kraft und Behendigkeit, die ungebändigte Wildheit und der Nachahmungstrieb dieses Säugetieres sind ja allgemein bekannt. Nun fiel es mir wie Schuppen von den Augen, und ich begriff sofort die grauenhaften Einzelheiten jener Mordtaten.

»Diese Beschreibung der Finger«, sagte ich, nachdem ich den Artikel ausgelesen, »stimmt genau mit Ihrer Zeichnung überein. Ich sehe, daß kein anderes Tier als ein Orang-Utan von der hier genannten Gattung solche Fingereindrücke, wie die von Ihnen gezeichneten, hinterlassen könnte. Auch das kleine Büschel lohfarbener Haare stimmt mit der Beschreibung überein, die Cuvier uns von dem Tiere macht. Indessen kann ich immer noch nicht alle Einzelheiten des grauenhaften Geheimnisses verstehen. Auch hat man zwei streitende Stimmen gehört, und alle Zeugen behaupten, daß die eine davon die eines Franzosen gewesen sei.«

»Das ist richtig. Sie werden sich ebenso des Umstandes erinnern, daß die Zeugen einstimmig erklärten, wiederholt gehört zu haben, wie diese Stimme sich des Ausdrucks ›Mon Dieu‹ bediente. Einer der Zeugen, der Konditor Montani, behauptet sogar, daß im Tone dieser Worte ein strenger Verweis gelegen habe. Auf diesen beiden Worten beruht meine Hoffnung, das Rätsel voll und ganz zu lösen. Jedenfalls weiß ein Franzose um den Mord. Es ist möglich – ja sogar wahrscheinlich –, daß er vollkommen unschuldig an dem blutigen Drama ist. Der Orang-Utan ist ihm vielleicht entflohen. Er hat ihn wahrscheinlich bis zu dem bewußten Zimmer verfolgt, kam aber zu spät, um die Greuel zu verhindern, die das furchtbare Tier anstiftete, und vermochte es auch nicht, ihn wieder einzufangen. Wahrscheinlich treibt der Orang-Utan sich immer noch frei herum. Indessen sind das nur Vermutungen, und sie sind so schwach begründet, daß mein eigener Verstand sich wehrt, sie anzuerkennen; ich kann daher nicht erwarten, daß irgendein anderer ihnen Bedeutung beilegen sollte. Wenn, wie ich das annehme, der betreffende Franzose unschuldig an dem Blutbade ist, dann wird die Anzeige, die ich gestern Abend in der Redaktion der Zeitung ›Le Monde‹ aufgab, ihn bald in unsere Wohnung führen. ›Le Monde‹ ist ein Blatt, das die Interessen der Schiffahrt vertritt, und das besonders von Matrosen und Seefahrern viel gelesen wird.«

Er reichte mir eine Zeitung und ich las: »*Eingefangen.* Im Bois de Boulogne ist am … (Datum des Tages nach dem Morde) ein sehr großer lohfarbener Orang-Utan, der vermutlich aus Borneo stammt, eingefangen worden. Der rechtmäßige Eigentümer – man hat ermittelt, daß er als Matrose auf einem maltesischen Schiffe dient – kann das Tier in Empfang nehmen, wenn er sich als Besitzer ausweisen kann und bereit ist, die geringen Kosten für das Einfangen und die Verpflegung des Tieres zu bezahlen. Näheres Faubourg Saint-Germain, Rue … Nr. … im dritten Stock.«

»Aber«, rief ich, »wie ist es möglich, daß Sie wissen, daß dieser Mann ein Matrose ist und auf einem maltesischen Schiffe dient?«

»Das weiß ich auch gar nicht«, sagte Dupin, »und ich bin durchaus nicht sicher, daß es so ist. Indessen habe ich hier ein kleines Stück Band, das seiner Form und seinem fettigen Aussehen nach vielleicht zum Binden eines jener Zöpfe gedient hat, wie die Matrosen sie so gerne tragen. Es ist in einen sogenannten Seemannsknoten verschlungen, den fast nur die Matrosen, und zwar hauptsächlich die auf maltesischen Schiffen dienenden, zu machen verstehen. Ich habe das Band vor dem Blitzableiter gefunden. Jedenfalls hat es keiner der gemordeten Damen gehört. Es ist ja sehr möglich, daß meine Vermutung, der Franzose sei ein Matrose und gehöre zu einem maltesischen Schiffe, eine durchaus irrige ist. Doch kann das, was ich in dieser Anzeige gesagt habe, jedenfalls nichts schaden. Irre ich mich, so wird der Mann höchstens denken, ich hätte mich durch irgendeinen Umstand, den zu erforschen er sich nicht die Mühe geben wird, irreführen lassen. Habe ich aber recht, so ist sehr viel gewonnen. Wenngleich er selbst unschuldig an den Mordtaten ist, weiß er doch, was der Orang-Utan angerichtet hat, und es ist daher erklärlich, daß er zunächst zögern wird, auf die Anzeige zu antworten und nach seinem Affen zu fragen. Er wird etwa so überlegen: ›Ich bin unschuldig, ich bin arm, mein Orang-Utan hat einen bedeutenden Wert, für einen Mann in meinen Verhältnissen bedeutet er ein kleines Vermögen; warum sollte ich ihn um einer vielleicht völlig unbegründeten Befürchtung willen einbüßen? Es steht bei mir, ihn zurückzubekommen. Er ist im Bois de Boulogne eingefangen worden, also sehr weit entfernt vom Schauplatze jener Mordtaten. Wie sollte jemand auf die Vermutung kommen, daß ein vernunftloses Tier eine solche Tat begangen habe? Die Polizei ist ratlos; es ist ihr nicht gelungen, auch nur den kleinsten Anhalt zu finden, der sie auf die richtige Spur leiten könnte. Aber selbst wenn es gelänge, der Fährte des Tieres nachzukommen, so würde es darum doch unmöglich sein, mir zu beweisen, daß ich Mitwisser der Mordtaten bin, oder gar, mich auf Grund dieser Mitwissenschaft zu verurteilen. Vor allem jedoch – man kennt mich. Der Inserent dieser Anzeige bezeichnet mich als den Besitzer des Tieres. Wie weit sich seine Kenntnis meiner Person erstreckt, weiß ich nicht. Sollte ich es unterlassen, das wertvolle Tier zu reklamieren, so wird, da man weiß, daß es mir gehört, gerade dadurch möglicherweise ein Verdacht geweckt. Es wäre sehr unklug von mir, wenn ich jetzt die Aufmerksamkeit der Polizei auf mich oder auf das Tier lenken wollte. Ich will mich daher als Eigentümer des Affen melden und ihn fest eingesperrt halten, bis Gras über die Sache gewachsen ist.‹«

In diesem Augenblick hörten wir Schritte.

»Halten Sie Ihre Pistolen bereit«, sagte Dupin, »aber machen Sie keinen Gebrauch davon, bis ich Ihnen ein Zeichen gebe.«

Da die Haustür offen stand, war der Besucher, ohne zu läuten, eingetreten und befand sich schon auf der Treppe. Hier schien er plötzlich zu zögern. Wir hörten, wie er wieder hinunterging.

Dupin stand rasch auf und schritt nach der Tür; aber schon hörten wir den Mann wieder heraufkommen. Diesmal kehrte er nicht um, sondern trat entschlossen an unsere Zimmertür heran und klopfte.

»Herein!« rief Dupin in heiterem herzlichen Tone.

Ein Mann trat ein; er war offenbar Matrose; er hatte eine große, kräftige, muskulös aussehende Gestalt, und sein Gesicht trug einen offenen, verwegenen Ausdruck, der durchaus nicht abstoßend war. Sein stark von der Sonne verbranntes Gesicht wurde über die Hälfte von einem mächtigen Schnurr- und Backenbart verdeckt. In der Hand trug er einen großen Eichenknüttel, schien aber sonst keine Waffen bei sich zu haben. Er verbeugte sich linkisch und sagte guten Abend, und zwar mit einem Akzent, der, obwohl er etwas nach Neuchâtel klang, doch seine Pariser Abstammung verriet.

»Setzen Sie sich, mein Freund«, sagte Dupin, »ich vermute, daß Sie wegen Ihres Orang-Utans kommen? Es ist ein außerordentlich schönes und dabei gewiß sehr wertvolles Tier; ich möchte Sie beinahe darum beneiden. Für wie alt halten Sie es wohl?«

Der Matrose holte tief Atem – mit der Miene eines Menschen, dem eine Last vom Herzen fällt, und erwiderte dann in ruhigem Tone:

»Das kann ich Ihnen nicht genau sagen, aber er kann kaum mehr als vier oder fünf Jahre alt sein. Haben Sie ihn hier?«

»O nein, hier hatten wir keinen passenden Raum, in dem wir ihn hätten unterbringen können. Er ist aber hier ganz in der Nähe, Rue Dubourg, in einem Stall untergebracht. Sie können ihn sofort bekommen. Natürlich können Sie sich als rechtmäßigen Besitzer des Tieres ausweisen?«

»Gewiß kann ich das, Herr.«

»Es tut mir ordentlich leid, mich von dem Tiere zu trennen«, sagte Dupin.

»Ich will nicht, daß Ihre Mühe unbelohnt bleibe, Herr. Das verlange ich nicht. Ich bin bereit, Ihnen für das Einfangen des Tieres eine angemessene Belohnung zu zahlen.«

»Nun«, antwortete mein Freund, »das ist ja gewiß recht schön. Lassen Sie mich nachdenken – was könnte ich wohl beanspruchen? Oh, ich will Ihnen sagen, was ich als Belohnung fordere: Sie sollen mir ganz genau alles mitteilen, was Sie über die in der Rue Morgue verübten Mordtaten wissen.«

Dupin hatte die letzten Worte in leisem, sehr ruhigem Tone gesprochen. Ebenso ruhig stand er nun auf, schritt auf die Tür zu, verschloß sie und steckte den Schlüssel in seine Tasche. Dann zog er eine Pistole aus der Tasche und legte sie, ohne die geringste Erregung zu verraten, auf den Tisch.

Das Gesicht des Matrosen bedeckte sich mit einer glühenden Röte; es war, als kämpfe er mit einem Erstickungsanfall. Er sprang auf und ergriff seinen Knüttel, aber im nächsten Augenblick fiel er in seinen Stuhl zurück; er zitterte heftig, und seine Wangen wurden aschfahl. Er sprach kein Wort. Ich empfand tiefes Mitleid mit dem Mann.

»Mein Freund«, fuhr Dupin in gütigem Tone fort, »Sie regen sich ganz unnötigerweise auf; glauben Sie es mir: wir denken gar nicht daran, Ihnen irgendwie schaden zu wollen. Ich gebe Ihnen mein Wort als Ehrenmann und als Franzose, daß Sie von uns nicht das Geringste zu fürchten haben. Ich weiß, daß Sie an den in der Rue Morgue verübten scheußlichen Mordtaten unschuldig sind. Freilich läßt es sich nicht leugnen, daß Sie in gewisser Beziehung in diese Sache verwickelt sind. Aus dem, was ich Ihnen gesagt habe, werden Sie wohl erkennen, daß mir Mittel zu Gebote stehen, ganz genaue Erkundigungen über den Tatbestand einzuziehen – Mittel, deren Tragweite Sie nicht ermessen können. Die Sache steht nun so: das, was geschehen ist, haben Sie nicht verhindern können, und jedenfalls haben Sie selbst sich nicht schuldig gemacht. Sie haben auch keinen Diebstahl begangen, obwohl Ihnen dazu glänzende Gelegenheit geboten war. Sie haben nichts zu verheimlichen, haben nicht den kleinsten Grund dazu. Als ehrenhafter Mensch sind Sie außerdem geradezu verpflichtet, alles zu gestehen, was Sie wissen. Ein vollständig Unschuldiger, auf den der Verdacht gefallen ist, diese Verbrechen begangen zu haben, ist festgenommen worden, während Ihnen der wirkliche Täter bekannt ist.«

Der Matrose hatte, während Dupin diese Worte sprach, seine Geistesgegenwart wiedererlangt, obwohl seine anfängliche Keckheit vollständig verschwunden war.

»So wahr mir Gott helfe«, sagte er nach einer kurzen Pause, »ich will Ihnen alles sagen, was ich von der Sache weiß, obwohl ich kaum erwarten kann, daß Sie meinen Worten Glauben schenken werden – es wäre töricht von mir, das zu denken. Und doch *bin* ich unschuldig, und ich will mein Herz erleichtern und Ihnen alles sagen, was ich weiß, und wenn es mich das Leben kosten sollte.«

Was er uns dann mitteilte, war folgendes: er war mit einem Schiffe im indischen Archipel gewesen, und man war in Borneo gelandet. Einige Matrosen, denen er sich angeschlossen hatte, machten einen Ausflug in das Innere des Landes. Es gelang ihm und einem seiner Kameraden, einen Orang-Utan zu fangen. Da sein Gefährte bald darauf starb, kam er in den alleinigen Besitz des Tieres.

Nach vielen Schwierigkeiten, die das Tier ihm auf der Reise durch seine unbezähmbare Wildheit verursachte, kam er endlich glücklich in Paris an. Um der Neugier der Nachbarn auszuweichen, hielt er die Bestie vorläufig in seiner Wohnung eingeschlossen; sein Plan war, den Affen zu verkaufen, sobald dieser von einer Fußwunde geheilt sein würde, die er sich an Bord durch das Eindringen eines Splitters zugezogen hatte.

Er kam an dem Abende, oder besser gesagt, an dem frühen Morgen, an dem die Mordtaten verübt wurden, von einem Matrosenfest nach Hause zurück und fand dort die Bestie in seinem Schlafzimmer. Es war ihr gelungen, aus dem angrenzenden Gelaß, wo der Matrose sie angebunden hatte und sicher bewahrt glaubte, auszubrechen. Er fand das Tier eingeseift und mit dem Rasiermesser in der Hand vor dem Spiegel, wo es sich zu rasieren versuchte; wahrscheinlich hatte es öfter durch das Schlüsselloch seinen Herrn bei dieser Beschäftigung beobachtet.

Entsetzt von dem Anblick einer so gefährlichen Waffe in den Händen des wilden Tieres, das möglicherweise einen furchtbaren Gebrauch davon machen würde, verlor der Mann im ersten Augenblick den Kopf. Indessen war es ihm bisher stets gelungen, das Tier, selbst wenn es sich noch so wild und unbändig erwies, durch Anwendung der Peitsche zu beruhigen, und zu diesem Mittel nahm er auch jetzt seine Zuflucht. Als aber der Orang-Utan die Peitsche sah, entsprang er mit einem Satze durch die geöffnete Zimmertür, jagte die Treppe hinab und entfloh durch ein zufällig offenes Fenster auf die Straße.

Der Franzose folgte in Verzweiflung. Der Affe, der immer noch das Rasiermesser in der Hand hatte, blieb zuweilen stehen, um sich nach seinem Verfolger umzusehen und ihm Grimassen zu schneiden. Wenn der Mann ihn dann beinahe erreicht hatte, lief er wieder in tollen Sprüngen weiter.

In dieser Weise setzte sich die Jagd lange fort. In den Straßen herrschte tiefe Stille; es war gegen drei Uhr morgens. Als der Flüchtling das hinter der Rue Morgue liegende Gäßchen erreicht hatte, wurde seine Aufmerksamkeit durch den Lichtschein gefesselt, der durch das offene Fenster des im vierten Stock liegenden Zimmers der Madame L'Espanaye schimmerte. Das Tier stürzte auf das Gebäude zu, und als es den Blitzableiter bemerkte, kletterte es mit verblüffender Geschwindigkeit daran hinauf, klammerte sich an den weit offenstehenden Fensterladen, gab sich damit einen Schwung und gelangte direkt in das Zimmer und auf das Kopfende des Bettes. Es hatte kaum mehr als eine Minute zu alledem gebraucht. Den Fensterladen stieß der Affe, sobald er in das Zimmer gedrungen, wieder zurück.

Der Matrose war sowohl erfreut, als tief beunruhigt. Er hoffte, nun das Tier wieder einzufangen, denn es würde kaum einen anderen Ausweg aus der Falle, in die es geraten, finden, als den Blitzableiter, und wenn es dann herunterkletterte, würde es nicht allzu schwer sein, sich seiner zu bemächtigen. Anderseits war Grund genug, zu befürchten, es werde in dem Hause Unheil anrichten. Diese letzte Erwägung bestimmte den Matrosen, den

Flüchtling weiterzuverfolgen. An einem Blitzableiter in die Höhe zu klettern ist eine Aufgabe, die einem Matrosen nicht allzu große Schwierigkeiten bietet. Als er jedoch bis zur Höhe des Fensters, das links von ihm lag, gekommen war, konnte er nicht weiter. Es gelang ihm aber, sich so weit vorzubeugen, um einen Blick in das Innere des Zimmers zu tun. Bei dem entsetzlichen Anblick, der sich ihm darin bot, wäre er beinahe vor Schrecken abgestürzt. Und dann wurde die Stille der Nacht plötzlich durch jenes furchtbare Geschrei unterbrochen, das die Bewohner der Rue Morgue aus dem Schlafe weckte. Madame L'Espanaye und ihre Tochter waren, in ihre Nachtkleider gehüllt, offenbar damit beschäftigt gewesen, irgendwelche Papiere in der schon erwähnten eisernen Geldkiste zu ordnen, die sie zu diesem Zwecke mitten in das Zimmer gerollt hatten. Sie war offen und ihr Inhalt lag auf dem Fußboden daneben. Die Opfer hatten wahrscheinlich so gesessen, daß sie dem Fenster den Rücken zukehrten; und da eine kleine Weile zwischen dem Eindringen des Tieres und dem entsetzten Angstgeschrei der Damen verstrich, ist es möglich, daß sie die Bestie nicht sogleich bemerkt hatten. Das Zurückschlagen des Fensterladens haben sie vielleicht dem Winde zugeschrieben.

Als der Matrose in das Zimmer blickte, hatte die riesige Bestie Madame L'Espanaye an dem lose herabhängenden Haar gepackt und schwenkte das Rasiermesser vor ihrem Gesicht, die Bewegungen eines Barbiers nachahmend. Die Tochter lag langausgestreckt und regungslos auf dem Fußboden; sie war ohnmächtig geworden. Das Geschrei und die Befreiungsversuche der alten Dame, der er das Haar aus dem Kopfe riß, versetzten den Orang-Utan, der vorher vielleicht ganz friedliche Absichten gehabt hatte, in wildeste Wut. Mit einem kräftigen Schwunge seines muskulösen Armes trennte er den Kopf der Dame beinahe ganz vom Rumpfe. Der Anblick des Blutes steigerte seine Wut bis zur Tollheit. Zähnefletschend und mit funkelnden Augen stürzte er sich auf das junge Mädchen, grub seine entsetzlichen Krallen in ihren Hals und würgte die Unglückliche, bis sie tot war. Zufällig wohl fielen in diesem Augenblick seine wild rollenden Augen auf das

Kopfende des Bettes, hinter dem das schreckensbleiche Gesicht seines Herrn sichtbar wurde. Die Wut des Tieres, das schon allzuoft die Bekanntschaft mit der Peitsche gemacht hatte, verwandelte sich sofort in feige Angst. Wohl wissend, daß es Strafe verdiene, schien es, als ob es die Spuren seiner Bluttat zu verwischen strebte; es lief in nervöser Hast im Zimmer umher, riß die Möbel um und zerschlug sie und zerrte die Kissen und Decken aus dem Bette. Endlich ergriff es die Leiche der Tochter und stieß und zwängte sie gewaltsam in den Schornstein hinauf, wo sie dann später gefunden wurde. Dann stürzte es sich auf die der alten Dame und schleuderte sie kopfüber zum Fenster hinaus.

Als der Affe sich mit seiner verstümmelten Last dem Fenster näherte, fuhr der Matrose erschrocken zurück; voll Angst ließ er sich am Blitzableiter hinabgleiten und beeilte sich, so schnell als möglich nach Hause zu kommen, weil er die Folgen der Metzelei fürchtete. Um das Schicksal des Orang-Utans kümmerte er sich vorläufig nicht. Die Worte, welche von den die Treppe hinauflaufenden Leuten vernommen wurden, waren dem Matrosen in seinem Entsetzen entfahren. Das schrille teuflische Gekreisch der Bestie hatte man irrtümlich für eine eigentümlich scharfe, heiser gellende menschliche Stimme gehalten. –

Mir bleibt kaum noch etwas hinzuzufügen. Der Orang-Utan muß, gerade ehe die Tür aufgebrochen wurde, durch das Fenster entwischt und an dem Blitzableiter herabgeglitten sein. Er ist schließlich doch, und zwar von seinem rechtmäßigen Besitzer, wieder eingefangen worden, der ihn zu einem hohen Preise an den ›Jardin des Plantes‹ verkauft hat. Lebon wurde sofort aus der Untersuchungshaft entlassen, nachdem wir im Bureau des Polizeipräfekten den von einem Kommentar Dupins begleiteten genauen schriftlichen Bericht über diese Affäre niedergelegt hatten. Obwohl der Präfekt meinen Freund sehr hoch schätzte, konnte er doch eine gewisse Gereiztheit über die Wendung der Dinge nicht verbergen, und er verriet dies durch ein paar spöttische Bemerkungen über Leute, die ihre Nase in Dinge steckten, die sie im Grunde nichts angingen.

»Laß ihn reden«, sagte Dupin, der ihn keiner Antwort gewürdigt hatte; »laß ihn reden! Er will nur sein Gewissen dadurch beruhigen. Mir genügt es, ihn auf seinem eigenen Gebiet geschlagen zu haben. Übrigens ist es nicht zu verwundern, daß er die Lösung dieses Geheimnisses nicht zu finden vermochte. Unser Freund, der Präfekt, ist eben zu *schlau*, um *tief* sein zu können. Seine Weisheit hat keinen soliden Boden. Sie gleicht den Abbildungen der Göttin Laverna – sie besteht nur aus Kopf und hat keinen Körper – oder höchstens Kopf und Schultern – wie ein Stockfisch! Aber er ist darum doch ein ganz famoser Kerl. Ich habe ihn besonders gern und schätze ihn vor allem wegen einer Gabe, der er den Ruf, ein Genie an Scharfsinn zu sein, hauptsächlich verdankt, nämlich seine Vorliebe ›*de nier ce qui est, et d'expliquer ce qui n'est pas*‹* – wie es in Rousseaus ›Nouvelle Héloise‹ heißt.«

* zu leugnen, was ist, und zu erklären, was nicht ist.

Der entwendete Brief

Nil sapientiae odiosus acumine nimio.
Seneca

Es war in Paris an einem stürmischen Herbstabend des Jahres 18.. Ich saß im dritten Stockwerk des Hauses Nr. 33 der Rue Donot, Faubourg St. Germain, in dem nach hinten gelegenen Bibliothekzimmerchen bei meinem Freunde Auguste Dupin und gab mich dem zweifachen Genuß des Nachdenkens und einer Meerschaumpfeife hin. Seit mindestens einer Stunde hatten wir beide kein Wort gesprochen. Ein zufälliger Beobachter hätte sicherlich geglaubt, wir seien einzig und allein damit beschäftigt, die kräuselnden Rauchwolken zu verfolgen, die in dichten Schwaden das Zimmer füllten. Indessen was mich betraf, so sann ich dem Gesprächsstoff nach, mit dem wir uns zu einer früheren Stunde desselben Abends eifrig befaßt hatten; ich meine die Affäre aus der Rue Morgue und den geheimnisvollen Mordfall der Marie Rogêt. Es erschien mir daher als ein wunderbares Zusammentreffen, daß plötzlich unser alter Bekannter Herr G., der Polizeipräfekt von Paris, ins Zimmer trat.

Wir begrüßten ihn herzlich; denn wenn wir den Mann auch nicht eben achteten, so war er anderseits doch unterhaltend, und wir hatten ihn seit Jahren nicht gesehen. Wir hatten im Dunkel gesessen, und Dupin erhob sich nun, um die Lampe anzuzünden; er unterließ es jedoch und setzte sich wieder, als G. sagte, er sei gekommen, uns um Rat zu fragen, oder vielmehr die Meinung meines Freundes zu hören in einer Amtsangelegenheit, die ihm schon viel Beschwer gemacht habe.

»Wenn es eine Sache ist, die Nachdenken erfordert«, bemerkte Dupin, indem er mit Anzünden des Dochtes innehielt, »so ist es besser, wir prüfen sie im Dunkeln.«

»Wieder so eine Ihrer sonderbaren Ansichten!« sagte der Präfekt, der alles ›sonderbar‹ nannte, was über sein Begriffsvermögen hinausging, und sich daher von einer Legion von ›Sonderbarkeiten‹ umgeben sah.

»Sehr wahr«, sagte Dupin, während er seinem Besuch eine Pfeife reichte und einen bequemen Sessel hinschob.

»Und um was für Schwierigkeiten handelt es sich diesmal?« fragte ich. »Hoffentlich nicht wieder eine Mordgeschichte?«

»O nein; nichts dergleichen. In der Tat – die Sache ist an sich *sehr* einfach, und ich bezweifle nicht, daß wir ganz gut allein damit fertig werden könnten; aber dann dachte ich, der Fall würde Dupin interessieren, denn er ist höchst sonderbar.«

»Einfach und sonderbar!« sagte Dupin.

»Nun ja; und doch wieder keins von beiden. Es hat uns alle so verwirrt, daß die Geschichte so einfach ist und man ihr doch nicht beikommen kann.«

»Vielleicht ist es gerade die Einfachheit der Sache, die Sie irreleitet, mein Freund.«

»Was für Unsinn Sie reden!« erwiderte der Präfekt lachend.

»Vielleicht ist das Geheimnis ein wenig *zu* klar«, sagte Dupin.

»O Himmel! Welche verrückte Idee!«

»Ein wenig *zu* durchsichtig.«

»Ha, ha, ha! – Ha, ha, ha! – Ho, ho, ho!« brüllte unser Besuch aufs höchste belustigt. »O Dupin, Sie werden noch an meinem Tode schuld sein.«

»Was für eine Sache ist es nun aber eigentlich?« fragte ich.

»Schön, Sie sollen es hören«, erwiderte der Präfekt und tat einen langen, kräftigen und nachdenklichen Zug aus der Pfeife; dann rückte er sich im Stuhl zurecht und begann: »Ich will es Ihnen in kurzen Worten sagen; doch ehe ich anfange, muß ich Sie darauf aufmerksam machen, daß die Sache tiefstes Geheimnis ist und größte Diskretion verlangt, und daß ich höchstwahrscheinlich meinen Posten verlieren würde, wenn es herauskäme, daß ich sie jemand erzählt habe.«

»Fahren Sie fort«, sagte ich.

»Oder auch nicht«, sagte Dupin.

»Also gut; ich wurde von sehr hoher Stelle benachrichtigt, daß ein Dokument von höchster Wichtigkeit aus den königlichen Gemächern entwendet worden sei. Die Person, die den Diebstahl ausführte, kennt man; das steht fest, denn sie wurde bei der Tat beobachtet. Man weiß ferner, daß sie noch im Besitze des Dokumentes ist.«

»Woher weiß man das?« fragte Dupin.

»Dies ergibt sich aus der Natur des Dokumentes selbst und daraus, daß gewisse Ergebnisse nicht eingetreten sind, die unausbleiblich erfolgen würden, wenn der Dieb das Papier aus den Händen gäbe – das heißt, wenn er es so anwendete, wie er es im Grunde beabsichtigen muß.«

»Seien Sie ein bißchen deutlicher«, sagte ich.

»Schön, ich kann so weit gehen, zu sagen, daß das Papier seinem gegenwärtigen Besitzer eine gewisse Macht verleiht, an einer gewissen Stelle, wo diese Macht von ungeheurem Werte ist.« Der Präfekt liebte es, sich diplomatisch auszudrücken.

»Ich verstehe noch immer nicht ganz«, sagte Dupin.

»Nicht? Also: würde der Inhalt des Dokumentes einer dritten Person, die ich hier ungenannt lassen will, eröffnet, so würde das die Ehre einer sehr hochstehenden Persönlichkeit in ein schlechtes Licht setzen, und dieser Umstand gibt dem Inhaber des Papiers ein Übergewicht über die erlauchte Person, deren Ruhe und Ehre dadurch gefährdet ist.«

»Aber dieses Übergewicht«, warf ich ein, »würde nur dann bestehen, wenn der Dieb wüßte, daß der Bestohlene von dem Diebe Kenntnis hat. Wer aber könnte wagen –«

»Der Dieb«, sagte G., »ist der Minister D., der alle Dinge wagt, ob sie einem Ehrenmanne nun anstehen oder nicht. Das Vorgehen des Diebes war ebenso sinnreich als kühn. Die hohe Persönlichkeit hatte das fragliche Dokument – einen Brief, frei herausgesagt – bekommen, als sie sich allein im königlichen Boudoir befand. Während sie ihn las, wurde sie plötzlich durch den Eintritt einer anderen hohen Person gestört, der nämlichen, vor der sie gerade diesen Brief geheimzuhalten wünschte. Nach einem hastigen und vergeblichen Versuch, ihn in ein Schubfach zu werfen, war sie genötigt, ihn, offen wie er war, auf einen Tisch zu legen. Indessen lag die Adresse zuoberst, und da der Inhalt also nicht sichtbar war, fiel der Brief nicht weiter auf. So standen die Dinge, als der Minister D. eintrat. Sein Luchsauge erblickt sofort das Papier, erkennt die Handschrift der Adresse, bemerkt die Verwirrung des Adressaten und errät sein Geheimnis. Nach einigen geschäftlichen Unterhandlungen, die er in gewohnter Weise schnell abwickelt, zieht er einen Brief aus der Tasche, der dem in Frage stehenden einigermaßen gleicht, öffnet ihn, tut, als lese er ihn und legt ihn dann dicht neben den andern nieder. Wieder spricht er etwa fünfzehn Minuten über die öffentlichen Angelegenheiten. Schließlich verabschiedet er sich und nimmt von dem Tisch den Brief, auf den er kein Anrecht hatte. Der rechtmäßige Besitzer sah dies, wagte aber natürlich nicht in Gegenwart jener dritten Person, die dicht an seiner Seite stand, die Sache zu erwähnen. Der Minister entfernte sich, seinen eigenen, ganz unwichtigen Brief auf dem Tisch zurücklassend.«

»Da haben Sie also«, sagte Dupin zu mir, »genau das, was Sie zur Erlangung des Übergewichtes für erforderlich halten: die Kenntnis des Räubers, daß der Beraubte den Räuber kenne.«

»Ja«, entgegnete der Präfekt; »und die derart erlangte Gewalt wird nun schon seit Monaten in gefährlichem Umfange zu politischen Zwecken ausgenützt. Die bestohlene Person erkennt mit jedem Tage mehr die Notwendigkeit, den Brief zurückzuerlangen. Das kann aber natürlich nicht offen geschehen. In ihrer Verzweiflung hat sie schließlich mir die Angelegenheit übertragen.«

»Denn wie hätte sie sich«, sagte Dupin und stieß eine gewaltige Rauchwolke aus, »einen scharfsinnigeren Vermittler wünschen oder auch nur vorstellen können.«

»Sie schmeicheln«, entgegnete der Präfekt, »aber es ist möglich, daß eine solche Ansicht vorlag.«

»Es ist, wie Sie selbst bemerkt haben, klar«, sagte ich, »daß der Brief noch in den Händen des Ministers ist; denn dieser Besitz und nicht etwa irgendeine Anwendung des Briefes ist es, was Macht verleiht. Mit der Ausbeutung des Briefes ist die Macht dahin.«

»Sehr wahr«, sagte G., »und von dieser Überzeugung ging ich aus. Meine erste Sorge war, das Palais des Ministers gründlich zu durchsuchen. Die Schwierigkeit lag nun darin, dies ohne sein Wissen zu bewerkstelligen. Ich wurde nämlich vor der Gefahr gewarnt, die daraus entstehen würde, wenn er unsere Absicht argwöhnte.«

»Nun«, sagte ich, »Sie sind in solchen Nachforschungen ja durchaus bewandert. Die Pariser Polizei hat dergleichen schon oft vorgenommen.«

»Ja, gewiß; und darum verzweifle ich auch nicht. Überdies boten mir die Lebensgewohnheiten des Ministers einen großen Vorteil. Er ist oft die ganze Nacht nicht zu Hause. Seine Dienerschaft ist keineswegs zahlreich. Ihre Schlafzimmer liegen in ziemlicher Entfernung von den Wohnräumen des Herrn. Die Leute sind übrigens zum großen Teil Neapolitaner und daher leicht betrunken zu machen. Wie Sie wissen, habe ich Schlüssel, mit denen ich jedes Zimmer in Paris öffnen kann. Seit drei Monaten ist kaum eine Nacht vergangen, in der ich nicht mehrere Stunden lang persönlich das D.sche Palais durchstöbert hätte. Meine Ehre steht auf dem Spiel, und – ganz im geheimen! – die Belohnung ist ungewöhnlich hoch. Ich gab also die Suche nicht eher auf, als bis ich vollkommen davon überzeugt war, daß der Dieb schlauer sei als ich. Ich habe sicherlich jede Ecke und jeden Winkel durchforscht, in dem nur irgend das Papier versteckt sein konnte.«

»Aber ist es nicht möglich«, mutmaßte ich, »daß der Minister den Brief woanders als in seinem eigenen Hause verborgen hat?«

»Das ist kaum möglich«, sagte Dupin. »Die gegenwärtige Lage der Dinge bei Hof und vor allem jene Intrigen, in die D., wie man weiß, verwickelt ist, lassen die derzeitige sofortige Verwendbarkeit des Dokumentes – die Möglichkeit, es immer vorweisen zu können – als einen ebenso wichtigen Punkt erscheinen, wie der Besitz desselben es ist.«

»Die Möglichkeit, es vorzuweisen?« fragte ich.

»Nämlich um es gleich *vernichten* zu können«, sagte Dupin.

»Ja, das ist richtig«, bemerkte ich. »Das Papier ist also bestimmt im Hause. Daß der Minister dasselbe etwa beständig bei sich trägt, kommt wohl gar nicht in Frage.«

»Nein«, sagte der Präfekt. »Er ist zweimal von meinen Leuten in der Maske von Straßenräubern angefallen und unter meinen eigenen Augen gründlich durchsucht worden.«

»Diese Mühe hätten Sie sich sparen können«, sagte Dupin. »D. ist, denke ich, kein ganzer Narr, und muß daher diese Straßenüberfälle vorausgesetzt haben.«

»Wohl nicht ein *ganzer* Narr«, sagte G., »aber er ist ein Dichter, und solche Leute stehen den Narren nicht allzufern.«

»Ja, gewiß«, sagte Dupin nachdenklich, »obschon auch ich hie und da Knittelverse verbrochen habe.«

»Wie wäre es«, fragte ich, »wenn Sie uns die Einzelheiten Ihrer Suche darlegen würden?«

»Schön. Die Sache ist die, daß wir uns Zeit ließen und *überall* suchten. In solchen Dingen habe ich große Erfahrung. Ich nahm das ganze Haus vor, Zimmer nach Zimmer; und jedem einzelnen widmete ich die Nächte einer ganzen Woche. Zunächst untersuchten wir in jedem Raum die Möbel. Wir öffneten alle möglichen Schubfächer; ich nehme an, Sie wissen, daß es für einen gut geschulten Polizeiagenten so etwas wie ein *Geheimfach* nicht gibt. Der Mann, dem bei einer solchen Suche ein ›Geheim‹-fach entgeht, ist ein Tölpel. Die Sache ist ja so einfach! Da ist doch der Raum, der Umfang, den man bei jedem Schreibtisch im Auge haben muß. Es ist doch nicht schwer zu berechnen, ob der von außen sichtbare Raum eines Möbels von den Fächern wirklich ausgefüllt wird. Und dann haben wir unsere ganz bestimmten Regeln. Der fünfzigste Teil einer Linie könnte uns nicht entgehen! Nach den Schreibtischen und Kommoden nahmen wir die Stühle vor. Die Sitze untersuchten wir mit den dünnen langen Nadeln, die Sie mich gelegentlich schon anwenden sahen. Von den Tischen entfernten wir die Platten.«

»Warum das?«

»Die Person, die einen Gegenstand zu verbergen wünscht, tut das manchmal in der Weise, daß sie die Platte eines Tisches oder ähnlichen Möbelstückes entfernt, ein Bein desselben aushöhlt, den Gegenstand in die Höhlung legt und die Platte wieder aufsetzt. In derselben Weise benutzt man die Füße und Knäufe der Bettpfosten.«

»Könnte man so eine Höhlung nicht durch Klanguntersuchung entdecken?« fragte ich.

»Unmöglich, falls der Gegenstand beim Hineinlegen genügend in Watte gebettet wurde. Übrigens waren wir in diesem Falle genötigt, geräuschlos vorzugehen.«

»Aber Sie konnten doch unmöglich *alle* Möbelstücke auseinandernehmen, in denen ein Versteck, wie Sie es soeben beschrieben haben, angelegt hätte sein können! Ein Brief kann spiralförmig so dünn zusammengerollt werden, daß er in Form und Umfang nicht anders ist als eine große Stricknadel, und in solcher Form könnte er zum Beispiel bequem in einer ganz dünnen Stuhlleiste untergebracht werden. Sie nahmen doch wohl nicht alle Stühle auseinander?«

»Gewiß nicht; aber wir taten etwas Besseres – wir prüften sämtliche Stuhlleisten und die Verbindungsstellen sämtlicher Möbel im Hause mit Hilfe eines sehr starken Vergrößerungsglases. Wäre irgendwo die geringste Spur einer jüngst vorgenommenen Veränderung gewesen, so hätten wir sie unfehlbar entdecken müssen. Ein einziges Körnchen Holzmehl zum Beispiel wäre unserm bewaffneten Auge in der Größe eines Apfels erschienen. Jede Verschiebung an den zusammengeleimten Stellen – ein ungewöhnliches Klaffen der Fugen – hätte genügt, eine Entdeckung herbeizuführen.«

»Ich nehme an, daß Sie auch die Spiegel zwischen Rückwand und Glasplatte untersuchten, sowie die Betten und Leintücher, Vorhänge und Teppiche.«

»Natürlich; und nachdem wir auf diese Weise jeden Einrichtungsgegenstand untersucht hatten, nahmen wir das Haus selbst in Angriff. Wir teilten sämtliche Wand- und Bodenflächen in Felder ein, die wir numerierten, so daß keines übersehen werden konnte. Dann durchforschten wir jeden Quadratzoll des Hauses und der beiden Nachbarhäuser mit dem Mikroskop.«

»Der beiden Nachbarhäuser?« rief ich aus; »Da hatten Sie aber eine ungeheuere Arbeit!«

»Das hatten wir auch; aber die angebotene Belohnung ist ungemein hoch.«

»Sie hatten auch die angrenzenden Bodenflächen mit eingeschlossen, die Höfe und so weiter?«

»Höfe und Wege sind mit Ziegelsteinen gepflastert. Sie machten uns verhältnismäßig geringe Mühe. Wir prüften das Moos zwischen den Steinen und fanden nichts Verdächtiges.«

»Selbstverständlich blickten Sie auch in D.s Papiere und in die Bücher seiner Bibliothek?«

»Gewiß; wir öffneten jeden Stoß und jedes Päckchen; wir öffneten nicht nur jedes Buch, um es, wie einige unserer Polizeioffiziere das tun, nur zu schütteln, sondern wir wendeten Seite um Seite um. Wir maßen auch die Dicke jedes Buchdeckels mit peinlichster Sorgfalt und arbeiteten auch hier mit dem Mikroskop. Irgendeine unlängst vorgenommene Verletzung der Einbände hätte unserm Augenmerk unmöglich entgehen können. Vier oder fünf Bände, die gerade vom Buchbinder gekommen waren, prüften wir eingehend der Länge nach mit den Nadeln.«

»Sie durchforschten den Fußboden unter den Teppichen?«

»Selbstredend. Wir entfernten alle Teppiche und untersuchten die Bretter mit dem Mikroskop.«

»Und ebenso die Wandtapeten?«

»Auch diese.«

»Sie suchten in den Kellern?«

»Ja.«

»Dann«, sagte ich, »haben Sie einen Fehlschluß getan, und der Brief ist *nicht* mehr, wie Sie vermuteten, im Hause selbst.«

»Ich fürchte, darin haben Sie recht«, sagte der Präfekt. »Und nun, Dupin, sagen Sie, was Sie mir raten würden!«

»Das Haus nochmals gründlich zu durchsuchen.«

»Das ist durchaus zwecklos«, erwiderte G. »Ich bin wie von meinem Leben davon überzeugt, daß der Brief nicht im Palais ist.«

»Einen besseren Rat kann ich Ihnen nicht geben«, sagte Dupin. »Sie besitzen natürlich eine genaue Beschreibung des Briefes?«

»O ja!« Und der Präfekt zog ein Notizbuch heraus und las eine genaue Beschreibung der inneren und namentlich der äußeren Beschaffenheit des vermißten Dokumentes vor. Bald nachdem er die Vorlesung beendet, verabschiedete er sich, niedergedrückter, als ich ihn je vordem gesehen.

Etwa einen Monat später machte er uns wiederum einen Besuch und fand uns bei ziemlich derselben Beschäftigung wie damals. Er ließ sich einen Stuhl und eine Pfeife reichen und begann ein gleichgültiges Gespräch. Endlich sagte ich:

»Nun, G., erzählen Sie doch: wie steht's mit dem entwendeten Brief? Ich glaube, Sie sind wohl doch zu der Überzeugung gekommen, daß es eine Unmöglichkeit ist, den Gesandten zu übertölpeln?«

»Verflucht, ja! Ich habe, Dupins Rat folgend, noch einmal alles durchsucht – doch alle Arbeit war umsonst, wie ich mir schon dachte.«

»Wie groß, sagten Sie, ist die angebotene Belohnung?« fragte Dupin.

»Nun, sehr groß – wirklich *sehr* groß – ich möchte die genaue Summe nicht angeben; aber eins kann ich sagen: ich selbst würde demjenigen, der mir den Brief verschaffte, sofort einen Scheck von fünfzigtausend Francs ausstellen. Tatsache ist, daß der Fall von Tag zu Tag schlimmer, dringlicher wird; und die Belohnung wurde verdoppelt. Aber wenn sie auch verdreifacht würde, könnte ich doch nicht mehr tun, als ich getan habe.«

»Ja, ich meine, G.«, sagte Dupin gedehnt und tat ein paar kräftige Züge aus der Meerschaumpfeife, »Sie haben noch nicht Ihr Äußerstes getan. Sie könnten – noch etwas mehr tun, denke ich, he?«

»Wie – was meinen Sie denn?«

»Nun«, – paff, paff – »Sie könnten« – paff, paff – »Rat einholen, wie?« – Paff, paff, paff. »Kennen Sie die Geschichte, die man von Abernethy erzählt?«

»Nein, zum Henker mit Abernethy!«

»Gewiß, zum Henker mit ihm! Aber da war einmal ein reicher Geizhals, der wollte diesen Abernethy gern umsonst konsultieren. In dieser Absicht lud er ein paar Leute zu sich ein und erzählte während der Unterhaltung dem Arzt den Krankheitsfall einer gedachten Person:

›Nehmen wir an‹, sagte der Geizhals, ›die Symptome seien die und die; nun, Doktor, was würden Sie ihm wohl zu nehmen verordnet haben?‹

›Nehmen?‹ sagte Abernethy, ›ärztlichen Rat natürlich!‹«

»Ja«, sagte der Präfekt ein wenig betroffen, »ich bin ja ganz willig, Rat zu nehmen und dafür zu bezahlen. Ich würde *wirklich* demjenigen, der mir in der Sache helfen würde, fünfzigtausend Francs geben.«

»Nun, wenn es sich *so* verhält«, sagte Dupin, aus einem Schubfach ein Scheckbuch nehmend, »können Sie mir die erwähnte Summe sofort hierherschreiben. Wenn Sie unterzeichnet haben, werde ich Ihnen den Brief aushändigen.«

Ich war aufs höchste verblüfft. Der Präfekt schien wie vom Blitz getroffen. Sprachlos, mit offenem Mund und aufgerissenen Augen starrte er Dupin an; dann, als er sich ein wenig erholt hatte, nahm er eine Feder, und unter mehrfachen Pausen und fragenden Blicken füllte er das Formular auf die Summe von fünfzigtausend Francs aus, unterzeichnete es und reichte es meinem Freund über den Tisch. Dieser prüfte es sorgsam und legte es in seine Brieftasche. Dann schloß er ein Schreibpult auf, entnahm ihm einen Brief und reichte ihn dem Präfekten. Der Beamte ergriff ihn, halb berauscht vor Freude, öffnete ihn mit zitternder Hand, warf einen schnellen Blick auf die Zeilen, suchte hastend und taumelnd die Tür und eilte ohne Abschied davon; seit Dupin ihn aufgefordert, den Scheck auszufüllen, hatte er kein Wort mehr gesprochen.

Als er gegangen war, gab mein Freund mir Aufklärung.

»Die Pariser Polizei«, sagte er, »ist in ihrer Weise sehr geschikkt. Sie ist ausdauernd, pfiffig und scharfsinnig und in all den Dingen bewandert, die ihre Pflichten ihr auferlegen. Als darum G. uns auseinandersetzte, in welcher Weise er die Durchsuchung des Gesandtschaftspalais vorgenommen, war ich ganz überzeugt, daß er gründliche Arbeit getan hatte – soweit sein Arbeitsfeld eben reichte.«

»Soweit sein Arbeitsfeld reichte?« fragte ich.

»Ja«, sagte Dupin. »Die angewandten Maßnahmen waren nicht nur in ihrer Art die besten, sondern auch auf das vollkommenste ausgeführt. Wäre der Brief im Bereich ihrer Suche niedergelegt gewesen, so hätten diese Leute ihn zweifellos gefunden.«

Ich lachte; es schien ihm aber mit dem, was er sagte, ernst zu sein.

»Die Maßnahmen«, fuhr er fort, »waren also in ihrer Weise sehr gut; der Fehler war nur, daß sie auf den besonderen Fall hier und auf den schlauen Dieb nicht paßten. Der Präfekt hat eine gewisse Reihe sehr sinnreicher Hilfsmittel, denen er wie einem Prokrustesbett jeden Kriminalfall anzupassen sucht. Aber er begeht beständig den Fehler, den jeweiligen Fall zu gründlich oder zu leicht zu nehmen, und mancher Schuljunge ist ein schlauerer Kopf als er. Ich kannte einen achtjährigen Jungen, der bei dem Spiel von ›Gerad oder Ungerad‹ zur Bewunderung aller immer gewann. Das Spiel ist sehr einfach und wird mit Murmeln gespielt. Einer der Spieler hält eine Anzahl derselben in der geschlossenen Hand, und ein anderer muß erraten, ob sie an Zahl gerad oder ungerad sind. Hat er richtig geraten, so gewinnt er eine Kugel, hat er falsch geraten, so verliert er eine. Der Knabe, von dem ich hier spreche, gewann seinen Mitschülern alle Murmeln ab. Natürlich hatte er sich ein bestimmtes System gebildet, und das bestand in klugem Beobachten und in der Berechnung der Scharfsinnigkeit seines jeweiligen Gegners. Nehmen wir zum Beispiel an, sein Gegner sei ein rechter Einfaltspinsel und fragt, die geschlossenen Hände hinhaltend: ›Gerad oder ungerad?‹

Unser Junge antwortet ›ungerad‹, und verliert; beim nächstenmal aber gewinnt er, denn inzwischen hatte er sich gesagt: ›Der Tropf hatte beim erstenmal eine gerade Zahl in der Hand, und seine Pfiffigkeit reicht sicherlich nur hin, jetzt eine ungerade zu haben, ich werde darum ungerad sagen.‹ Er tut es und gewinnt. Bei einem etwas schlaueren Einfaltspinsel als dieser erste gewesen, würde er folgenden Schluß gezogen haben: ›Er hat gehört, daß ich beim erstenmal ungerad gesagt habe, sein erster Einfall wäre natürlich genau wie bei dem andern, mit gerad oder ungerad abzuwechseln; dann wird ihm aber gleich der Gedanke kommen, daß dies zu einfach sei, und er wird sich dahin entscheiden, wie beim erstenmal eine gerade Zahl zu wählen. Ich werde also gerad sagen.‹ Er tut es und gewinnt. Worin besteht nun eigentlich die Methode der Schlußfolgerung bei diesem Schuljungen, von dem seine Kameraden sagen, daß er einfach Glück habe?«

»Der Überlegene«, sagte ich, »sucht seinen Intellekt mit dem seines Gegners zu identifizieren.«

»So ist es«, sagte Dupin, »und als ich den Knaben fragte, wie ihm diese *vollkommene* Identifizierung gelänge, in der sein Erfolg bestände, bekam ich folgende Antwort: ›Wenn ich herausbekommen will, wie klug oder wie dumm, wie gut oder wie böse irgend jemand ist oder was für Gedanken er gerade hat, so suche ich den Ausdruck meines Gesichtes so viel als möglich dem seinigen anzupassen, und dann warte ich ab, was für Gedanken oder Gefühle in mir aufsteigen und dem Gesichtsausdruck entsprechen.‹ Diese Antwort des Schuljungen bildet die Grundlage zu all dem scheinbaren Scharfsinn, den man Rochefoucauld, La Bruyère, Machiavelli und Campanella zugeschrieben hat.«

»Wenn ich Sie richtig verstehe«, sagte ich, »so hängt die Identifizierung des Intellektes des Schlußfolgernden mit dem seines Gegners davon ab, wie scharf ersterer den Intellekt seines Gegners abzuschätzen vermag?«

»Ja, ihr praktischer Wert hängt durchaus davon ab«, erwiderte Dupin, »und eben aus Mangel an diesem Identifizierungsvermögen gehen der Präfekt und seine Kohorte so häufig fehl, und ferner auch, weil sie die Höhe des jeweiligen Intellekts, mit dem sie zu tun haben, falsch oder gar nicht abzuschätzen vermögen. Sie rechnen immer nur mit ihrem eigenen Scharfsinn, und wenn sie etwas Verborgenes suchen, so denken sie immer nur daran, wie sie selbst es versteckt haben würden. Sie haben ja so ziemlich recht, wenn sie ihre eigene Erfindungsgabe für *die große Masse* als maßgebend erachten; wenn aber der Scharfsinn des verbrecherischen Individuums sich in seinem Grundwesen von ihrem eigenen unterscheidet, so entgeht der Verbrecher ihnen natürlich. Dies geschieht immer, sobald er ihnen geistig überlegen ist, und auch sehr häufig, wenn er ihnen geistig nachsteht. Sie haben für ihre Nachforschungen eine feststehende Norm, von der sie nie abweichen; höchstens erweitern oder übertreiben sie ihre altgewohnte praktische Methode, wenn irgendwelche außergewöhnliche Umstände, wie zum Beispiel eine hohe Belohnung, sie besonders antreiben – das Prinzip aber bleibt dasselbe. Betrachten wir einmal den vorliegenden Fall. Was hat man getan, das auch nur im geringsten von der gewohnten Untersuchungsmethode abgewichen wäre? Was ist all das Bohren und Prüfen und Klopfen und mikroskopische Untersuchen und Einteilen des Hauses in numerierte Quadrate – was ist es anders als ein Übertreiben in der Anwendung ihres einen Prinzipes, das auf der geringen Kenntnis menschlichen Scharfsinnes aufgebaut ist, die diese Leute eben haben, und das der Präfekt in gewohnter Pflichterfüllung immer wieder anwendet? Haben Sie nicht bemerkt, daß es ihm als ganz ausgemacht gilt, daß *alle* Menschen, wenn sie einen Brief verstecken wollen, ihn – wenn auch nicht gerade in einem ausgehöhlten Stuhlbein – so doch wenigstens in irgendeinem verborgenen Loch oder Winkel unterbringen würden, infolge derselben Gedankenreihe, die einen Mann veranlassen würde, einen Brief in einem ausgehöhlten Stuhlbein zu verbergen? Und sehen Sie nicht ebenso klar, daß solche geheimen Verstecke nur in einfachen Fällen und bei gewöhnlichen Intellekten Anwendung finden, denn fast immer, wenn es sich um das Verbergen eines Gegenstandes handelt, wird man so besonders versteckte Orte wählen, und die Entdeckung hängt also nicht lediglich von dem Scharfsinn, aber durchaus von der Sorgfalt, Geduld und Ausdauer der Suchenden ab; und war der Fall von Bedeutung, oder – was in den Augen der Polizei dasselbe ist – war die *Belohnung* bedeutend, so haben die genannten Eigenschaften stets zum Ziel geführt. Sie werden nun verstehen, was ich meinte, als ich die Vermutung aussprach, daß der entwendete Brief zweifellos gefunden worden wäre, wenn er im Untersuchungsbereich des Präfekten niedergelegt worden wäre – mit anderen Worten, wenn man bei Verbergung desselben von den gleichen Grundanschauungen ausgegangen wäre, wie der Präfekt bei seiner Suche sie anwendet. Der Beamte ist jedoch in seinen Berechnungen geschlagen worden, und die verborgene Ursache seiner Niederlage liegt in der falschen Annahme, der Gesandte sei ein Narr, weil er zufällig den Ruf eines Dichters genießt. Alle Narren sind Dichter, das hat der Präfekt so im Gefühl, und er macht sich nur eines *non distributio medii* schuldig, wenn er daraus schließt, daß alle Dichter Narren seien.«

»Aber ist denn dieser wirklich der Dichter?« fragte ich. »Es sind zwei Brüder, wie ich weiß, und beide haben als Schriftsteller einen Namen. Der Gesandte, glaube ich, hat eine gelehrte Abhandlung über Differentialrechnung geschrieben. Er ist Mathematiker und kein Dichter.«

»Sie irren sich. Ich kenne ihn gut; er ist beides. Als Dichter und Mathematiker versteht er, schlau zu überlegen; als bloßer Mathematiker verstände er überhaupt nicht zu schlußfolgern und wäre sicherlich dem Präfekten in die Hände gefallen.«

»Sie überraschen mich«, sagte ich. »Ihre Anschauung wird von der ganzen Welt Lügen gestraft. Sie werden doch wohl nicht eine seit Jahrhunderten festbegründete Ansicht umstoßen wollen? Die Vernunft des Mathematikers gilt seit langem als die Überlegungsfähigkeit par excellence.«

»Il y a à parier«, erwiderte Dupin, Chamfort zitierend, *»que toute idée publique, toute convention reçue, est une sottise, car elle a convenu au plus grand nombre.* – Ich gebe zu, daß die Mathe-

matiker ihr Bestes getan haben, die allgemeine, aber irrige Ansicht, auf die Sie hinweisen, zu verbreiten. So haben sie zum Beispiel mit einer Kunstfertigkeit, die einer besseren Sache würdig gewesen wäre, den Ausdruck ›Analysis‹ in die Algebra hineingebracht. Die Franzosen sind es, denen wir diesen Trug verdanken; soll aber eine Bezeichnung überhaupt Bedeutung haben, soll ein Wort nach seiner Anwendbarkeit bewertet werden, so stehen ›Analysis‹ und ›Algebra‹ etwa im selben Verhältnis zueinander, wie der lateinische Ausdruck *ambitus* unser Wort Ehrgeiz, *religio* Religion oder *homines honesti* ehrenwerte Männer in sich schließt.«

»Sie scheinen demnächst einen Feldzug gegen die Pariser Algebraisten zu planen«, sagte ich – »doch bitte nur weiter!«

»Ich bestreite die philosophische Berechtigung eines Systems, das anders als mit abstrakter Logik arbeitet. Ich bestreite im besonderen ein aus mathematischen Studien abgeleitetes Philosophieren. Mathematik ist die Lehre von Form und Größe; die Philosophie der Mathematiker ist weiter nichts als auf Beobachtung von Form und Größe aufgebaute Logik. Der große Irrtum liegt in der Annahme, daß die Wahrheiten dessen, was man *reine* Algebra nennt, abstrakte oder allgemeine Wahrheiten seien. Und dieser Irrtum ist so ungeheuer, daß ich es gar nicht begreifen kann, wie man ihm so allgemein verfallen konnte. Mathematische Axiome sind *keine* Axiome von allgemein gültiger Wahrheit. Was *relativ* wahr ist – also in Beziehung auf Form und Größe –, ist zum Beispiel durchaus falsch in moralischer Hinsicht. In der Morallehre ist es meistenteils *un*wahr, daß diese zusammengefaßten Einzelteile dem Ganzen entsprechen. Auch in der Chemie ist das Axiom nicht anwendbar, ebensowenig in der Lehre von der Bewegung; denn zwei Bewegungen, jede von einem gegebenen Wert, haben nicht notwendigerweise einen Wert, wenn sie gemäß ihrer Einzelwerte zu einer Summe vereinigt werden. Es gibt zahlreiche andere mathematische Wahrheiten, die nur innerhalb ihrer relativen Grenzen Wahrheiten darstellen. Aber der Mathematiker schließt aus Gewohnheit nach seinen begrenzten

Wahrheiten, als ob sie von einer absoluten allgemeinen Anwendbarkeit wären – wie man dies in der Tat allgemein annimmt. Bryant erwähnt in seiner geistvollen ›Mythologie‹ eine ähnliche Quelle des Irrtums, indem er sagt: ›Obgleich die Fabeln der Heiden nicht geglaubt werden, vergißt man sich doch immer wieder und zieht Folgerungen aus ihnen, als ob sie bestehende Wirklichkeiten wären.‹ Bei den Algebraisten nun, die selber Heiden sind, werden die ›Heiden-Fabeln‹ geglaubt und die Folgerungen gezogen, nicht so sehr aus Gedankenlosigkeit als vielmehr aus einer erklärlichen Geistesverwirrung. Kurz, ich bin noch nie einem reinen Mathematiker begegnet, dem man über seine Quadratwurzeln hinaus irgendwie hätte trauen können, oder einem, der es nicht im stillen als Glaubenssache betrachtet hätte, daß $x^2 + px$ unbedingt und unwiderleglich gleich q sei. Bitte machen Sie die Probe und sagen Sie einem dieser Herren, Sie glaubten, daß Fälle vorkommen könnten, wo $x^2 + px$ *nicht* ganz gleich q sei – ich möchte Ihnen raten, schleunigst Reißaus zu nehmen, sobald er verstanden hat, was Sie eigentlich meinen; denn zweifellos wird er versuchen, Sie niederzuhauen.

Ich will damit sagen«, fuhr Dupin fort, während ich über seine letzten Betrachtungen fröhlich lachte, »daß der Präfekt nicht nötig gehabt hätte, mir diesen Scheck auszustellen, wenn der Gesandte nichts als Mathematiker gewesen wäre. Ich kannte ihn jedoch als Mathematiker *und* Dichter, und meine Maßnahmen richteten sich nach seinen Fähigkeiten, unter besonderer Berücksichtigung der gegebenen Verhältnisse. Ich wußte auch, daß er ein Hofmann und kühner *Intrigant* war. Ich folgerte, daß solch ein Mensch mit den üblichen polizeilichen Maßnahmen gut vertraut sein müsse. Er *mußte* – und die Ereignisse haben dies bewiesen – die fingierten Raubanfälle vorausahnen. Er *muß*, so überlegte ich weiter, die geheimen Haussuchungen vorausgesehen haben. Seine häufige nächtliche Abwesenheit, die der Präfekt so freudig als unerwartete Glücksfälle begrüßte, erachtete ich lediglich als List, um der Polizei Gelegenheit zu gründlichen Nachforschungen zu geben und ihr möglichst schnell die Überzeugung beizubringen (zu der G. ja tatsächlich auch schließlich gelangte), daß der Brief sich nicht im Hause befinden könne. Ich fühlte auch, daß die ganze Gedankenreihe, die ich Ihnen soeben mit einiger Mühe entwickelte, nämlich das unveränderte Prinzip, nach dem die Polizei ihre Maßnahmen bei der Suche nach versteckten Dingen richtet – ich fühlte, daß dieser ganze Ideengang notwendigerweise auch dem Gesandten kommen mußte und daß er ihn zwingend dahinführen würde, alle die gewöhnlichen Versteckplätze zu vermeiden. Dieser Mann, sagte ich mir, konnte unmöglich so beschränkt sein, sich nicht selbst vor Augen zu halten, daß die allerverborgensten Winkel seines Palais den Nachforschungen, den Bohrern und Mikroskopen des Präfekten so offen daliegen würden wie seine unverschlossenen Wohnräume. Kurzum, ich erkannte, daß er ganz selbstverständlich zu den allereinfachsten Maßnahmen gedrängt werden mußte, falls er sie nicht schon freiwillig gewählt haben sollte. Sie werden sich vielleicht erinnern, in welch ein Gelächter der Präfekt ausbrach, als ich bei unserer ersten Unterredung die Mutmaßung äußerte, daß dies Geheimnis ihm vielleicht darum so viel Arbeit mache, weil es so gar nicht verwickelt sei.«

»Ja«, sagte ich, »ich erinnere mich noch gut seines Heiterkeitsausbruches. Ich dachte wirklich, er würde noch in Krämpfe fallen.«

»Die materielle Welt«, fuhr Dupin fort, »hat strenge Analogien mit der immateriellen Welt. Und darum hat das rhetorische Dogma, daß eine Metapher oder ein Gleichnis geeignet sein soll, ein Argument zu erhärten oder eine Beschreibung zu verschönern, einen Schimmer von Wahrheit. So scheint zum Beispiel das Prinzip der *vis inertiae* in Physik und Metaphysik identisch zu sein. Wenn die Physik behauptet, daß ein großer Körper schwerer in Bewegung zu setzen ist als ein kleiner und daß seine nachherige Geschwindigkeit zu dieser Schwierigkeit in entsprechendem Verhältnis steht, so sagt sie keine größere Wahrheit als die Metaphysik, wenn sie den Satz aufstellt, daß stärkere Intellekte, also solche, die fester und in ihren Regungen reicher sind als solche schwächeren Grades, dennoch weniger leicht beweglich, vielmehr leichter verwirrt und in ihren ersten Schritten zögernder sind. Ferner: haben Sie jemals beobachtet, welche Art von Schildern an den Kaufmannsläden am meisten Aufmerksamkeit auf sich lenken?«

»Ich habe nie darüber nachgedacht«, sagte ich.

»Es gibt ein Rätselspiel«, sprach Dupin weiter, »das auf einer Landkarte gespielt wird; die eine Partei verlangt von der andern, daß sie ein gegebenes Wort finde – den Namen einer Stadt, eines Flusses, einer Provinz, eines Staates –, irgendein Wort, das in dem Durcheinander von Benennungen auf der Karte zu finden ist. Ein Neuling in diesem Spiel sucht gewöhnlich seine Gegner dadurch zu verwirren, daß er ihnen Namen von allerkleinster Schrift zu suchen gibt, der Erfahrene aber wählt solche Worte, die in großen Lettern von einem Ende der Karte zum anderen laufen. Diese entgehen, gleich den übergroßen Plakaten und Schilderaufschriften in den Straßen, der Beobachtung infolge ihrer übertrieben großen Sichtbarkeit; und dieses physische Übersehen ist genau analog der Unachtsamkeit, mit der der Intellekt jene Erwägungen unbeachtet läßt, die zu aufdringlich und zu naheliegend selbstverständlich sind. Doch das ist eine Sache, scheint mir, die für das Begriffsvermögen des Präfekten zu hoch oder zu niedrig ist. Er hielt es nie für wahrscheinlich oder für möglich, daß der Gesandte den Brief aller Welt vor die Nase gelegt hätte, um eben auf diese Weise alle Welt von der Entdeckung fernzuhalten.

Doch je mehr ich über das kühne, wagemutige, besondere Wesen D.s nachdachte, über die Tatsache, daß er das Dokument immer zur Hand haben mußte, um es verwerten zu können, und über das von dem Präfekten erzielte Ergebnis, demzufolge es nicht innerhalb der Grenzen des Untersuchungskreises jenes Würdenträgers verborgen war – desto überzeugter wurde ich, daß der Gesandte, um den Brief zu verbergen, zu dem verständlichen und scharfsinnigen Mittel gegriffen hatte, ihn gar nicht zu verbergen.

Ganz erfüllt von diesem Gedanken versah ich mich mit einer grünen Brille und sprach eines Morgens wie zufällig im Gesandtschaftspalais vor. Ich fand D. zu Hause; er gähnte und faulenzte wie gewöhnlich und tat, als langweile er sich aufs höchste. Er ist vielleicht der tätigste Mensch, den wir jetzt haben – doch das ist er nur, wenn niemand ihn sieht.

Um seiner Schlauheit gewachsen zu sein, klagte ich über schwache Augen und die Notwendigkeit, eine Brille tragen zu müssen; dieselbe diente mir jedoch nur, um ruhig und eingehend den ganzen Raum durchspähen zu können, während ich scheinbar mit ganzer Aufmerksamkeit bei dem Gespräch war, in das ich ihn verwickelt hatte.

Besondere Aufmerksamkeit widmete ich einem großen Schreibtisch, neben dem er saß und auf dem allerlei Briefe und andere Papiere, ein paar kleinere Musikinstrumente und einige Bücher umherlagen. Trotz sorgfältigster Prüfung aber konnte ich hier nichts finden, was einen Verdacht gerechtfertigt hätte.

Ich blickte nun weiter im Zimmer umher und entdeckte schließlich einen zerfetzten Kartenhalter aus Pappe, der an einem verstaubten blauen Band von einem kleinen Messingknopf oben über dem sehr niedrigen Kaminsims herabhing. In diesem Halter, der drei oder vier Abteilungen hatte, steckten fünf oder sechs Visitenkarten und ein einziger Brief. Der letztere war sehr schmutzig und zerknittert. Er war in der Mitte fast ganz durchgerissen – als habe man zuerst die Absicht gehabt, ihn als wertlos fortzuwerfen, habe sich dann aber doch anders besonnen. Er hatte ein großes schwarzes Siegel, auf dem sehr deutlich der Buchstabe D. sichtbar war, und war in zierlicher Damenhandschrift an D., den Gesandten adressiert. Er war sorglos, ja geradezu oberflächlich, in das zweitoberste Abteil des Halters gesteckt.

Kaum hatte ich diesen Brief erblickt, als ich überzeugt war, das gesuchte Dokument vor mir zu haben. Gewiß, dem Anschein nach war es sehr verschieden von dem, dessen eingehende Beschreibung der Präfekt uns geliefert hatte. Hier war das Siegel groß und schwarz mit der Letter D.; dort war es klein und rot, mit dem herzoglichen Wappen der Familie V. Hier war die Adresse zierlich und von weiblicher Hand und an den Gesandten selbst gerichtet; dort war die Aufschrift kräftig und kühn und für ein Mitglied des königlichen Hauses bestimmt; nur das Format bot eine gewisse Ähnlichkeit. Aber gerade die *Übertriebenheit* dieser Unterschiede war es, die mir auffiel. Der Schmutz, der zerknitterte, zerrissene Zustand des Briefes, der so gar nicht zu den wahren, ordnungsliebenden Gewohnheiten D.s paßte und so sehr darauf hindeutete, daß hier eine Absicht vorliege, die Wertlosigkeit dieses Dokumentes vorzutäuschen; alle diese Dinge in Verbindung mit dem ins Auge fallenden Aufbewahrungsort des Papiers, was so ganz zu den Schlußfolgerungen paßte, zu denen ich vorher gelangt war – alle diese Dinge, sage ich, waren dazu angetan, Verdacht zu erregen, bei einem, der gekommen war, Verdachtgründe zu finden.

Ich dehnte meinen Besuch so lange als möglich aus und verwickelte den Gesandten in eine eifrige Diskussion über ein Thema, das ihn, wie ich wußte, stark interessierte, während ich meine ganze Aufmerksamkeit dem Briefe zuwandte. Ich wollte mir seine Form und seine Lage im Halter genau einprägen; bei dieser Gelegenheit machte ich schließlich noch eine Entdeckung, die mir den letzten Zweifel nahm. Die Ränder des Papiers waren kräftiger umgebrochen, als nötig schien. Der Bruch sah aus, als habe man ein steifes Papier, das kräftig zusammengefaltet gewesen, geöffnet und unter Benützung der alten Kniffalten nach der andern Seite umgebrochen. Diese Wahrnehmung genügte. Es war mir klar, daß man den Brief wie einen Handschuh umgewendet, in seine ursprüngliche Form zurückgefaltet und mit einem neuen Siegel versehen hatte. Ich verabschiedete mich von dem Gesandten und entfernte mich; eine goldene Schnupftabakdose ließ ich auf dem Tisch zurück.

Am anderen Morgen sprach ich vor, um die vergessene Dose zu holen, und wir waren bald wieder in das interessante Gesprächsthema verwickelt, das uns am Tage vorher so eifrig beschäftigt hatte. Plötzlich aber ertönte gerade unter den Fenstern des Gesandtschaftspalais ein Pistolenschuß, gefolgt von Angstschreien und lärmenden Ausrufen einer erregten Menge. D. eilte an ein Fenster, riß es auf und blickte hinaus. Inzwischen trat ich zu dem Kartenhalter, nahm den Brief, steckte ihn in die Tasche und ersetzte ihn durch ein Faksimile (was sein äußeres Aussehen anlangte), das ich zu Hause sorgsam hergestellt; die Chiffre D. s hatte ich mit Hilfe eines aus Brot geformten Petschafts leicht nachahmen können.

Die Ruhestörung auf der Straße war durch das verrückte Gebaren eines Mannes verursacht worden. Er hatte in eine Gruppe von Weibern und Kindern einen Flintenschuß abgegeben. Es stellte sich aber heraus, daß es ein blinder Schuß gewesen war, und man ließ den Burschen als harmlosen Narren oder Betrunkenen laufen. Als die Menge sich verlaufen, trat D. vom Fenster zurück, wohin ich ihm gefolgt war, nachdem ich meinen Raub in Sicherheit gebracht hatte. Bald darauf verabschiedete ich mich. Der anscheinend Wahnsinnige war ein von mir bezahltes Subjekt.«

»Welche Absicht verfolgten Sie damit«, fragte ich, »daß Sie den Brief durch ein Faksimile ersetzten? Wäre es nicht besser gewesen, ihn gleich beim ersten Besuch zu ergreifen und davonzulaufen?«

»D.«, erwiderte Dupin, »ist ein kühner Bursche voll großer Tatkraft, und seine Dienerschaft ist ihm blind ergeben. Hätte ich den tollen Versuch gemacht, den Sie da vorschlagen, so hätte ich das Haus wohl kaum mehr lebend verlassen, und die guten Pariser hätten nichts mehr von mir gehört. Doch war es nicht dies Bedenken allein, was mich zurückhielt. Sie kennen mein politisches Vorurteil. Im vorliegenden Fall bin ich ein Parteigänger der betreffenden hohen Dame. Achtzehn Monate hat der Gesandte sie in seiner Gewalt gehabt; jetzt hat sie ihn in der ihrigen – denn, da er nicht weiß, daß er den Brief nicht mehr besitzt, wird er sein herausforderndes Wesen beibehalten. Er wird sich also selbst den Sturz bereiten, der ebenso plötzlich als beschämend für ihn sein wird. Mag man über das *facilis descensus Averno* sagen, was man will – bei allem Emporkommen gilt das, was die Catalani vom Singen sagte: ›Es ist viel leichter hinauf- als hinunterzukommen.‹ In unserm Fall hier habe ich kein Mitgefühl mit dem, der da stürzt. Er ist ein *monstrum horrendum*, ein genialer Kopf ohne edle Grundsätze. Ich gestehe aber, daß ich etwas darum gäbe, in dem Augenblick seine Gedanken lesen zu können, wenn er sich durch das veränderte Benehmen derjenigen, die der Präfekt ›eine gewisse Person‹ nennt, veranlaßt sieht, den Brief zu öffnen, den ich ihm in den Kartenhalter gesteckt habe.«

»Wieso? Haben Sie ihm etwas hineingeschrieben?«

»Nun – es schien mir nicht ganz recht, das Innere leer zu lassen – das wäre ja beleidigend gewesen. D. spielte mir einst in Wien einen schlimmen Streich, und ich versicherte ihm damals halb scherzhaft, ich würde ihm das nicht vergessen. Ich hielt es also, in der Überzeugung, daß er begierig sein werde, zu erfahren, wer ihn so überlistet, für schade, ihm nicht einen Anhaltspunkt zu geben. Er kennt meine Handschrift gut, und so schrieb ich denn mitten auf das weiße Blatt die Worte:

›… *Un dessein si funeste,*

S'il n'est digne d'Atrée, est digne de Thyeste.‹ Sie stehen in Crébillons ›Atrée‹.«

ANHANG

Editorische Notiz

›Der Untergang des Hauses Usher‹ erschien in den USA erstmals 1839 in der Zeitschrift ›Burton's Gentleman's Magazine‹ und wurde im darauffolgenden Jahr in den Sammelband ›Tales of the Grotesque and Arabesque‹ aufgenommen. 1840 erschien auch der ›Mann der Menge‹ in ›Burton's Gentleman's Magazine‹. 1841 erschien ›Hinab in den Maelström‹ in ›Graham's Magazine‹, wo 1842 ›Die Maske des Roten Todes‹ erschien. 1843 wurde ›Grube und Pendel‹ in der Zeitschrift ›The Gift‹, ›Das verräterische Herz‹ (hier: ›Das schwatzende Herz‹) im ›Pioneer‹ veröffentlicht. ›Der Doppelmord in der Rue Morgue‹, der in ›Graham's Magazine‹ bereits 1841 gedruckt worden war, wurde 1845 revidiert in die ›Tales‹ aufgenommen. 1845 erschien ebenfalls ›Der entwendete Brief‹ vollständig in ›The Gift‹, der gekürzt bereits im ›Chambers's Edinburgh Journal‹ gedruckt worden war.

Gisela Etzel (1880–1918), deren Übertragungen dieser Ausgabe zugrunde liegen, hat Texte aus dem Englischen, Amerikanischen und Französischen ins Deutsche übertragen; sie übersetzte neben Edgar Allan Poe (›Novellen‹, 5 Bde., 1908–1911) u. a. Honoré de Balzac und Oscar Wilde.

Daten zu Leben und Werk

1809
19. Januar: Geburt als zweites Kind der Wanderschauspieler David Poe und Elizabeth Poe (geb. Arnold, verwitwete Hopkins) in Boston, Massachusetts.

1810
Geburt der Schwester Rosalie.

1811–1812
Tod der Mutter in Richmond, Virginia. Kurze Zeit darauf stirbt auch der Vater, der sich zuvor von der Familie getrennt hat. Der in Richmond ansässige schottische Händler John Allan und seine Frau Frances werden Edgars Pflegeeltern. 1812: Taufe auf den Namen Edgar Allan Poe.

1814
Beginn der schulischen Ausbildung.

1815–1820
1815: Übersiedlung der Familie Allan nach Schottland aus geschäftlichen Gründen. Besuch verschiedener Privatschulen in Schottland und England. 1820: Rückkehr der Familie nach Richmond.

1824
Abfassung eines Zweizeilers (erster erhaltener lyrischer Versuch). Tod von Jane Stith Stanard, der Adressatin von Poes erstem Liebesgedicht *To Helen*, das 1831 erscheint.

1825
John Allan erbt ein stattliches Vermögen. Von der damit verbun-

denen durchgreifenden Verbesserung der finanziellen Situation profitiert Poe jedoch kaum, da sich die Beziehung zu seinem Pflegevater zunehmend verschlechtert.

1826–1827
Ab 1826: Studium an der University of Virginia in Charlottesville, überschattet von Finanznöten, Spielschulden und zunehmender Alkoholabhängigkeit. Erste epische Versuche. Verlobung mit Elmira Royster, die jedoch von deren Eltern zugunsten des vermögenden Alexander B. Shelton aufgelöst wird. 1827: Vergeblicher Versuch, den Vater zur Begleichung der aufgelaufenen Schulden zu bewegen. Abbruch des Studiums und Einschiffung nach Boston unter falschen Namen.

1827–1831
1827: Eintritt in die U.S. Army unter dem Namen Edgar A. Perry. In Boston erscheint das erste Buch, *Tamerlane and Other Poems*, versehen lediglich mit der Angabe »by a Bostonian«. 1829: Beförderung zum Sergeant-Major. Tod der Pflegemutter. Ehrenhafte Entlassung aus der U.S. Army. Bis zum Antritt des Dienstes an der Militärakademie von West Point (1830) Unterkunft bei seiner Tante Maria Clemm und deren Tochter Virginia in Baltimore, wo 1829 das zweite Buch, *Al Aaraaf, Tamerlane, and Minor Poems*, erscheint. 1831: Entlassung aus der Militärakademie wegen »Ungehorsams«.

1831–1835
1831: Rückkehr nach Baltimore zu Maria und Virgina Clemm. Cholera-Epidemie, die auch in Poes Werk ihren Niederschlag findet. In New York erscheint die zweite Ausgabe von *Poems by Edgar A. Poe*. Tod des älteren Bruders Henry Leonard Poe. 1832: In *The Philadelphia Saturday Courier* werden fünf Erzählungen von Poe veröffentlicht (u.a. *Metzengerstein*). 1833: Gewinn des ersten Preises in einem Autorenwettbewerb mit *MS. Found in a Bottle*. 1834: John Allan stirbt, ohne Poe ein Erbe zu hinterlas-

sen. 1835: Veröffentlichung verschiedener Erzählungen in *The Southern Literary Messenger* (u. a. *Berenice, Morella, The Unparalleled Adventure of One Hans Pfaall*).

1835–1837
1835: Umzug nach Richmond. Herausgabe des *Southern Literary Messenger* im Auftrag Thomas W. Whites. 1836: Poe heiratet seine Cousine Virginia. Veröffentlichung des Essays *Maelzel's Chess Player*. 1837: Aufgrund wirtschaftlicher Schwierigkeiten des *Southern Literary Messenger* Umzug nach New York.

1838–1843
1838: Umzug nach Philadelphia. Poes umfangreichstes Werk, *The Narrative of A. Gordon Pym of Nantucket*, und die Erzählung *Ligeia* werden veröffentlicht. 1839: *The Conchologist's First Book*, ein Lehrbuch über Muscheln und Schnecken, erscheint unter Poes Namen und wird zu seinem größten Verkaufserfolg, begleitet vom Vorwurf des Plagiats. 1839: Poe wird Redakteur und Mitherausgeber von William E. Burton's *Gentleman's Magazine*, für das er nicht nur Erzählungen (u. a. *The Fall of the House of Usher*), sondern auch Reportagen und kurze Forschungsberichte verfasst. 1840 erscheint die Sammlung *Tales of the Grotesque and Arabesque*. 1841: Herausgeber von *Graham's Magazine*. Mit *The Murders in the Rue Morgue* eröffnet Poe die Reihe der Erzählungen um den Detektiv C. Auguste Dupin, mit der er zugleich das Genre des modernen Kriminalromans begründet. Im gleichen Jahr wird *A Descent into the Maelström* veröffentlicht. 1842: Es erscheinen u. a. die Erzählungen *The Masque of the Red Death* und *The Pit and the Pendulum*. Virginia erleidet einen Blutsturz. Kündigung der Stellung bei *Graham's Magazine* und vergebliche Bewerbung um ein Amt im »Treasury Department« in Washington. 1843: Gewinn eines vom *Dollar Newspaper* ausgesetzten Preises mit *The Gold-Bug*. In der *United States Saturday Post* erscheint *The Black Cat*. Veröffentlichung von *The Prose Romances of Edgar A. Poe*.

1844–1848

1844: Umzug nach New York. 1845: Im *Evening Mirror*, an dessen Herausgabe Poe beteiligt ist, erscheint *The Raven*. Durch den überwältigenden Erfolg des Gedichts steigt sein Ansehen als Schriftsteller beträchtlich. Noch im gleichen Jahr wird er Herausgeber der Zeitschrift *The Broadway Journal*, und es erscheint der Sammelband *The Raven and Other Poems*. 1846: *The Broadway Journal* wird wegen finanzieller Probleme eingestellt. In *Graham's Magazine* erscheint der richtungsweisende theoretische Essay zur Dichtkunst, *The Philosophy of Composition*. 1847: Virginia Poe stirbt im Alter von 24 Jahren an Tuberkulose. Poe artikuliert seine Trauer in dem Gedicht *Annabel Lee* (postum 1849). 1848: Publikation von *Eureka – A Prose Poem*, einer physikalisch-poetischen Spekulation über das Wesen des Universums, die in der öffentlichen Kritik ein geteiltes Echo hervorruft. Aufgrund von Poes fortbestehender Alkoholabhängigkeit wird seine Verlobung mit Sarah Helen Whitman schon bald nach ihrem Zustandekommen wieder aufgelöst.

1849

Versuch einer Wiederanknüpfung der Beziehung zu der inzwischen verwitweten Elmira Royster Shelton. Auf dem Rückweg von einer Vortragsreise wird Poe bewusstlos in einer Gaststätte in Baltimore aufgefunden. Er stirbt am 7. Oktober 1849 im dortigen Washington College Hospital. Beisetzung auf dem Friedhof der Westminster Presbyterian Church (heute »Westminster Hall and Burying Ground«).

Aus Kindlers Literatur Lexikon: Edgar Allan Poe, ›Das erzählerische Werk‹

Die Kurzgeschichten Edgar Allan Poes sind bis heute der bekannteste Bestandteil seines Gesamtwerks. Liest man sie vor dem Hintergrund seiner 1842 in einer Rezension von Nathaniel Hawthornes *Twice-Told Tales*, 1837 (*Zweimal erzählte Geschichten*), entwickelten Definition, die die (erst später so genannte) Short story als eigenständiges Genre etablierte, so zeigt sich, dass die Vorstellung einer sorgsam vom Künstler konstruierten, auf einen einheitlichen Effekt hin ausgerichteten Fiktion zu den zentralen Topoi des Poe'schen Werks gehört.

Bis 1832 veröffentlichte Poe drei Gedichtbände, die ihm allerdings weder den erhofften Ruhm noch finanziellen Erfolg eintrugen. Zu diesem Zeitpunkt begann er Erzählungen zu verfassen, von denen 1832 als erste *Metzengerstein* im *Philadelphia Saturday Courier* erschien. Von 1833 bis 1836 bemühte sich Poe, einen Erzählzyklus mit dem Titel *Tales of the Folio Club* (*Die Geschichten des Folio Clubs*) herauszubringen, wobei es sich beim Folio Club um einen fiktiven literarischen Kreis von elf Mitgliedern handeln sollte. Es gelang ihm jedoch nicht, einen Verleger von diesem Projekt zu überzeugen. Die Kurzgeschichten wurden stattdessen in Zeitungen publiziert. Für eine dieser Erzählungen, *MS. Found in a Bottle*, 1833 (*Das Manuskript in der Flasche*), wurde Poe vom *Saturday Visiter* mit einem Preis von 50 Dollar ausgezeichnet. Sie gehört zu den meist als ›Abenteuererzählungen‹ klassifizierten Kurzgeschichten. In dieser Erzählung, die viele Motive seines einzigen Romans *The Narrative of Arthur Gordon Pym of Nantucket*, 1838 (*Die denkwürdigen Erlebnisse des Arthur Gordon Pym*), vorwegnimmt, überlebt der Erzähler den Untergang eines Frachtschiffs in einem Wasserstrudel. Ein riesiges schwarzes Schiff taucht auf, der Erzähler wird an Bord gespült und kann sich verstecken. Nachdem ihm bewusst wird, dass die Crew ihn nicht sieht, begibt er sich in die

Kapitänskajüte und beginnt, seinen Bericht niederzuschreiben. Die Kurzgeschichte wird in Form von Tagebuchnotizen fortgeführt. Das Geisterschiff, das in Bauart und Besatzung an die Legende vom Fliegenden Holländer erinnert, gerät in einen plötzlich auftretenden Strudel und wird in die Tiefe des Meeres gezogen. Wie der Titel nahelegt, überlebt das Manuskript – offenbar im Gegensatz zum Erzähler. Die Aufzeichnungen bleiben fragmentarisch und existieren nur aufgrund der Vernichtung des erzählenden Subjekts.

Schon hier stehen das Thema verhinderter Erkenntnis und die Vormacht der Imagination über die reine Rationalität im Mittelpunkt. 1841 greift Poe das Motiv des tödlichen Wasserstrudels in *A Descent into the Maelström* (*Hinab in den Maelström*) erneut auf. Hier beendet der Erzähler seine Geschichte über den zugleich faszinierenden und fürchterlichen Maelström mit der Aussage, andere Fischer hielten seine Geschichte für unglaubwürdig. Er erwarte auch nicht, dass sein jetziger Zuhörer sie ihm abnehme. Die Frage nach der Glaubwürdigkeit des Erzählers wie auch der Zweifel an der epistemologischen Trennschärfe der Unterscheidung von Realität und Imagination gehören zu den zentralen Effekten der Poe'schen Texte. Weitere eindrucksvolle Beispiele hierfür finden sich in der 1840 erschienenen zweibändige Ausgabe der *Tales of the Grotesque and Arabesque* (Grotesken und Arabesken). Von den 25 Erzählungen dieser Sammlung, der 1843 und 1845 weitere Sammelbände zu Poes Lebzeiten folgten, sind heute besonders *The Fall of the House of Usher*, 1839 (*Der Untergang des Hauses Usher*), *William Wilson*, 1839, und *Ligeia*, 1838, populär. All diese Werke thematisieren die furchterregenden Erlebnisse eines zunächst arglosen männlichen Erzählers, der schließlich mit Tod und physischem Zerfall konfrontiert wird.

In *The Fall of the House of Usher* sucht der Erzähler den Familiensitz seines Freundes Roderick auf, des letzten männlichen Nachkommen der Familie Usher. Der melancholische, hypochondrische Roderick leidet unter Übersensibilität und Angstzuständen. Nachdem Roderick sein Gedicht »The Haunted Palace« (»Der verzauberte Palast«) vorgetragen hat, erklärt er, dass Kräfte, die von dem Haus selbst ausgehen, vermutlich sein Leiden auslösen. Rodericks Schwester und einzige Gefährtin Madeline leidet nach ärztlicher Meinung an Katalepsie (Starrkrampf). Nachdem Roderick dem Erzähler mitteilt, dass Madeline (die der Erzähler nun als Rodericks Zwilling identifiziert) verstorben sei, wird ihr Körper in die Familiengruft gelegt. Rodericks Zustand verschlechtert sich zusehends, und als der Erzähler ihm aus *Mad Trist* von Sir Launcelot Canning – dem fiktiven Werk eines fiktiven Autors – vorliest, werden die im Ritterroman beschriebenen Geräusche real. Roderick glaubt, er habe seine Schwester lebendig begraben und sie versuche nun, sich zu befreien. Plötzlich öffnet sich die Tür: Im Raum steht Madeline, in das vom Überlebenskampf blutbefleckte Leichentuch gehüllt. Roderick stirbt vor Entsetzen, noch bevor die sterbende Madeline ihn mit sich zu Boden reißt. Der Erzähler flieht aus dem Haus, das nun an einem Riss in zwei Teile zerbricht und in sich zusammenstürzt. Der »haunted palace« der Ushers, der in der Tradition von Horace Walpoles *The Castle of Otranto*, 1764 (*Die Burg von Otranto*), also der ›Gothic novel‹ steht, bietet ein Bild des Verfalls. Auch wenn für einige fantastische Vorkommnisse rationale Erklärungen angeboten werden – Madelines Katalepsie als Ursache ihrer ›Totenstarre‹, die marode Baustruktur des Hauses als Ursache für seinen Zerfall –, siegt doch der Effekt des Fantastischen über die klaren Zuordnungen der Vernunft.

Das Lebendig-Begraben-Sein, das dem Leser auch in *The Premature Burial*, 1844 (*Lebendig Begraben*), *The Cask of Amontillado*, 1846 (*Das Fass Amontillado*), und *The Black Cat*, 1843 (*Die schwarze Katze*), begegnet, sowie die Erscheinung des untoten Körpers, die in vielen Erzählungen prominent vertreten ist, gehören zum Kern des Poe'schen Motivinventars. Das letzte Motiv ist besonders in den Erzählungen der so genannten ›Marriage Group‹ (›Hochzeitsgruppe‹), *Berenice*, 1835, *Morella*, 1835, und *Ligeia*, 1838, zentral. Der männliche Protagonist, der seinen weiblichen Widerpart zunächst als Verkörperung des Überirdischen wahrnimmt, wird hier schließlich – wie Roderick Usher – mit der schrecklichen Diesseitigkeit seiner vampiristischen Gefährtin konfrontiert.

In *Ligeia*, die Poe für seine beste Erzählung hielt, berichtet der Erzähler retrospektiv von seiner Braut, deren Herkunft er nicht erinnert und deren unirdische Schönheit und Gelehrtheit er mit Kunstwerken unterschiedlichster Epochen vergleicht. Der Erzähler taucht in Erwartung metaphysischer Erkenntnis ganz in die Welt der mit gedämpfter Stimme sprechenden Ligeia mit ihrem rabenschwarzen Haar ein; er will sich in den großen, leuchtenden Augen seiner Braut, die »kam und ging wie ein Schatten«, verlieren. Es ist ihm jedoch nicht vergönnt, durch sie die gewünschte Offenbarung zu erlangen, da seine Braut plötzlich erkrankt und in einen wilden Todeskampf eintritt. Bevor sie verstirbt, trägt der Erzähler Ligeia ein von ihr selbst verfasstes Gedicht über die Macht des »conqueror worm« (»Eroberer Wurm«) und die menschliche Vergänglichkeit vor, woraufhin sie sich ein letztes Mal aufbäumt und mit dem Schlusssatz eines angeblichen Glanvill-Zitats, das der Erzählung vorangestellt ist, ihr irdisches Dasein beschließt. Der Erzähler zieht nach England, wo er sich eine abgelegene Abtei kauft, sich dem Opiumrausch hingibt und die blonde, blauäugige Lady Rowena Trevanion of Tremaine heiratet. Bald schon beginnt er, diese neue Braut ohne Geheimnis, die so ganz das Gegenteil der unirdischen Ligeia ist, zu hassen und sich mehr denn je nach seiner ersten Braut zurückzusehnen. Auch Rowena ereilt ein mysteriöser Tod. Der Erzähler versinkt beim Anblick ihrer Leiche in Erinnerungen an die tote Ligeia, vernimmt ein Seufzen und beobachtet eine leichte Wangenröte beim Leichnam. Seine Wiederbelebungsversuche sind jedoch vergeblich – die Leichenstarre tritt wieder ein. Dieser Vorgang wiederholt sich mehrmals, bis sich der Körper schließlich erhebt und durch den Raum schreitet. Der Erzähler wirft sich ihr zu Füßen, die Leichentücher lösen sich, schwarzes, zerzaustes Haar kommt zum Vorschein und schließlich öffnen sich die Augen dieses Körpers, in dem der Erzähler, nun ganz außer sich, die Lady Ligeia erkennt und ihren Namen ausruft.

Ligeia, deren Name in der griechischen Mythologie eine der drei Sirenen bezeichnet und den Poe auch in dem Gedicht *Al Aaraaf*, 1829, verwendet, dient dem Erzähler als verherrlichtes Spiegelbild, in dem er sich selbst verlieren und das er zugleich vereinnahmen will. Von der geistigen Vereinigung mit Ligeia verspricht er sich eine ›unio mystica‹, und als diese ihm verwehrt bleibt, stirbt sie. Der Erzähler provoziert schließlich nur die Konfrontation mit dem, was er zu transzendieren versucht: dem vergänglichen menschlichen Körper, der als Nemesis fungiert (F. Kelleter). Dieses Nichtstattfinden von Transzendenz trotz herbeifantasierter erhabener Objekte ist auch Thema von *The Sphinx*, 1846 (*Die Sphinx*), und der mit *The Island of the Fay*, 1841 (*Die Insel der Fee*), zu den ›Plate articles‹ (die Poe als Auftragsarbeiten zur literarischen Illustration von Stichen verfasste) zu rechnenden Erzählung *Morning on the Wissahiccon* (auch bekannt als *The Elk*), 1843 (*Der Elch*). Sowohl der edle Elch in *Morning on the Wissahiccon*, der in der Vision eines ursprünglichen, vom modernen Fortschritt unberührten Amerika auftaucht, als sei er einem Szenario von James Fenimore Cooper entflohen, als auch das riesige, haarige Ungetüm, das der von Omen faszinierte Erzähler von *The Sphinx* erblickt, als er von einem Buch aufschaut, stellen sich als banale Lebewesen ohne jegliche Grandezza oder Erhabenheit heraus: Der Elch ist ein zahmes Haustier, das Monster ein winziges Insekt. Vor diesem Hintergrund wird umso klarer, dass die wie in *Berenice* oder *The Tell-Tale Heart*, 1843 (*Das schwatzende Herz*), monomanisch verfolgten Objekte der Begierde immer auch als Projektionen der Protagonisten selbst gelesen werden können. Dies gilt in *William Wilson* auch für den verhassten Doppelgänger des gleichnamigen Erzählers, dessen Geständnis am Sterbelager sich als wenig glaubhaft erweist. Der Doppelgänger, den Wilson schließlich tötet, womit er seinem eigenen Leben ein Ende setzt, sucht den Erzähler immer dann heim, wenn dieser sich Ausschweifungen und Betrügereien hingibt.

In dieser Doppelgängerkonstellation wird der Zwiespalt der Figuren Poes deutlich, die einerseits um die richtige Handlungsweise wissen, andererseits aber dem Impuls unterliegen, diesem Wissen zuwider zu handeln. Diese Spannung ist das Thema der Erzählung *The Imp of the Perverse*, 1845 (*Der Teufel der Verkehrtheit*), in der Poe eben solche amoralischen Zwangshandlungen als »pervers« definiert. Diese ›perversity‹ steht auch in den beliebten Erzählungen *The Black Cat* und *The Tell-Tale Heart* im Mittelpunkt. In *The Tell-Tale Heart*, dem Musterbeispiel der Poe'schen Kurzgeschichte, das zu Poes Lebzeiten in keiner Sammlung erschien, berichtet der nervöse, übersensible Erzähler von seiner paranoiden Furcht vor dem schrecklichen Auge seines Mitbewohners, eines älteren Herren. Da dessen Auge ihn an das eines Geiers erinnert, plant und probt er minutiös den Mord des alten Mannes, den er nun immer um Mitternacht heimsucht, um in der Dunkelheit plötzlich mit einem schmalen Lichtstrahl auf dessen Auge zu leuchten. Der Erzähler brüstet sich dem imaginären Adressaten gegenüber mit seiner überlegten, geschickten Vorgehensweise, wobei seine manische, von Wiederholungen, Ellipsen, Parenthesen, rhetorischen Fragen und Ausrufen geprägte Geschichte ganz und gar nicht von besonnener Gelassenheit zeugt. Als das verhasste Auge eines Nachts geöffnet ist, als der Lichtstrahl darauf fällt, erstickt der Erzähler den alten Mann, zerstückelt den Leichnam und versteckt diesen unter den Dielen. Als die Polizei ihn aufsucht, fordert er sie heiter auf, das Haus zu durchsuchen und setzt sich zum gemeinsamen Gespräch triumphierend just auf den Platz, an dem die Überreste seines Opfers verscharrt sind. Im Verlauf des Gesprächs hört er ein immer lauter werdendes Pochen – er meint, das Herz des alten Mannes schlagen zu hören. Er versucht immer verzweifelter, das Geräusch zu übertönen, ist schließlich aber überzeugt, das Herz habe ihn verraten, und schreit den Polizisten sein Geständnis entgegen. Das Objekt der Faszination wird auch hier wieder zur Projektionsfläche des Erzählers, der seine eigenen Todesängste in dem alten Mann mit dem ›evil eye‹, dem bösen Blick, wiedererkennt. Mit der Ermordung dieser Personifikation der eigenen Sterblichkeit, so F. Kelleter, übernimmt der Protagonist selbst die Rolle der allmächtigen Gottheit und wird für diese Hybris durch den allein in ihm selbst begründeten Vergeltungsdrang zur Strecke gebracht.

Die Betonung der rationalen Überlegenheit, die dieser Erzähler wie auch jener aus *The Black Cat* an den Tag legt, ist das Markenzeichen der so genannten ›Tales of Ratiocination‹ (analytische Geschichten) um den Detektiv Auguste Dupin. Zu dieser Werkgruppe gehören die Erzählungen *The Murders in the Rue Morgue*, 1841 (*Der Doppelmord in der Rue Morgue*), *The Mystery of Marie Rogêt*, 1842/1843 (*Der Fall Marie Rogêt*), und *The Purloined Letter*, 1844 (*Der entwendete Brief*). Auch wenn Poes um Tod, Angst und Verfall kreisende Schauererzählungen bis heute am populärsten geblieben sind, ist der literaturgeschichtliche Einfluss der Dupin-Erzählungen kaum zu überschätzen. Vor allem die Figur des Detektivs, der in Konkurrenz zur Polizei Verbrechen aufklärt und dabei von einem weniger beeindruckenden ›sidekick‹ begleitet wird, hat das Genre geprägt. Poes scharfsinniger Amateurdetektiv Auguste Dupin, dessen prominentester Nachfolger sicher Sir Arthur Conan Doyles Sherlock Holmes ist, deckt wie Legrand aus *The Gold Bug*, 1843 (*Der Goldkäfer*), mit seiner persönlichen ›Intuition‹ verdeckte Zusammenhänge auf: Er eignet sich die Perspektive seines Widersachers an und wiederholt durch diese Imitation dessen Aufbegehren gegen die bestehende Ordnung. Während sein schlichterer Begleiter vergeblich bemüht ist, Dupins Methoden nachzuvollziehen, dabei aber immer nur in bewunderndem Staunen verharren kann, wird der umso mehr verherrlichte und mystifizierte Detektiv zu einer allgewaltigen Ersatz-Gottheit, zum romantischen Heroen. Dupin, selbst so ›outré‹ wie das Verbrechen in *The Murders in the Rue Morgue*, ist als Gegenentwurf zum Utilitarismus eines Benjamin Franklin konstruiert, den Poe auch in seiner Satire *The Business Man*, 1840 (*Der Geschäftsmann*) in der Figur des Peter Proffit parodiert. Dupins Allmacht in seinem zur Realität erklärten Gedankengefüge deutet schon auf die Erzählerinstanz eines ›Gott-Autors‹ (F. Kelleter) in *Eureka*, 1848 (*Heureka*), hin, die sich mit ihrer Verschriftlichung der Kosmologie an die Stelle des Schöpfers setzt und von dieser Warte aus das Nichts zur eigentlichen Heimat alles Weltlichen erklärt. Nur der künstlerische Schaffensakt bietet einen Zugang zu diesem göttlichen Nichts, aus dem die Dinge entstehen und in dem sie am Ende ihren Zusammenfall erfahren. Der ›Gott-Autor‹ inthronisiert sich selbst als einzigen Sprecher des allmächtigen Nichts und lässt gleichwohl durchblicken, dass auch seine Erzählung nur als Fiktion Zugang zu dieser Wahrheit beansprucht.

Selbst die postapokalyptischen Szenarien der ›Angelic Dialogues‹ (Engeldialoge) und dic ›überirdischen‹ Flugabenteuer in *The Unparalleled Adventure of One Hans Pfaall*, 1835 (*Das unvergleichliche Abenteuer eines gewissen Hans Pfaall*), oder *The Balloon-Hoax* 1844, (*Der Lügenballon*), sind Fiktionen der Aufhebung und Aneignung. Auch die Abhandlungen über die Fehlschläge in der Geschichte der Aeronautik und Poes Bemerkungen über die falschen Erklärungen des damals weltberühmten ›Schachtürken‹ in *Maelzel's Chess Player*, 1836 (*Mälzels Schachspieler*), legitimieren einmal mehr die Autorität des ›Gott-Autors‹, dessen fiktionale Gebilde der banalen und unzureichenden Realität überlegen sind.

Diesen Anspruch auf Wahrnehmungs- bzw. Deutungshoheit legt auch Ellison aus *The Domain of Arnheim*, 1846 (*Der Herrschaftssitz Arnheim*), an den Tag. In dieser mit *Landor's Cottage*, 1849 (*Landors Landhaus*), zu den Landschaftserzählungen gehörenden Geschichte steht die aktive Manipulation der Sinneswahrnehmung im Mittelpunkt: In ähnlicher Konstruktion wie in den ›Tales of Ratiocination‹ wird hier zunächst ein Ersatzgott aus der Perspektive eines unspektakulären Bewunderers geschaffen. Ellison, durch Erbschaft zu unglaublichem Reichtum gelangt, nutzt sein Kapital, um seinen eigenen Garten Eden zu schaffen, in dem er alle Zeichen der Vergänglichkeit zu eliminieren versucht. Die Vergänglichkeit hat diesen selbsternannten Schöpfer allerdings schon eingeholt: Der Erzähler kann nur noch postum von ihm berichten. Ellisons Herrschaftssitz Arnheim überlebt und erlaubt dem Besucher eine gelenkte Fahrt durch eine mit technischen Tricks animierte Landschaft, ein »Gothic Disney Land mit teueren Sensationen« (F. Kelleter). Ob Ellison dem Besucher in seinem künstlichen Paradies die Simulation eines Ortes der Aufhebung aufzwingt oder selbst wie die Gartenbesucher vom technologischen Erhabenen der Paradies-Maschine in den (mit Transzendenz-Simulationen verschönten) Tod geschickt wird - in jedem Fall ist Ellisons apokalyptisches Kunst-Paradies wie Landors Cottage eine Stätte der Täuschung, der Simulation des Erhabenen. Auch die mesmeristischen Erzählungen *A Tale of the Ragged Mountains*, 1844 (*Erzählung aus den Ragged Mountains*), *Mesmeric Revelation*, 1844 (*Eine mesmeristische Offenbarung*), und *The Facts in the Case of M. Valdemar*, 1845 (*Die Tatsachen im Falle Waldemar*), verraten nicht nur Poes Interesse am Spiritismus, sondern fokussieren thematisch den zum Scheitern verurteilten Versuch der Inbesitznahme des Todes und des Moments der Offenbarung. Wie zum Hohn spricht Valdemar die unaussprechlichen Worte: »Ich bin tot« und weist damit die sich ihrer selbst bewusste Fiktion als den eigentlichen und einzigen Ort aus, an dem der Tod versprachlicht werden kann.

Die scheinbare Inkohärenz des Poe'schen Erzählwerks kann in dieser Betrachtungsweise relativiert werden. Gleiches gilt für den Versuch, Poes Gesamtwerk als einzigen großen Schwindel, als ›hoax‹ zu interpretieren. Dieser Standpunkt schafft zwar ein Gegengewicht zur ursprünglichen Vernachlässigung der satirischen und humoresken Erzählungen, die die Schauererzählungen in puncto Popularität nie einholen konnten; doch wie bei dem Ansatz, sie nur als selbstironische Kommentare zu den Schauergeschichten zu lesen – z.B. *King Pest*, 1835 (*König Pest*), als ironische Fassung von *The Masque of the Red Death*, 1842

(*Die Maske des Roten Todes*), und ›*Thou Art the Man*‹, 1844 (›*Du bist der Mann*‹), als Dupin-Parodie –, wird hier übersehen, dass den Satiren dieselben epistemologischen Fragestellungen zugrunde liegen wie den Abenteuer- und Schauererzählungen.

Poes erzählerisches Werk zeichnet sich durch hohe Komplexität aus: Hier verbinden sich Schauerromantik, Literatur- und Gesellschaftssatire, Abenteuer- und Detektiverzählungen. Die Kurzgeschichten zeugen von Poes Auseinandersetzung mit Idealismus, Transzendentalismus, den zeitgenössischen Medien, technologischem Fortschritt, Expansion, naturwissenschaftlichen Theorien, Literatur- und Ästhetiktheorie. Auch wenn Poe, u.a. wegen seiner Rückbezüge auf deutsche und britische Romantiker, wegen seines Einflusses auf den Symbolismus und besonders wegen seiner Rezeption Charles Baudelaires, immer noch der Ruch anhaftet, ein ›unamerikanischer‹ Autor zu sein, lässt sich festhalten, dass er nicht nur auf frühe amerikanische Traditionen wie Puritanismus und Republikanismus Bezug nimmt, sondern sehr bewusst auch die kulturellen Eigenheiten der 1840er Jahre reflektiert. Auf diese Weise gelingt es ihm, die Phänomene der sich ankündigenden amerikanischen Moderne um einiges präziser und weitblickender zu erfassen als manche zeitgenössische literarische Berühmtheit.

Schon mit Rufus Griswolds moralisierendem Nachruf beginnt die lange Geschichte der biographischen Erklärung des Poe'schen Werkes, darunter auch viele psychoanalytische Analysen (etwa durch Marie Bonaparte). Tendenziell werfen diese Lektüren jedoch mehr Schatten als Licht auf das komplexe Gesamtwerk. Betrachtet man die beschriebenen epistemologischen, thanatologischen und ästhetischen Fragestellungen von Poes ›effektvollen‹ Kurzgeschichten, so zeigt sich ein spannenderes Gesamtbild, das weit über das des Gruselautors hinausgeht und erklärt, warum Poe nachhaltigen Einfluss auf so unterschiedliche Autoren wie Walt Whitman, Jules Verne, Fjodor Dostojewskij, Oscar Wilde, H.P. Lovecraft, F. Scott Fitzgerald, William Faulkner, Jorge Luis Borges, Vladimir Nabokov, Ralph Ellison und Stephen King hatte. Wann immer Poes Erzähler besessen nach einer höheren Realität suchen oder sich in ein vorindustrielles Zeitalter zurückträumen, holt das gleichzeitig heraufbeschworene Poe'sche Nichts, aus dem alles entspringt und in das alles zurückkehrt, sie ein. In fast postmoderner Manier überlagern sich im Widerstreit stehende Realitätssysteme, wird besessen nach Zeichen gesucht, die sich jedoch klarer Zuweisungen entziehen. Bei Poe, dessen Erzählungen vielfach von Roger Corman, aber auch von Federico Fellini, Louis Malle und Roger Vadim verfilmt wurden, liegt die einzige Möglichkeit der Aneignung von Objekten, der Teilhabe an Offenbarung, Erhabenheit und eindeutiger Sinnzuweisung in der kunstvollen, oft auch explizit schriftlichen, selbstbewussten Simulation.

Stephanie Sommerfeld

Aus: Kindlers Literatur Lexikon. 3., völlig neu bearbeitete Auflage. Herausgegeben von Heinz Ludwig Arnold (ISBN 978-3-476-04000-8). – © der deutschsprachigen Originalausgabe 2009 J. B. Metzler'sche Verlagsbuchhandlung und Carl Ernst Poeschel Verlag, Stuttgart (in Lizenz der Kindler Verlag GmbH).